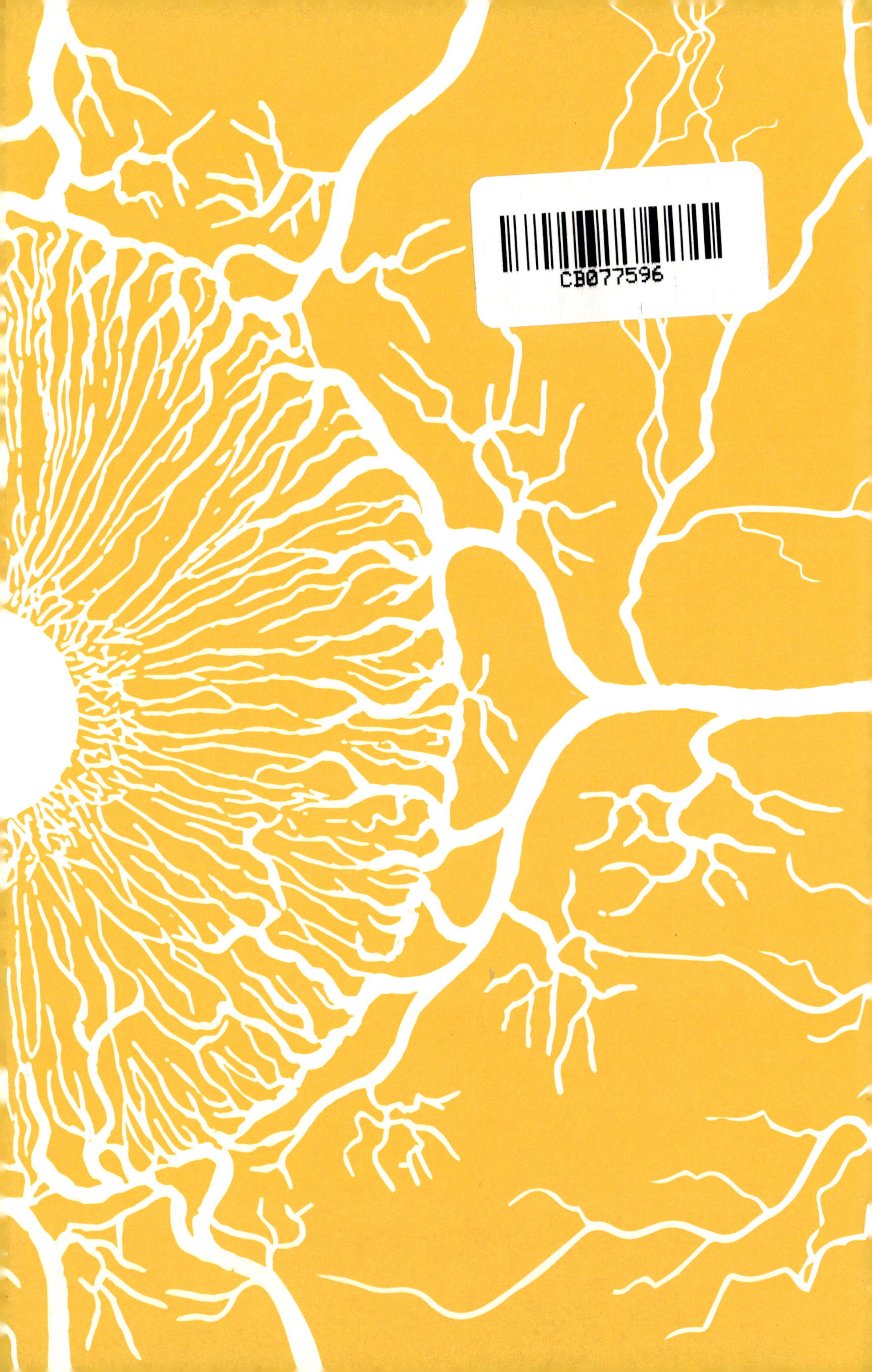

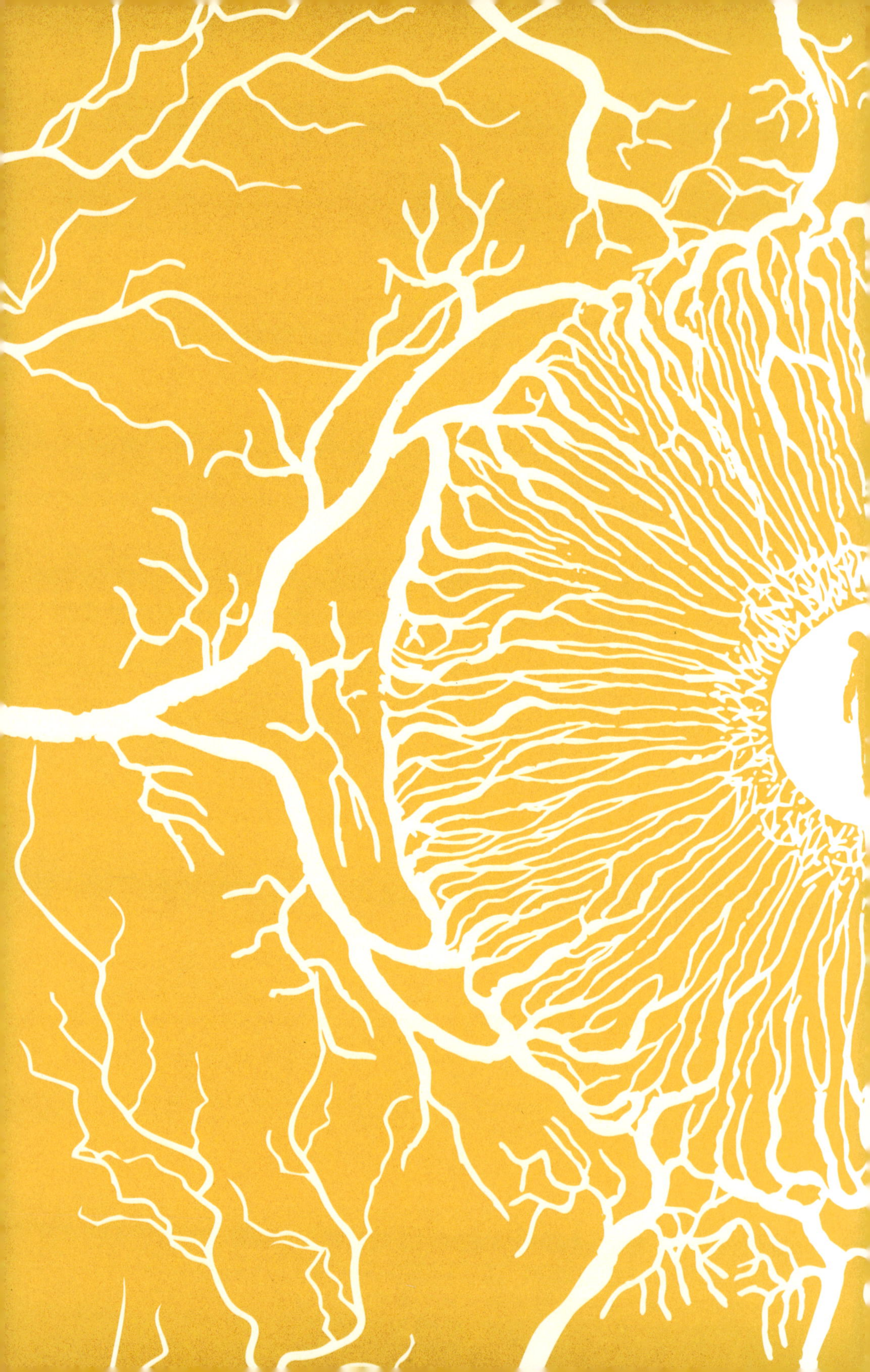

FRANKENSTEIN

CLÁSSICOS ZAHAR
em EDIÇÃO COMENTADA E ILUSTRADA

Jane Eyre*
Charlotte Brontë

O morro dos ventos uivantes*
Emily Brontë

Sherlock Holmes (9 vols.)*
Arthur Conan Doyle

As aventuras de Robin Hood*
O conde de Monte Cristo*
Os três mosqueteiros*
Vinte anos depois
O visconde de Bragelonne (vol.1)
Alexandre Dumas

O melhor do teatro grego
Ésquilo, Sófocles, Aristófanes, Eurípides

O corcunda de Notre Dame*
Victor Hugo

O Fantasma da Ópera
Gaston Leroux

O Lobo do Mar*
Jack London

Rei Arthur e os cavaleiros da Távola Redonda*
Três grandes cavaleiros da Távola Redonda: Lancelot, Tristão e Percival
Howard Pyle

Drácula*
Bram Stoker

Aventuras de Huckleberry Finn*
As aventuras de Tom Sawyer
Mark Twain

20 mil léguas submarinas*
A ilha misteriosa*
Viagem ao centro da Terra*
A volta ao mundo em 80 dias*
Jules Verne

O Homem Invisível*
A máquina do tempo
H.G. Wells

* Títulos disponíveis também em edição bolso de luxo
Veja a lista completa da coleção no site zahar.com.br/classicoszahar

Mary Shelley

FRANKENSTEIN

OU O PROMETEU MODERNO

EDIÇÃO COMENTADA

Tradução, apresentação e notas:
Santiago Nazarian

Tradução dos anexos:
Bruno Gambarotto

6ª reimpressão

ZAHAR

Grafia atualizada segundo o Acordo Ortográfico da Língua Portuguesa de 1990, que entrou em vigor no Brasil em 2009.

Capa
Rafael Nobre/Babilonia Cultura Editorial

Projeto gráfico
Carolina Falcão

Preparação
Juliana Romeiro

Revisão
Eduardo Monteiro
Carolina Sampaio

CIP-Brasil. Catalogação na publicação
Sindicato Nacional dos Editores de Livros, RJ

Shelley, Mary, 1797-1851
S549f Frankenstein ou O Prometeu moderno: edição comentada / Mary Shelley; tradução, apresentação e notas Santiago Nazarian; tradução dos anexos Bruno Gambarotto. – 1.ed. – Rio de Janeiro: Zahar, 2017.
(Clássicos Zahar)

Tradução de: Frankenstein, or The Modern Prometheus.
Apêndice
Cronologia de vida e obra da autora
ISBN 978-85-378-1654-7

1. Ficção inglesa. I. Nazarian, Santiago. II. Gambarotto, Bruno. III. Título. IV. Série.

17-39146 CDD: 823
CDU: 821.111-3

EDITORA SCHWARCZ S.A.
Praça Floriano, 19, sala 3001 – Cinelândia
20031-050 – Rio de Janeiro – RJ
Telefone: (21) 3993-7510
www.companhiadasletras.com.br
www.blogdacompanhia.com.br
facebook.com/editorazahar
instagram.com/editorazahar
twitter.com/editorazahar

SUMÁRIO

Apresentação

"IT'S ALIVE! IT'S ALIVE!"

"Está vivo!" Esta talvez seja a mais célebre frase de *Frankenstein*, quando o cientista louco, em meio a raios e trovões de uma noite de tempestade, consegue em seu laboratório gerar a vida. Por meio da eletricidade, a criatura move um braço, e então o dr. Frankenstein exclama alucinadamente para seu assistente corcunda: "Está vivo! Está vivo!"

É uma cena clássica que muitos associam ao romance de Mary Shelley, porém ao ler o livro pela primeira vez poderão se surpreender: nem a frase, nem o uso dos raios, nem o assistente corcunda estão presentes no texto original. *Frankenstein* é um caso típico de romance que ganhou vida e mitologia próprias.

O cientista como um velho louco e maldoso, o assistente corcunda chamado Igor, o monstro de cabeça chata, pele verde recosturada e parafusos no pescoço, de andar lento e mente primitiva: hoje, muito do que sabemos da história vem mais de recriações e representações cinematográficas que do texto literário. O monstro seria totalmente inocente? Foi criado com o cérebro de um criminoso? Havia também uma criatura feminina, a noiva de Frankenstein? Eu mesmo, ao iniciar a releitura (tinha lido *Frankenstein* na adolescência, há mais de vinte anos), fui derrubando lembranças infundadas que me foram incutidas por adaptações da obra – criando remendos de origem incerta, tão órfãos como a criatura dessa história.

Como se poderá constatar na leitura desta tradução, o cientista Victor Frankenstein é na verdade um jovem estudante de origem nobre, e há diversas alusões à sua beleza física, provavelmente derivadas do modelo que a autora usou para criá-lo: seu amado marido, o poeta romântico e filósofo Percy Bysshe Shelley. Victor trabalha sozinho, sem assistente, em segredo (o mais perto que temos da figura de Igor é seu amigo Henry Clerval, que nada tem de corcunda e nem mesmo toma conhecimento dos experimentos do jovem cientista), num quarto de estudante (não num castelo medieval, como retratado em muitas adaptações); e assim como não há indicações precisas sobre os métodos que trouxeram a criatura à vida – fato justificado no texto pela apreensão do cientista de que a experiência seja reproduzida –, Mary Shelley também não descreve em detalhes a criatura, deixando os horrores à imaginação do leitor. O que recebemos é isso:

> A pele amarela mal encobria a atividade dos músculos e das artérias; o cabelo era comprido e de um preto lustroso; os dentes, de um branco perolado; mas esses luxos só formavam um contraste mais horrendo com os olhos aguados, que pareciam quase da mesma cor dos buracos acinzentados nos quais estavam cravados, e com a compleição enrugada e lábios pretos retos.

A criatura tampouco é batizada. Ao longo do texto é chamada por todo tipo de impropério: "monstro", "demônio", "desgraçado", "miserável", "abominação". Assim, não deixa de ser irônico e ao mesmo tempo providencial que o sobrenome de seu criador seja hoje sinônimo da criatura. Mais que isso, "Frankenstein" (ou, na pronúncia abrasileirada popular, "Franquisteim") representa hoje mais do que um único personagem, tendo se tornado uma *espécie* de monstro tão identificável como um zumbi, um vampiro, ou "um êemen". Chegou mesmo a adjetivo, sinônimo de uma criação remendada e malsucedida.

Mítica também é a origem do romance – que teria sido fruto de uma competição de histórias de terror entre autores célebres como o poeta romântico inglês Lord Byron (1788-1824), o já mencionado Percy Shelley (1792-1822) e sua esposa, Mary. De fato, essa é uma lenda com fundamento, com origem no verão de 1816, enquanto Mary, então prestes a completar dezenove anos, passava férias com o marido em Genebra, Suíça.

Nascida em 30 de agosto de 1797, em Londres, na Inglaterra, Mary Wollstonecraft Godwin é filha de William Godwin e Mary Wollstonecraft. Seu pai, um filósofo e escritor ateu, havia se tornado célebre por suas posições radicais contra o governo. Sua obra *Enquiry Concerning Political Justice*

(Inquérito acerca da justiça política), publicado em 1793, propagava ideias anarquistas, colocando as instituições políticas como uma força corruptora da sociedade. A mãe de Mary era uma feminista pioneira, autora conhecida de *A Vindication of the Rights of the Woman* (Reinvidicação dos direitos da mulher, 1792). Os dois se conheceram num círculo de amigos intelectuais e, apesar de criticarem publicamente a instituição do casamento, se uniram em março de 1797, já com uma gravidez avançada. O casamento durou pouco; cinco meses após a união e dez dias após dar à luz Mary, sua mãe faleceu devido a uma infecção contraída no parto. William Godwin se casou novamente quando Mary tinha quatro anos. A madrasta, Mary Jane Clairmont, lhe trouxe dois irmãos agregados: Charles (de sete anos) e Jane (da mesma idade de Mary), que se tornou uma grande amiga e companheira pela vida.

Aos dezesseis anos, Mary começou um relacionamento com o futuro marido. Como muitos autores e intelectuais da época, Percy frequentava a casa de Godwin, que também possuía uma pequena editora. Encantado com a adolescente, Percy abandonou sua primeira esposa, grávida do segundo filho, para ficar com Mary, o que inicialmente enfureceu seu antigo mentor. Em 28 de julho de 1814, os dois fugiram da Inglaterra para o continente com a irmã por afinidade de Mary, que a essa altura adotara o nome artístico de Claire (a partir de Clairmont, seu sobrenome). Harriet, a primeira esposa de Shelley, viria a se suicidar, afogando-se, em 1816, grávida de um amante desconhecido. Percy Shelley morreu pouco antes de completar trinta anos, afogado num acidente de barco, em 1822.

Os dramas do parto, que acompanharam Mary desde o nascimento, com a morte de sua mãe, se seguiram em seu casamento com Shelley. Três de seus quatro filhos tiveram mortes precoces, ainda na infância – o primeiro ainda em 1815, quando Mary tinha dezessete anos –, o que talvez explique a relação conflituosa de paternidade em *Frankenstein*. Seu único filho que chegou à idade adulta foi Percy Florence Shelley (1819-89).

Filha de escritores, Mary sempre foi estimulada por seu marido a seguir a carreira. E seus círculos de amizade no meio literário favoreceram isso. Antes de *Frankenstein*, em 1817 Mary já havia publicado *History of a Six Weeks*

Tour (História de uma turnê de seis semanas), em coautoria com Percy. O livro traz um relato turístico da viagem feita por eles em companhia de Claire por parte da França, Suíça, Alemanha e Holanda, com cartas narrando a navegação pelo lago de Genebra e as geleiras de Chamouni. Não foi um sucesso de vendas, mas teve boas críticas e muito de seu estilo romântico de descrição de paisagens foi aproveitado nas viagens do célebre romance que Mary escreveria em seguida.

A criação de *Frankenstein*, em 1816, se deu em Campagne Chapuis, um chalé em Genebra, próximo de onde Lord Byron havia se estabelecido após deixar a Inglaterra. Fugindo do clima melancólico de Londres, Mary, Percy e Claire se depararam com um verão suíço atipicamente chuvoso, o que os confinou por dias dentro de casa. Na companhia de Byron, com quem Claire se relacionava na época, e do médico John William Polidori, os amigos liam "histórias de fantasmas", quando Byron sugeriu o desafio de cada um escrever um conto no gênero. Os homens seguiram entusiasmados com a tarefa, porém as mulheres não se sentiram tão inspiradas. Mary relata que inicialmente nada vinha à sua mente, ela não se via como ficcionista: "Sentia a vazia incapacidade da invenção, que é a maior miséria da autoria", descreveu ela. Até que, certa noite, uma conversa entre Percy e Byron – "da qual eu era ouvinte devota, mas quase silenciosa" – sobre "a natureza do princípio da vida" instigou sua imaginação.

Talvez o círculo intelectual a que Mary pertencia a tornasse mais propensa ao interesse pelas especulações científicas do que pelo caráter sobrenatural e fantástico das "histórias de fantasmas". Hoje não são raras as análises que consideram *Frankenstein* mais uma obra de ficção científica *gótica* do que puramente de horror. De fato não há uma base *sobrenatural fantástica* no romance. Toda a argumentação da história se dá através da razão científica e filosófica; o despertar da criatura é justificado cientificamente, e sua inteligência e capacidade de comunicação se dão pelo aprendizado e leitura de obras clássicas.

Com essas ideias em mente, Mary foi dormir naquela noite gestando as primeiras imagens do cientista que gera uma criatura monstruosa. "Foi numa lúgubre noite de novembro que contemplei a conquista de meus pesados trabalhos" é a frase com que ela iniciou seu romance, em junho de 1816 (e que na versão definitiva se encontra no capítulo 5).[1] A história de Mary, que fascinou seus amigos naquelas férias, foi transformada num romance por encorajamento de seu marido. Em poucos meses, em maio de 1817, aos dezenove anos, Mary Shelley terminou *Frankenstein ou O Prometeu moderno*, que foi publicado anonimamente menos de um ano depois, em janeiro de 1818.

As primeiras críticas foram em sua maioria negativas, pelo absurdo da trama e a identidade obscura do autor. O *Quarterly Review*, importante periódico de literatura e política da época, publicou no número de março:

> O romance não incute uma lição de conduta, modos ou moralidade … fatiga os sentimentos sem interessar a compreensão; molesta gratuitamente o coração e apenas acrescenta uma sensação dolorosa… o leitor é deixado numa luta entre risada e pavor, em dúvida se é a mente ou o coração do autor que é mais doentio.

Ainda assim, o sucesso de público foi quase imediato. Em 1821 saía a primeira edição traduzida para o francês e em 1823 estreava a primeira adaptação para o teatro. Mesmo que ainda hoje possam se apresentar ressalvas ao romance, sua longevidade e o caráter atemporal de seus conceitos são uma prova de sua força. *Frankenstein* é sem dúvida um dos romances de horror mais famosos e influentes da história, rivalizado apenas por *Drácula*, de Bram Stoker (publicado quase oitenta anos depois, em 1897).

A primeira versão para o cinema foi feita nos Estados Unidos, em 1910, um curta-metragem mudo de dezesseis minutos, dirigido por J. Searle Dawley.[2] Curiosamente, nessa versão, a criatura (interpretada por Charles Ogle) é trazida à vida por uma mistura química de um caldeirão, um esqueleto que vai ganhando carne, num efeito bastante impressionante para a época. Ela aqui ostenta uma vasta cabeleira desgrenhada, mas já possui a cabeça

1. Da competição entre os amigos também resultou "O vampiro", de Polidori, aproveitando ideias de Byron, conto que é considerado hoje um precursor do gênero romântico de vampiros.
2. Esta primeira versão de 1910 está em domínio público e pode ser encontrada facilmente em sites de compartilhamento de vídeos, como o YouTube.

chata que se tornaria marca registrada do personagem. O desfecho do curta é bastante simbólico: a criatura é vencida ao se contemplar no espelho, seu reflexo então se torna o de seu criador, Victor, com o monstro se revelando uma alucinação ou um aspecto doentio de sua própria personalidade – remetendo aí a outro clássico da literatura de horror: *O médico e o monstro*, do escocês Robert Louis Stevenson (publicado em 1886).

Desde então inúmeras adaptações foram feitas – incluindo seriados de TV, desenhos animados, peças de teatro, quadrinhos e videogames –, porém a versão cinematográfica da Universal, de 1931, dirigida por James Whale, permanece como a mais célebre. Ainda que pouco fiel ao romance, o filme consagrou a imagem pela qual se reconhece Frankenstein até hoje, criada pelo maquiador grego Jack Pierce, responsável por outras caracterizações célebres do cinema de terror na época, como o Drácula interpretado por Bela Lugosi (também num filme da Universal, de 1931). O inglês Boris Karloff, que interpretou a criatura de Frankenstein, reprisou o papel diversas vezes em continuações e paródias e tornou-se um dos atores mais famosos do gênero de horror. A Universal aproveitou a história como uma franquia, lançando *A noiva de Frankenstein* (1935), também dirigido por Whale, e *O filho de Frankenstein* (1939), dirigido por Rowland V. Lee, ambos com Karloff como monstro. Isso ajudou a sedimentar o visual que o estúdio criou para a criatura como a representação "oficial" (ou ao menos a mais conhecida). Mesmo versões de grande orçamento, como *Frankenstein de Mary Shelley*, de 1994, dirigida por Kenneth Branagh (na esteira do sucesso de *Drácula de Bram Stoker*, dirigida por Francis Ford Coppola em 1992), com Robert de Niro no papel da criatura, não conseguiram estabelecer outra imagem para o personagem na cultura popular: se não tem a aparência do monstro de Karloff, não parece ser "o verdadeiro Frankenstein". (A primeira tradução do romance que eu li, nos anos 1990, inclusive, publicada pela Ediouro, trazia na capa um desenho reproduzindo a aparência clássica do monstro da Universal.)

Mary Shelley nunca escreveu uma continuação para sua história, nem mesmo se aventurou novamente na literatura de horror. Seu segundo romance, *Mathilda*, escrito entre 1819 e 1820, narra uma relação incestuosa entre pai e filha, escrita no auge da depressão de Shelley pela morte prematura de seus filhos. Ela, no entanto, realizou diversas alterações em *Frankenstein* ao longo de sua carreira. Além da primeira edição anônima em três volumes, de 1818, foi publicada uma segunda em dois volumes, em 1823, já trazendo o nome da autora. A terceira edição, de volume único, foi publicada em 1831. A tradução aqui presente foi baseada nessa edição, considerada a definitiva pela autora, contendo todas as suas revisões finais, mas mantendo a divisão dos três volumes originais.

Uma das principais modificações feitas por Mary Shelley entre a primeira e essa última versão diz respeito à identidade de Elizabeth, originalmente uma prima do cientista Victor, adotada pela família Frankenstein após a morte da mãe. Na versão definitiva, tal parentesco foi alterado para afastar conotações incestuosas, embora ela continue a ser chamada de "prima", como um tratamento carinhoso. Os primeiros dois capítulos do romance foram estendidos, aumentando a introdução do marinheiro em suas viagens pelos mares do Norte, até encontrar Victor no gelo. Mary também tornou mais vagas as referências científicas – que com o passar do tempo iam sendo testadas e descartadas –, o que muitos estudiosos veem como um prejuízo para a obra, pois com isso perdem-se as teorias científicas da época (ainda que o romance tenha o mérito de eternizar conceitos científicos, como o galvanismo, para o grande público). Apesar de Mary manter a dedicatória para seu pai na edição final do romance, muitas das ideias políticas de Godwin foram suavizadas, indicando uma menor influência dele sobre os pensamentos da filha. Por fim, Mary aumentou o caráter nostálgico de Victor durante suas viagens, remetendo a seu amado Percy, já falecido. Seu marido é tido como a maior inspiração para a criação de Victor Frankenstein, assim é compreensível a fascinação excessiva com que o descreve o Capitão Walton, o marinheiro que sente "amargamente a falta de um amigo ... gentil e ainda corajoso"; a paixão da autora pelo personagem, transposta para um mundo masculino, talvez tenha conferido à obra um involuntário homoerotismo:

> Quando, em certa medida, ele se recuperou, eu o removi para minha própria cabine e cuidei dele tanto quanto meu dever permitia. Nunca vi criatura mais interessante; seus olhos têm geralmente uma expressão de selvageria, e até loucura, mas há momentos em que, se alguém tem um ato de bondade para

com ele ou lhe oferece o serviço mais insignificante, toda a sua fisionomia se ilumina com um raio de benevolência e doçura que nunca vi igual.

Devo então perder esse ser admirável! Ansiei por um amigo; procurei alguém que se solidarizasse comigo e me amasse. Veja, nestes mares desertos, encontrei exatamente isso; mas temo que o tive apenas para conhecer seu valor e perdê-lo. Eu o reconciliaria com a vida, mas ele parece repelir a ideia.

Muitas das influências do romance são citadas textualmente através das leituras de Victor Frankenstein e da criatura: os estudiosos de filosofia natural, como Cornelius Agrippa e Paracelso; as experiências com eletricidade de Luigi Galvani; autores como Dante, Milton e Goethe; e obviamente Byron e Shelley.

O nome Frankenstein em si já possuía uma ligação histórica com a alquimia. Sua tradução é "Pedra dos Franks", ou "Pedra dos francos", sendo esse o antigo povo germânico que deu origem à França. Em Hesse, estado no centro da Alemanha, há ainda hoje o Castelo de Frankenstein, onde em 1673 nasceu Johann Conrad Dippel (morto em 1734), um alquimista profissional que criou "o elixir da vida", um óleo de origem animal, obviamente sem efeitos comprovados. Também há boatos de que Dippel estudava anatomia em cadáveres e fazia experimentos com eletricidade. Não por acaso, muito do que conhecemos hoje do personagem Victor Frankenstein remete mais a essa figura (pelo castelo, o uso de cadáveres e da eletricidade) do que ao próprio romance. Apesar de não haver menção ao castelo no livro, tampouco qualquer referência direta a Dippel, sabe-se que Mary Shelley viajou pelo Reno em 1814 e visitou a cidade de Gernsheim, na Alemanha, a quinze quilômetros do Burgo Frankenstein.

A referência mais objetiva da autora encontra-se no subtítulo do romance, curiosamente pouco reproduzido nas diversas edições mundiais: *O Prometeu moderno*. O mito de Prometeu vem da Antiguidade grega. Há diversas versões para a história desse titã, filho de Urano, ao qual foi dada a tarefa de criar os animais e que do barro inventou o homem. Esse é o traço básico que o liga ao romance de Shelley, deixando claro que o Frankenstein chamado de Prometeu moderno é Victor, o criador, e não a criatura. A principal base de Shelley para esse mito veio de *Prometeu acorrentado*, tragédia do grego Ésquilo, na qual Prometeu é condenado por Zeus por roubar o fogo dos deuses e dá-lo aos homens. Entretanto, a ideia central do romance de Mary Shelley tornou-se tão conhecida e influente que sua importância mítica hoje é maior até que a do clássico grego: quem hoje conhece a história de Prometeu? Por outro lado, quem não conhece o monstro de Frankenstein?

Interessante notar o aspecto moral contido no romance – com Victor sendo punido por ter passado por cima de uma "autoridade superior" ao gerar a vida –, remetendo mais à Antiguidade grega que à ideologia cristã; o conflito do personagem parece advir mais de ter se aventurado "além da capacidade humana" que de invadir o campo de um Deus cristão. As vagas referências cristãs no romance parecem ser mais traços dos personagens, para estabelecer valores reconhecíveis da época, do que da autora. O nome de Cristo, por sinal, não é citado nem uma única vez (o que parece derivar das inclinações agnósticas de sua família). Porém há referências constantes ao Velho Testamento, como a criação de Adão e a condenação de Lúcifer.

Mary Shelley morreu em 1º de fevereiro de 1851, aos cinquenta e três, após anos com intensas dores de cabeça e problemas de visão que os médicos da época suspeitaram serem frutos de um tumor no cérebro. Deixou seu filho Percy e a nora, Jane, com quem morou nos últimos anos de sua vida. Não teve netos.

A leitura de *Frankenstein* se prova mais eterna do que atemporal. Certamente há um pesado estilo datado da época, muitas vezes rebuscado e redundante, que empresta um charme especial à obra. Os costumes registrados também podem parecer hoje bastante machistas (as ideias feministas da mãe de Mary Shelley devem figurar hoje na camada mais básica de uma sociedade dita igualitária), paternalistas e mesmo racistas; a cena em que Elizabeth é resgatada da pobreza pela família Frankenstein, apenas por ser loira e bela, teria gerado um massacre à autora, se escrita atualmente.

As biografias e análises desta apresentação servem para ampliar a discussão sobre o texto, sem intenção de incorrer em *spoilers* (se é que isso existe numa história tão conhecida). O romance certamente ainda guarda muitas surpresas e reviravoltas aos que chegam a ele agora, quem sabe vindos das adaptações mais recentes. Só de 2014 para cá foram feitas duas grandes produções para o cinema: *Frankenstein, entre anjos e demônios*, filme de ação dirigido por Stuart Beattie, baseado numa *graphic novel*; e *Victor Frankenstein*, de Paul McGuigan, com James McAvoy como Victor e Daniel Radcliffe como o incongruente Igor. Danny Boyle, diretor de *Trainspotting*, dirigiu uma versão para o teatro em 2011. Victor e a criatura também são personagens de destaque da série de TV americana *Penny Dreadful* (2014-16), e a TV britânica lançou a série *The Frankenstein Chronicles*, em 2015, sobre o mito em torno da criatura. A história parece ter a capacidade eterna de se moldar a diferentes tendências e roupagens, de acordo com a época.

Duzentos anos depois, mais do que nunca, pode-se exclamar com louvor sobre Frankenstein: “Está vivo! Está vivo!”

SANTIAGO NAZARIAN

Santiago Nazarian é tradutor, roteirista e autor de romances que flertam com o suspense e o terror psicológico. Entre as dezenas de obras que traduziu estão os clássicos *O Mágico de Oz*, de Frank L. Baum, *A lenda do cavaleiro sem cabeça*, de Washington Irving, e *Os filhos de Odin*, de Padraic Colum.

FRANKENSTEIN

OU O PROMETEU MODERNO[1]

1. O mito grego de Prometeu, que foi uma das bases de inspiração para Mary Shelley, é discutido na apresentação deste livro.

VOLUME UM

CARTA I

Para a sra. Saville, Inglaterra

São Petersburgo, 11 de dezembro de 17–

Você vai gostar de saber que nenhum desastre ocorreu durante o início do empreendimento que você encarou com presságios tão sombrios. Cheguei aqui ontem; e minha primeira tarefa é assegurar minha querida irmã de meu bem-estar e da confiança crescente no sucesso da empreitada.

Já estou bem ao norte no mapa, em relação a Londres; e conforme caminho pelas ruas de Petersburgo sinto uma fria brisa polar brincar com minhas bochechas, o que detém meu nervosismo e me enche de prazer. Você compreende a sensação? Essa brisa, que migrou das regiões em direção às quais avanço, me antecipa o gosto daquele clima gelado. Inspirados por esse vento de promessa, meus sonhos diurnos se tornam mais ferventes e vívidos. Tento em vão ser convencido de que o polo é apenas geleira e desolação; mas ele sempre se apresenta à minha imaginação como a região de beleza e prazer. Lá, Margaret, o sol é sempre visível, seu amplo disco apenas roçando o horizonte e difundindo um esplendor perpétuo. Lá – permita-me, minha irmã, depositar certa confiança em navegadores precedentes –, neve e geleira são banidas; e, viajando num mar calmo, seremos levados a uma terra que ultrapassa em maravilhas e em beleza cada região até aqui descoberta neste globo habitável. Seus traços e características podem não ter igual, como o fenômeno dos corpos celestiais sem dúvida é nessas solidões não descobertas. O que não esperar de uma terra de luz eterna? Lá, descobrirei talvez o maravilhoso poder que atrai o ponteiro[2] e empreenderei milhares de observações celestiais que requerem

2. O ponteiro da bússola, sempre atraído para o Norte magnético.

apenas esta viagem para conferir eterna consistência a suas aparentes excentricidades. Saciarei minha ardente curiosidade com a visão de uma parte do mundo nunca antes visitada, e poderei avançar numa terra nunca antes marcada pelo pé do homem. São essas as minhas motivações, e são suficientes para vencer todo o medo do perigo da morte e me induzir a iniciar essa laboriosa viagem com o prazer que uma criança sente quando entra num barquinho com seus colegas de férias numa expedição de descoberta pelo rio de sua cidade. Mas, supondo que todas essas conjecturas sejam falsas, você não tem como contestar o inestimável benefício que poderei propiciar a toda a humanidade, até a última geração, ao descobrir uma passagem perto do polo para países que atualmente demandam tantos meses para serem alcançados; ou ao comprovar o segredo do magnetismo que, se de todo for possível, somente poderá ser realizado por um empreendimento como o meu.

Essas reflexões dissiparam a agitação com a qual comecei minha carta, e sinto meu coração iluminado com um entusiasmo que me eleva aos céus; pois nada contribui tanto para tranquilizar a mente como um propósito firme – um ponto no qual a alma pode fixar seu olhar intelectual. Esta expedição foi o sonho favorito de meus primeiros anos. Li com ardor os relatos de várias viagens cujo objetivo era chegar ao oceano Pacífico Norte pelos mares que cercam o polo. Você deve se lembrar de que a biblioteca de nosso bom tio Thomas consistia inteiramente de histórias de expedições. Minha educação foi negligenciada, mas ainda assim eu era apaixonado por leitura. Esses volumes foram meu estudo dia e noite, e minha familiaridade com eles aumentou o pesar que senti, quando criança, ao saber que a imposição de meu pai moribundo proibira meu tio de permitir que eu embarcasse numa vida de marinhagem.

Essas visões se apagaram quando mergulhei pela primeira vez na leitura daqueles poetas cujas exaltações hipnotizaram minha alma e a elevaram aos céus. Também eu me tornei um poeta, e por um ano vivi num paraíso de minha própria criação; imaginei que também poderia obter um lugar no templo onde os nomes de Homero e Shakespeare[3] estão consagrados. Você

3. Homero, poeta da Antiguidade grega, autor de épicos como *Ilíada* e *Odisseia*. William Shakespeare (1564-1616), poeta e dramaturgo inglês, autor de clássicos como *Romeu e Julieta*, *Hamlet* e *Sonho de uma noite de verão*.

conhece bem o meu fracasso e sabe o quanto essa decepção me pesou. Mas, bem naquela época, herdei a fortuna de meu primo, e meus pensamentos se voltaram para suas primeiras inclinações.

Seis anos se passaram desde que me decidi pela presente missão. Posso até me lembrar do instante em que comecei a me dedicar a esse grande empreendimento. Iniciei habituando meu corpo à adversidade. Acompanhei os baleeiros em várias expedições ao mar do Norte; suportei, voluntariamente, frio, fome, sede e sono; com frequência trabalhava mais duro que os marinheiros comuns durante o dia e dedicava minhas noites ao estudo da matemática, à teoria da medicina e aos ramos da física dos quais uma aventura marítima poderia extrair a maior vantagem prática. Por duas vezes, de fato me empreguei como ajudante num baleeiro da Groenlândia, e conquistei admiração. Preciso dizer que fiquei um pouco orgulhoso quando meu capitão me alçou a segundo-imediato na embarcação e pediu com a maior sinceridade que eu permanecesse, de tão valiosos que ele considerava meus serviços.

E agora, querida Margaret, será que não mereço conquistar algum grande feito? Minha vida poderia ter sido de luxo e sem percalços; mas preferi a glória a qualquer sedução que a riqueza tenha colocado em meu caminho. Oh, que alguma voz encorajadora me responda afirmativamente! Minha coragem e resolução estão firmes; mas minhas esperanças oscilam, e meu espírito frequentemente se encontra deprimido. Estou prestes a seguir numa longa e difícil viagem, cujas contingências vão exigir toda a minha força: caberá a mim não apenas elevar o moral dos outros, mas às vezes sustentar o meu próprio quando o deles vacilar.

Esta é a melhor época para viajar na Rússia. Os trenós voam rapidamente na neve; o movimento é prazeroso e, na minha opinião, muito mais agradável do que o de uma diligência inglesa. O frio não é excessivo, se você estiver envolto em peles – uma vestimenta que já adotei, pois há uma grande diferença entre caminhar no convés e permanecer sentado imóvel por horas, sem qualquer exercício que evite que o sangue congele de fato em suas veias. Não tenho ambição de perder a vida na estrada entre São Petersburgo e Arcangel.[4]

---

4. Capital da província de Arkhangelsk, no noroeste da Rússia, ao norte de São Petersburgo.

Devo partir para essa última cidade em duas ou três semanas; e minha intenção é lá contratar um navio, o que pode ser feito facilmente pagando-se o seguro para o proprietário, e tantos marinheiros quanto achar necessário entre os que estão acostumados a caçar baleias. Não pretendo velejar antes de junho. E quando devo retornar? Ah, querida irmã, como posso responder a essa pergunta? Se tiver sucesso, muitos e muitos meses, talvez anos, terão se passado antes que você e eu possamos nos encontrar. Se fracassar, você irá me ver novamente em breve, ou nunca mais.

Adeus, minha querida e maravilhosa Margaret. Que o céu derrame bênçãos sobre você e, Deus queira, que eu possa de novo assegurar minha gratidão por todo o seu amor e a sua bondade.

Seu amoroso irmão,
R. Walton

CARTA II

Para a sra. Saville, Inglaterra

Arcangel, 28 de março de 17–

Como o tempo passa lento aqui, rodeado como estou por gelo e neve! Ainda assim, um novo passo é dado em direção à minha missão. Contratei uma embarcação e estou ocupado reunindo meus marinheiros. Aqueles que já empreguei parecem ser homens com os quais posso contar e certamente possuem uma coragem destemida.

Mas tenho um desejo que ainda não fui capaz de satisfazer; e sinto agora essa ausência como o mal mais severo. Não tenho amigos, Margaret. Quando estiver desfrutando o entusiasmo do sucesso, não haverá quem compartilhe meu prazer; se for tomado pela decepção, ninguém vai se esforçar para me afastar da tristeza. Devo dedicar meus pensamentos ao papel, é verdade; mas esse é um pobre meio para a comunicação de sentimentos. Desejo a companhia de um homem que possa se solidarizar comigo; cujos olhos respondam aos meus. Pode me considerar romântico, minha querida irmã, mas sinto amargamente a falta de um amigo. Não tenho ninguém perto de mim, gentil e ainda corajoso, de posse de uma mente elevada e capaz, cujos gostos sejam como os meus, para aprovar ou reparar meus planos. Como tal amigo poderia corrigir os defeitos de seu pobre irmão! Sou impetuoso demais na execução e impaciente demais nas dificuldades. Mas ainda é um mal maior para mim ser autodidata: pelos primeiros quatorze anos de minha vida, vivia solto por aí e nada lia além dos livros de viagem de nosso tio Thomas. Naquela idade, tomei conhecimento de célebres poetas de nosso próprio país; mas foi só quando deixou de estar em meu poder extrair os benefícios mais importantes de tal convicção que percebi a necessidade de me tornar conhecedor de mais línguas do que a de meu país natal. Agora tenho vinte e oito anos e na realidade sou mais iletrado do que muitos estudantes de quinze. É verdade que tenho pensado mais, e que meus devaneios são muito mais extensos e magníficos, porém falta a eles (como dizem os pintores) *perspectiva*, e preciso fortemente de um amigo que tenha bom senso o suficiente para não me desprezar como romântico, e afeição o bastante para que eu me esforce por organizar minhas ideias.

Bem, essas são queixas inúteis; certamente não vou encontrar amigo algum no vasto oceano, nem mesmo aqui em Arcangel, entre mercadores e marinheiros. Ainda assim, mesmo nesses peitos rudes pulsam sentimentos não relacionados ao dejeto da natureza humana. Meu tenente, por exemplo, é um homem de maravilhosa coragem e iniciativa; deseja loucamente a glória, ou melhor, para frasear com mais precisão, o avanço em sua profissão. É um inglês e, entre preconceitos nacionais e profissionais não amaciados pela cultura, retém alguns dos mais nobres dons da humanidade. Eu o conheci a bordo de uma embarcação baleeira; ao descobrir que estava desempregado nesta cidade, contratei-o facilmente para ajudar em minha missão.

O mestre é uma pessoa de excelente disposição, e é notável no navio pela gentileza e a disciplina tranquila. Essa circunstância, acrescida de sua bem conhecida integridade e coragem destemida, me deixou muito desejoso de contratá-lo. Uma juventude vivida em solidão, meus melhores anos passados sob sua tutela gentil e feminina, minha irmã, refinaram tanto as fundações de minha personalidade que não consigo superar uma aversão intensa à costumeira brutalidade exercida a bordo de um navio: nunca acreditei que ela fosse necessária, e quando escuto sobre um marinheiro igualmente reconhecido por sua bondade no coração e o respeito e a obediência prestados a ele por sua tripulação, sinto-me peculiarmente afortunado por poder contratar seus serviços. Ouvi falar dele pela primeira vez de uma maneira bem romântica, por uma senhora que lhe deve a felicidade de sua vida. Esta é brevemente sua história. Há alguns anos, ele amou uma jovem russa de fortuna modesta e, tendo reunido uma soma considerável em dotes, o pai da menina consentiu com o casamento. Ele viu a amada uma vez antes da fatídica cerimônia, mas ela estava banhada em lágrimas e, jogando-se aos pés dele, implorou-lhe que a poupasse, confessando amar outro, mas que este era pobre e seu pai nunca consentiria com a união. Meu generoso amigo confortou a suplicante e, ao ser informado do nome de seu amante, instantaneamente abdicou de sua concorrência. Já havia comprado uma fazenda com seu dinheiro, na qual planejara passar o resto da vida; mas entregou-a inteira a seu rival, junto com o que sobrava de seus dotes, para que comprasse gado; então ele próprio solicitou ao pai da jovem que consentisse com o casamento dela com o amado. Mas o velho recusou decididamente, achando-se preso por uma questão de honra ao meu amigo, que, quando notou que o pai estava irredutível, abandonou seu país sem voltar até ouvir que sua antiga amada se casara de acordo com suas inclinações. "Que sujeito nobre!", você vai exclamar. Ele é, sim; mas é totalmente inculto: é silencioso como um turco, e um tipo de descuido ignorante o assola, o que, embora torne sua conduta ainda mais espantosa, afasta-o do interesse e da simpatia que, caso contrário, ele provocaria.

Mas não pense que, porque reclamo um pouco ou porque concebo um consolo que jamais alcançarei para minha labuta, estou vacilando em minhas resoluções. Estas estão tão firmes quanto o destino, e minha viagem agora só se atrasa até que o clima permita o embarque. O inverno tem sido terrivelmente severo, mas a primavera promete, e espera-se que seja uma estação notavelmente precoce; então talvez eu possa navegar antes do que esperava. Não devo fazer nada impulsivamente: você me conhece o suficiente para confiar em minha prudência e consideração sempre que a segurança de terceiros está entregue aos meus cuidados.

Não posso descrever a você minhas emoções com a perspectiva próxima de minha empreitada. É impossível transmitir essa sensação trêmula, metade prazer e metade temor, com a qual estou me preparando para partir. Vou para regiões inexploradas, para a "terra de neblina e neve", mas não matarei um albatroz que seja, portanto não se alarme por minha segurança ou se eu voltar a você tão gasto e lastimável quanto o "Velho Marinheiro".[5] Você vai sorrir com minha alusão; mas vou revelar um segredo. Frequentemente

5. Referência ao poema "A balada do Velho Marinheiro" ("The Rime of the Ancient Mariner", 1798), do poeta inglês Samuel Taylor Coleridge, em que um marinheiro em águas glaciais mata um albatroz, trazendo má sorte para sua embarcação.

atribuo meu compromisso, meu apaixonado entusiasmo pelos perigosos mistérios do oceano, à produção dos mais imaginativos poetas modernos. Há algo operando em minha alma que eu não entendo. Estou quase diligente, minucioso, um operário a se dedicar com perseverança e labuta; mas, além disso, em todos os meus projetos, há um amor pelo maravilhoso, uma crença no maravilhoso que me apressa para longe dos caminhos comuns dos homens, até o mar selvagem e regiões não visitadas que estou prestes a explorar.

Mas voltemos a considerações mais estimadas. Será que irei encontrá-la novamente após ter atravessado imensos mares e voltado pelo cabo mais meridional da África ou da América? Não ouso esperar tal sucesso, ainda assim não posso suportar olhar para o outro lado da moeda. Continue por ora a escrever para mim a cada oportunidade: vou receber suas cartas quando mais precisar delas para sustentar meu ânimo. Eu a amo com ternura. Lembre-se de mim com afeto, se nunca mais souber de mim novamente.

Seu amoroso irmão,
Robert Walton

CARTA III

Para a sra. Saville, Inglaterra

7 de julho de 17–

Minha querida irmã,
Escrevo algumas linhas apressadas para dizer que estou em segurança – e bem avançado em minha viagem. Esta carta chegará à Inglaterra por um mercador que agora volta para casa, saindo de Arcangel; mais afortunado do que eu, que não poderei ver minha terra natal talvez por muitos anos. Porém estou num humor positivo: meus homens são fortes e aparentemente de propósitos firmes, nem as camadas flutuantes de gelo que continuamente passam por nós, indicando os perigos da região em direção à qual estamos avançando, parecem desmotivá-los. Já chegamos a uma latitude bem elevada; mas é alto verão, e, apesar de não ser tão quente quanto na Inglaterra, as ventanias do sul, que nos levam velozes em direção a essas praias que tão ardentemente desejo atingir, trazem um sopro de calor renovador que eu não esperava.

Nenhum incidente até então recaiu sobre nós que pudesse impressionar numa carta. Uma ou duas ventanias rigorosas e um princípio de vazamento são acidentes que navegantes experientes mal se lembram de registrar; e devo ficar bem satisfeito se nada de pior acontecer durante nossa viagem.

Adieu, minha querida Margaret. Assegure-se de que, para meu próprio bem, assim como o seu, não vou procurar impulsivamente o perigo. Serei frio, perseverante e prudente.

Mas o sucesso *deve* coroar meus esforços. Como não? Assim, longe eu fui, traçando um rastro seguro sobre mares não delineados: as próprias estrelas em si como testemunhas e provas de meu triunfo. Por que não proceder sobre o indomado ainda que obediente elemento? O que pode deter o coração determinado e a vontade decidida do homem?

Meu coração inchado involuntariamente assim se derrama. Mas devo encerrar. Que o céu abençoe minha amada irmã!

R.W.

CARTA IV

Para a sra. Saville, Inglaterra

5 de agosto de 17–

Um acidente tão estranho aconteceu conosco que não posso me abster de registrá-lo, apesar de ser muito provável que você me veja antes que esses papéis tenham chegado às suas mãos.

Segunda-feira passada (31 de julho) estávamos cercados por gelo, que bloqueava o navio por todos os lados, deixando pouco mais que o espaço de mar no qual ele flutuava. Nossa situação era um tanto perigosa, especialmente por estarmos envolvidos por uma neblina muito densa. Assim, ancoramos, esperando que alguma mudança acontecesse na atmosfera e no clima.

Por volta das duas horas, a neblina se dissipou e contemplamos, estendidas em todas as direções, vastas e irregulares planícies de gelo que pareciam não ter fim. Alguns dos meus camaradas resmungaram, e minha mente começou a ficar alerta com pensamentos ansiosos, quando uma estranha visão de repente atraiu nossa atenção e nos afastou da preocupação com nossa situação. Notamos uma charrete baixa fixada num trenó e puxada por cães, passando em direção ao norte, a pouco menos de um quilômetro de distância; sentado no trenó, guiando os cães, vinha um ser que tinha a forma de um homem, mas aparentemente de estatura gigante. Observamos o rápido progresso do viajante com nossos telescópios até ele desaparecer entre as longínquas irregularidades do gelo.

Essa visão nos provocou um espanto absoluto. Estávamos, como acreditávamos, a muitas centenas de quilômetros de qualquer terra; mas essa aparição parecia denotar que, na realidade, não havíamos chegado tão longe quanto supúnhamos. Trancados porém pelo gelo, era impossível seguir seu rastro, o qual observamos com a maior atenção.

Cerca de duas horas após a ocorrência, ouvimos o mar estalando; e antes de chegar a noite o gelo partiu-se e liberou nosso navio. No entanto, ficamos ancorados até a manhã, temendo encontrar no escuro aquelas grandes massas soltas que flutuam nas águas depois que o gelo se quebra. Aproveitei o tempo para descansar algumas horas.

Porém, de manhã, logo que clareou, fui ao convés e encontrei todos os marinheiros ocupados de um lado da embarcação, aparentemente conversando com alguém no mar. Era de fato um trenó, como o que havíamos visto antes, que havia vagado na nossa direção durante a noite num grande fragmento de gelo. Apenas um dos cães permanecia vivo; mas havia também um ser humano, que os marinheiros persuadiam a entrar na embarcação. Ele não parecia, como o outro viajante, um habitante selvagem de alguma ilha não descoberta, mas um europeu. Quando cheguei ao convés, o mestre disse:

– Este é o nosso capitão, e ele não vai permitir que você pereça em mar aberto.

Ao me notar, o estranho se dirigiu a mim em inglês, mas com um sotaque estrangeiro.

– Antes de eu entrar em sua embarcação – disse –, você teria a bondade de me informar para onde se dirigem?

Você pode imaginar meu espanto ao ouvir tal pergunta de um homem à beira da morte, para quem eu deveria supor que minha embarcação teria sido um recurso que ele não trocaria pelo mais precioso tesouro que a terra pudesse oferecer. Porém respondi que estávamos numa viagem de descobrimento em direção ao polo Norte.

Ao ouvir isso, ele pareceu satisfeito e consentiu em vir a bordo. Bom Deus! Margaret, se você tivesse visto o homem que assim capitulou por sua segurança, sua surpresa teria sido irrefreável. Seus membros estavam quase congelados e seu corpo, horrendamente emaciado por fadiga e sofrimento. Nunca vi um homem numa condição tão arrasada. Tentamos carregá-lo para a cabine; mas logo que abandonou o ar fresco ele desmaiou. Consequentemente, nós o trouxemos de volta para o convés e o reanimamos esfregando-o com conhaque e forçando-o a engolir uma pequena quantidade. Logo que mostrou sinais de vida, nós o envolvemos em cobertores e o colocamos perto da chaminé do forno da cozinha. Lentamente ele se recuperou e tomou um pouco de sopa, que o restaurou maravilhosamente.

Dois dias se passaram dessa maneira, até ele ser capaz de falar; e frequentemente temi que seus sofrimentos o tivessem privado da razão. Quando, em certa medida, ele se recuperou, eu o removi para minha própria cabine e cuidei dele tanto quanto meu dever permitia. Nunca vi criatura mais interessante; seus olhos têm geralmente uma expressão de selvageria, e até loucura, mas há momentos em que, se alguém tem um ato de bondade para com ele ou lhe oferece o serviço mais insignificante, toda a sua fisionomia se ilumina com um raio de benevolência e doçura que nunca vi igual. Mas em geral é melancólico e desesperado; e às vezes range os dentes, como se impaciente pelo peso dos infortúnios que o oprimem.

Quando meu hóspede se recuperou um pouco, tive grande dificuldade em manter os homens afastados, pois queriam fazer milhares de perguntas a ele; mas não permiti que fosse atormentado pela vã curiosidade deles, num estado de corpo e mente cuja recuperação evidentemente dependia de total repouso. Uma vez, porém, o tenente perguntou por que ele havia vindo de tão longe no gelo, num veículo tão estranho.

Seu semblante instantaneamente assumiu um aspecto de profundo pesar, e ele respondeu:

– Para buscar quem fugiu de mim.

– E o homem que você busca viaja da mesma forma?

– Sim.

– Então creio que o vimos, pois no dia anterior ao que pegamos você, nós vimos alguns cães puxando um trenó com um homem, cruzando o gelo.

Isso atiçou a atenção do estranho, e ele fez uma infinidade de perguntas em relação à rota que o demônio, como ele o chamou, havia seguido. Logo após, quando estava sozinho comigo, ele disse:

– Sem dúvida aticei sua curiosidade, assim como a dessa boa gente; mas vocês têm consideração demais para me interrogar.

– Certamente; seria de fato muito impertinente e desumano de minha parte incomodá-lo com qualquer questionamento.

– E, ainda assim, você me resgatou de uma estranha e perigosa situação; restaurou-me a vida por bondade.

Logo após isso, ele perguntou se eu achava que o rompimento do gelo havia destruído o outro trenó. Respondi que não poderia saber com nenhum grau de certeza, pois o gelo não havia se quebrado até perto da meia-noite, e o viajante poderia ter chegado a um lugar seguro antes dessa hora; eu não tinha como saber.

A partir de então, um novo espírito de vida animou a constituição decaída do estranho. Ele manifestou grande avidez por estar no convés, de vigília pelo trenó que havia aparecido anteriormente; mas eu o persuadi a permanecer na cabine, porque está fraco demais para suportar a crueza da atmosfera. Prometi que alguém vigiaria por ele e daria aviso instantâneo se qualquer novo objeto aparecesse à vista.

Este é meu registro sobre o que se refere a essa curiosa ocorrência até o momento presente. O estranho melhorou gradualmente de saúde, mas está muito silencioso, e parece desconfortável quando alguém além de mim entra na cabine. Ainda assim, seus modos são tão conciliadores e gentis que os marinheiros estão todos interessados nele, apesar da pouca comunicação. De minha parte, comecei a amá-lo como a um irmão; e sua dor constante e profunda me enche de solidariedade e compaixão. Deve ter sido uma nobre criatura em seus melhores dias, sendo agora, em frangalhos, tão atraente e amável.

Eu disse numa das minhas cartas, minha querida Margaret, que não poderia encontrar amigos no vasto oceano; ainda assim encontrei um homem que, antes de ter seu espírito partido pela tristeza, eu teria ficado feliz de ter como um irmão de coração.

Devo continuar meu diário em relação ao estranho a intervalos, se não tiver novos incidentes para registrar.

13 de agosto de 17–

Meu afeto pelo hóspede aumenta a cada dia. Ele incita ao mesmo tempo minha admiração e minha pena num nível espantoso. Como posso ver tal nobre criatura destruída pela miséria sem sentir a mais pungente dor? Ele é tão gentil, ainda assim tão sábio; sua mente é tão culta e, quando fala, apesar de suas palavras serem escolhidas com a mais selecionada arte, elas fluem com rapidez e uma eloquência sem paralelo.

Ele está agora bem recuperado da enfermidade e está sempre no convés, aparentemente vigiando o trenó que precedeu o seu próprio. Ainda assim, apesar de infeliz, não está tão ocupado com a própria tristeza, interessando-se verdadeiramente pelos projetos dos outros. Com frequência conversa comigo sobre o meu, que lhe comuniquei sem disfarces. Acompanhou com atenção todos os meus argumentos a favor do meu eventual sucesso, e cada mínimo detalhe das medidas que tomei para assegurá-lo. Fui facilmente levado, pela solidariedade que ele evidenciou, a usar a linguagem de meu coração, a expressar o ardor flamejante de minha alma e a proclamar, com todo o fervor que me aqueceu, com qual felicidade eu sacrificaria minha fortuna, minha existência, cada esperança minha para o avanço de meu empreendimento. A vida ou a morte de um homem é nada além de um pequeno preço para se alcançar o conhecimento que busco, para o domínio que devo adquirir e transmitir sobre os inimigos elementares de nossa raça. Conforme eu falava, uma sombra escura se espalhava sobre o semblante do meu ouvinte. De início notei que ele tentou suprimir a emoção; colocou as mãos sobre os olhos, e minha voz vacilou e falhou, enquanto eu contemplava lágrimas escorrerem velozes por entre seus dedos; um grunhido irrompeu de seu peito arfante. Pausei; e depois de muito tempo ele falou, com um forte sotaque:

– Homem infeliz! Você compartilha minha loucura? Também bebeu do trago tóxico? Escute: deixe-me revelar minha história, e você afastará o copo de seus lábios!

Tais palavras, como pode imaginar, excitaram estranhamente minha curiosidade; mas o paroxismo da dor que se apossou do estranho superou seus poderes enfraquecidos, e foram necessárias muitas horas de repouso e conversa tranquila para restaurar sua compostura.

Depois de aplacar a violência de seus sentimentos, ele pareceu desprezar a si mesmo por ser um escravo da paixão, e, dominando a escura tirania do desespero, conduziu-me novamente a meus próprios assuntos. Perguntou a história de meus primeiros anos. O relato foi rápido, mas despertou várias linhas de reflexão. Falei do meu desejo de encontrar um amigo, de minha sede por uma solidariedade com uma mente semelhante mais íntima do que jamais me fora concedido, e expressei minha convicção de que um homem poderia se vangloriar de pouca felicidade se não goza dessa bênção.

– Concordo com você – respondeu o estranho –, somos criaturas não moldadas, apenas semiprontas, se alguém mais sábio, melhor e mais amado do que nós mesmos, tal como um amigo teria de ser, não vem prestar seu auxílio e aperfeiçoar nossa natureza fraca e falha. Outrora tive um amigo, a mais notável das criaturas humanas, e desse modo posso julgar o que é a amizade. Você tem esperança e o mundo diante de si, e não tem motivo para desespero. Mas eu... eu perdi tudo e não posso começar a vida novamente.

Ao dizer isso, seu semblante tomou uma expressão de dor calma e resignada que tocou meu coração. Mas ele ficou em silêncio e, em seguida, retirou-se para a sua cabine.

Mesmo com o espírito abatido como está, ninguém pode sentir mais profundamente do que ele as belezas da natureza. O céu estrelado, o mar e cada visão proporcionada por estas maravilhosas regiões parecem ainda ter o poder de elevar sua alma da terra. Tal homem tem uma existência dupla: pode sofrer e ser sobrepujado por decepções, ainda assim, quando se recolhe em si mesmo, é como um espírito celestial com um halo que nenhuma dor ou tolice adentra.

Será que você vai sorrir diante do entusiasmo que expresso em relação a esse divino errante? Não sorriria, se o visse. Você foi instruída e refinada por livros e pelo afastamento do mundo e, portanto, é de certa forma exigente; mas isso só a torna mais propensa a apreciar os extraordinários méritos desse homem maravilhoso. Às vezes, empenho-me em descobrir que qualidade ele possui que o eleva imensuravelmente acima de qualquer outra pessoa que já conheci. Acredito ser um discernimento intuitivo; um ligeiro porém nunca vacilante poder de julgamento; uma capacidade de penetrar nas causas das coisas, inigualada pela clareza e precisão; acrescente a isso a facilidade de expressão e uma voz cujas entonações variadas são música para suavizar a alma.

19 de agosto de 17–

Ontem o estranho me disse:

– Você pode facilmente notar, capitão Walton, que sofri infortúnios sem paralelo. Havia decidido em certa ocasião que a lembrança desses males deveria morrer comigo, mas você conseguiu alterar minha determinação. Você busca conhecimento e sabedoria, como outrora eu fiz; e espero ardentemente que a realização de seus desejos não seja a serpente a mordê-lo, como aconteceu comigo. Não sei se o relato de meus desastres lhe será útil; ainda assim, quando reflito que está seguindo o mesmo curso, expondo-se aos mesmos perigos que me tornaram o que sou, imagino que você possa extrair de meu relato uma moral apropriada, que poderá orientá-lo se tiver sucesso em sua empreitada e consolá-lo em caso de fracasso. Prepare-se para ouvir episódios que geralmente são considerados maravilhosos. Caso estivéssemos em um cenário natural mais manso, eu temeria sua descrença, talvez seu escárnio; mas, nestas selvagens e misteriosas regiões, muitas coisas que provocariam o riso de quem se alheia ao poder tão variado da natureza parecerão possíveis; também não posso duvidar que minha história transmita evidência intrínseca da verdade dos fatos que a compõem.

Você pode facilmente imaginar que fiquei muito grato pela oferta de comunicação, ainda assim não pude suportar que ele renovasse sua dor com um recital de seus infortúnios. Senti a maior ânsia em ouvir a narrativa prometida, em parte por curiosidade, em parte por um forte desejo de atenuar o destino dele, caso isso estivesse em meu poder. Expressei esses sentimentos em minha resposta.

– Agradeço a solidariedade – respondeu ele –, mas é inútil; meu destino está quase cumprido. Espero apenas por um acontecimento, então poderei repousar em paz. Entendo seu sentimento – continuou, percebendo que eu desejava interrompê-lo –, mas está enganado, meu amigo, se assim permitir que o chame; nada pode alterar meu destino. Escute minha história e vai perceber quão irrevogavelmente ele está determinado.

Ele então me disse que iniciaria sua narrativa no dia seguinte, quando eu deveria estar de folga. A promessa extraiu de mim o mais caloroso dos agradecimentos. Decidi que, todas as noites, quando não estiver imperativamente ocupado por meus deveres, vou registrar o que ele tiver relatado durante o dia em suas próprias palavras, com o máximo de fidelidade possível. Se eu estiver ocupado, irei ao menos fazer anotações. Esse manuscrito sem dúvida vai lhe proporcionar grande prazer; mas para mim, que o conheço e que escuto de seus próprios lábios, com qual interesse e solidariedade não o lerei em algum dia futuro! Mesmo agora, quando inicio minha tarefa, a voz impostada dele ressoa em meus ouvidos; seus olhos lustrosos habitam em mim com toda a sua melancólica doçura; vejo sua mão delgada se erguer com entusiasmo, enquanto os traços de seu rosto irradiam sua alma. Estranha e angustiante deve ser sua história, temerosa a tempestade que envolveu a galante embarcação em seu curso e a destroçou – ei-la!

CAPÍTULO I

Sou, por nascimento, genebrês, e minha família é uma das mais distintas dessa república. Meus ancestrais foram por muitos anos conselheiros e magistrados;[6] e meu pai desempenhou várias funções públicas com honra e reputação. Era respeitado por todos que o conheciam por sua integridade e infatigável atenção aos negócios públicos. Passou os dias de sua juventude perpetuamente ocupado com os negócios do país; uma variedade de circunstâncias impediu que se casasse cedo, não se tornando marido e pai de família antes de estar no declínio da vida.

Como as condições de seu casamento ilustram sua personalidade, não posso me abster de relatá-las. Um de seus amigos mais íntimos era um mercador que, de um estado promissor, decaiu na pobreza em função de numerosos acidentes. Esse homem, cujo nome era Beaufort, era de natureza orgulhosa e inflexível e não podia suportar viver na pobreza e no esquecimento no mesmo país em que um dia se distinguira por sua posição e magnificência. Tendo pagado suas dívidas, da maneira mais honrada, retirou-se com a filha para a cidade de Lucerna, onde viveu isolado em sua desgraça. Meu pai amava Beaufort com a mais verdadeira amizade e sentiu profundamente seu afastamento nessas infelizes circunstâncias. Deplorou com amargor o falso orgulho que levou o amigo a uma conduta tão pouco digna da afeição que os unia. Não perdeu tempo em empenhar-se em buscá-lo, com a esperança de persuadi-lo a recomeçar a vida por meio de seu crédito e assistência.

Beaufort havia tomado medidas eficazes para se esconder, e meu pai levou dez meses para descobrir seu paradeiro. Regozijado com a descoberta,

6. Os magistrados de Genebra, em número de quatro, eram escolhidos entre os membros das famílias aristocráticas e tinham funções administrativas, financeiras e de defesa. A estrutura se desfez com a Revolução Francesa e restaurada no séc.XIX, após a derrota de Napoleão.

apressou-se até a casa do amigo, que ficava numa rua torpe perto do rio Reuss. Mas quando entrou, foi recebido pela miséria e o desespero. Beaufort havia salvado da ruína apenas uma soma muito pequena de dinheiro, mas era o suficiente para fornecer sustento por alguns meses, durante os quais ele esperava encontrar algum emprego respeitável como comerciante. Por consequência, o intervalo foi passado em inação; com o ócio para refletir, sua dor só se aprofundou e se tornou mais amarga; e, com o tempo, ela se apoderou com tal força de sua mente que, no fim de três meses, ele estava enfermo numa cama, incapaz de qualquer esforço.

A filha cuidava dele com grande ternura, mas via, com desespero, que os pequenos recursos decresciam rapidamente e que não havia outro prospecto de sustento. Caroline Beaufort, no entanto, possuía uma mente incomum, e sua coragem veio apoiá-la na adversidade. Ela procurou trabalhos simples; trançava palha; e por vários meios conseguiu juntar uma ninharia que mal sustentava a vida.

Vários meses se passaram dessa maneira. Seu pai piorou; o tempo da filha era ocupado inteiramente em cuidar dele; seus meios de subsistência diminuíram; e, no décimo mês, o pai morreu em seus braços, deixando-a como órfã e mendiga. Esse último golpe se apoderou dela, e, quando meu pai entrou no recinto, encontrou-a ajoelhada junto ao caixão de Beaufort, chorando amargamente. Ele veio como um espírito protetor para a pobre moça, que se entregou aos seus cuidados. Após o enterro do amigo, ele a levou para Genebra e a colocou sob a guarda de parentes. Dois anos depois, Caroline tornou-se sua esposa.

Havia uma diferença considerável de idade entre meus pais, mas essa circunstância parecia apenas uni-los mais nos laços do dedicado afeto. Havia uma noção de justiça na mente honrada de meu pai que demandava que ele aprovasse com louvor para amar com fervor. Talvez nos anos anteriores tivesse sofrido com a descoberta tardia do demérito de alguém que amara, o que o fizera conferir um valor maior à integridade comprovada. Havia uma amostra de gratidão e veneração em sua ligação com minha mãe que diferia totalmente da afeição adoradora da idade, pois era inspirada pela reverência às virtudes dela e um desejo de ser o meio através do qual, em alguma medida, ela fosse recompensada pelas tristezas que suportara, mas que dava uma graça indescritível do seu comportamento perante ela. Fazia tudo para atender a seus desejos e conveniência. Esforçava-se para protegê-la, como um jardineiro protege uma bela planta exótica de qualquer vento mais brusco, e para cercá-la com tudo o que poderia instigar emoções prazerosas na mente suave e benevolente da esposa. Sua saúde e mesmo a tranquilidade de seu espírito, até então estável, haviam sido sacudidas pelo que ela passara. Durante os dois anos que antecederam o casamento, meu pai se absteve gradualmente de todas as suas funções públicas; e logo após a união buscou o prazeroso clima da Itália, e a mudança de cenário e interesse resultou numa viagem por aquela terra de maravilhas, como um remédio para a constituição enfraquecida dela.

Da Itália eles visitaram a Alemanha e a França. Eu, seu filho mais velho, nasci em Nápoles, e como infante os acompanhei em seus passeios. Permaneci por vários anos como filho único. Por mais que fossem ligados um ao outro, eles pareciam ter o suprimento inesgotável de afeto de uma mina de amor para depositar sobre mim. As tenras carícias de minha mãe e o sorriso de benevolente prazer de meu pai ao me contemplar são minhas primeiras lembranças. Eu era seu enlevo, seu objeto de adoração e, mais do que isso, seu filho, a inocente e incapaz criatura concedida a eles pelos céus, a quem criar para o bem e cujo futuro eles conduziriam para a felicidade ou a desgraça, conforme desempenhassem seus deveres em relação a mim. Com a consciência profunda do senso de obrigação para com o ser a quem deram vida, acrescido do espírito ativo de ternura que animava a ambos, pode-se imaginar que, embora em todas as horas de minha vida infantil eu tenha recebido uma lição de paciência, caridade e autocontrole, era guiado como que por uma fita de seda tão suave que tudo parecia uma sequência de prazeres para mim.

Por um longo tempo, fui a única atenção deles. Minha mãe queria muito ter uma filha, mas continuei a ser sua única cria. Quando eu tinha cerca de cinco anos de idade, durante uma excursão além das fronteiras da Itália, eles passaram uma semana às margens do lago de Como.[7] O caráter benevolente

7. O lago de Como, na Lombardia, é o terceiro maior da Itália. Após a publicação de *Frankenstein*, em 1818, Mary se estabeleceu no país até a morte do marido, em 1822, retornando para Londres no ano seguinte.

dos dois frequentemente os fazia entrar nas cabanas dos pobres. Para minha mãe, agir como o anjo da guarda dos aflitos era mais do que um dever; era uma necessidade, uma paixão – considerando o que havia sofrido e como fora salva. Em uma de suas caminhadas, uma pobre cabana nos recantos de um vale atraiu a atenção deles por sua desolação singular, com uma quantidade de crianças seminuas reunidas ao redor, transmitindo uma penúria em sua pior forma. Num dia em que meu pai foi sozinho a Milão, minha mãe, acompanhada por mim, visitou essa morada. Encontrou um camponês e sua esposa, trabalhando duro, curvados pelo cuidado com os filhos e a labuta, distribuindo uma refeição mirrada para cinco bebês famintos. Entre esses, havia um que atraiu minha mãe bem mais do que os outros. Parecia de uma linhagem diferente. Os quatro outros eram errantezinhos robustos de olhos escuros; essa criança era magra e muito bela. Seu cabelo era do ouro mais brilhante e, apesar da pobreza da vestimenta, parecia depositar uma coroa de distinção sobre sua cabeça. A testa era clara e ampla, os olhos azuis e límpidos, e os lábios e o molde do rosto expressando tal sensibilidade e doçura que ninguém poderia contemplá-la sem a imaginar como pertencente a outra espécie, um ser enviado pelos céus, trazendo um selo sublime em todos os seus traços.

A camponesa, notando que minha mãe fixou olhos de espanto e admiração nessa adorável menina, contou avidamente sua história. Não era sua filha, mas de um nobre milanês. A mãe era alemã e morrera ao dar à luz. A criança havia sido colocada aos cuidados dessa boa gente: naquela época, eles tinham uma vida melhor. Não fazia muito tempo que estavam casados, e seu filho mais velho nascera havia pouco. O pai da menina era um dos italianos que fomentavam na memória a antiga glória da Itália – um dos *schiavi ognor frementi*,[8] que se empenhava em obter a liberdade de seu país. Ele se tornou vítima de sua fraqueza. Não se sabia se ainda vivia ou permanecia nos calabouços da Áustria. Sua propriedade fora confiscada; sua filha tornara-se órfã e mendiga. Ela continuou com os pais adotivos e

8. Em italiano no original: "escravos sempre frementes". A frase se refere à agitação da população italiana sob domínio austríaco entre os sécs.XVIII e XIX (período em que se passa o romance).

desabrochou na rude morada, mais bela do que uma rosa de jardim entre aqueles arbustos de folhas escuras.

Quando meu pai retornou de Milão, encontrou brincando comigo, na entrada de nossa chácara, uma criança mais bela que o retrato de um querubim – uma criatura que parecia emanar luz e cuja forma e movimentos eram mais leves que os antílopes das montanhas. A aparição foi logo explicada. Com a permissão do marido, minha mãe convenceu os rústicos guardiões a passarem aquele encargo para ela. Eles estimavam a doce órfã. Sua presença parecia-lhes uma bênção, mas seria injusto com a menina mantê-la na pobreza e na necessidade, quando a Providência divina lhe conferia proteção tão poderosa. Eles consultaram o padre da vila, e o resultado foi que Elizabeth Lavenza se tornou moradora da casa de meus pais – minha mais do que irmã, a bela e adorada companhia de todas as minhas ocupações e prazeres.

Todos amavam Elizabeth. O apaixonado e quase reverente apego que todos lhe dispensavam, além de ser algo do qual eu compartilhava, era também meu orgulho e júbilo. Na véspera de sua chegada à minha casa, minha mãe disse risonhamente:

– Tenho um belo presente para meu Victor, ele vai recebê-lo amanhã.

E quando, no dia seguinte, ela me apresentou Elizabeth como o presente prometido, eu, com infantil seriedade, interpretei suas palavras literalmente e olhei para Elizabeth como minha – minha para proteger, amar e adorar. Recebia todos os elogios destinados a ela como se feitos a uma propriedade minha. Nós chamávamos um ao outro familiarmente pelo nome de primos. Nenhuma palavra, nenhuma expressão poderia dar corpo ao tipo de relação que eu tinha com ela – minha mais do que irmã, já que até a morte ela seria minha somente.

CAPÍTULO 2

Fomos criados juntos; não chegava a haver um ano de diferença entre nossas idades. Não preciso dizer que éramos estranhos a qualquer espécie de desunião ou disputa. A harmonia era a alma de nosso companheirismo e a diversidade e o contraste que subsistiam em nossas personalidades nos aproximavam ainda mais. Elizabeth era de uma disposição mais calma e concentrada; mas, com todo o meu ardor, eu era capaz de uma dedicação mais intensa, e era mais profundamente tomado pela sede de conhecimento. Ela se ocupava em seguir as criações elevadas dos poetas; e, nas paisagens majestosas e fascinantes que cercavam nosso lar suíço – as formas sublimes das montanhas, as mudanças das estações, tempestade e calma, o silêncio do inverno e a vida de turbulência de nossos verões alpinos –, ela encontrava um amplo escopo para admiração e deleite. Enquanto minha companheira contemplava com um espírito sério e satisfeito as magníficas aparições das coisas, eu me deleitava em investigar suas causas. O mundo era para mim um segredo que eu desejava decifrar. Entre as mais antigas sensações de que posso me lembrar estão a curiosidade, a pesquisa dedicada para aprender as leis ocultas da natureza e uma felicidade equivalente ao júbilo quando elas se revelavam a mim.

Com o nascimento de um segundo filho, sete anos mais moço que eu, meus pais desistiram totalmente da vida errante e se fixaram em sua terra natal. Possuíamos uma casa em Genebra e uma *campagne*[9] em Belrive, o litoral a leste do lago, a quilômetros da cidade. Residíamos principalmente na segunda, e nossos pais viviam em considerável reclusão. Era meu temperamento evitar multidões e me ligar fervorosamente a poucos. Assim, era indiferente aos meus colegas de escola em geral, mas me uni nos laços da

9. Em francês no original: um pequeno chalé de campo.

mais próxima amizade a um entre eles. Henry Clerval era filho de um mercador de Genebra. Era um garoto de talento e imaginação singulares. Amava o risco, as dificuldades e até mesmo se colocar em perigo. Era profundamente letrado em romances de cavalaria e amor cortês. Compunha trovas heroicas e começara a escrever muitos contos de fantasia e aventuras cavaleirescas. Tentava nos fazer encenar peças e participar de bailes de máscaras, nos quais os personagens eram inspirados nos heróis de Roncesvales,[10] na Távola Redonda do rei Arthur[11] e em todos os cavaleiros que derramaram sangue para resgatar o Santo Sepulcro das mãos dos infiéis.

Nenhum ser humano poderia ter passado uma infância mais feliz do que a minha. Meus pais eram animados pelo mais puro espírito de bondade e indulgência. Não sentíamos que eram os tiranos a nos governar de acordo com seus caprichos, mas os agentes e criadores dos muitos prazeres de que gozávamos. Quando eu estava entre outras famílias, discernia com clareza quão peculiarmente afortunada minha vida era, e a gratidão contribuía para o desenvolvimento do amor filial.

Minha índole era às vezes violenta e minhas paixões, veementes; mas por alguma lei em meu temperamento elas não eram dirigidas a buscas infantis, e sim a um ávido desejo por aprender, mas não por aprender todas as coisas indiscriminadamente. Confesso que nem a estrutura das línguas nem o código dos governos ou a política dos países me atraíam. Eram os segredos do céu e da terra que eu queria desvendar; e fosse a substância externa das coisas ou o espírito interno da natureza e a misteriosa alma do homem que me ocupassem, minhas questões eram sempre dirigidas ao aspecto metafísico ou, em seu sentido maior, aos segredos físicos do mundo.

Já Clerval se ocupava, por assim dizer, das relações morais entre as coisas. O lado agitado da vida, as virtudes dos heróis e as ações dos homens eram seu tema; e sua esperança e seu sonho eram se tornar um entre aqueles cujos nomes ficam marcados na história como os galantes e aventureiros benfeitores de nossa espécie. A santificada alma de Elizabeth brilhava como uma

10. Carlos Magno, imperador romano de 800 d.C., sofreu sua pior derrota pelos bascos em Roncesvales, no nordeste da Espanha, fronteira com a França.

11. Os cavaleiros da Távola Redonda foram um exército lendário do rei Arthur, da Inglaterra, com histórias que remontam ao séc. VI.

vela votiva em nosso pacífico lar. Sua simpatia nos contagiava; seu sorriso, a voz mansa e o doce vislumbre de seus olhos celestiais estavam sempre lá para nos abençoar e animar. Ela era o espírito vivo do amor a suavizar e fascinar: se eu me tornava carrancudo pelo estudo, bruto pelo ardor de minha natureza, ela estava lá para me subjugar à imagem de sua própria gentileza. E Clerval – poderia o mal se entrincheirar no espírito nobre de Clerval? Ainda assim, ele talvez não tivesse sido tão perfeitamente humano, tão considerado em sua generosidade, tão cheio de bondade e ternura em sua paixão pela aventura se ela não tivesse despertado nele o verdadeiro amor pela beneficência e convertido o desejo de fazer o bem no propósito final de sua ambição crescente.

Sinto um delicado prazer em reviver essas lembranças de infância, quando o infortúnio ainda não tinha conspurcado minha mente e transformado suas visões vívidas de ampla utilidade em reflexões soturnas e estreitas. Além do mais, ao pintar um retrato de meus primeiros anos, também registro os acontecimentos que, por passos insensatos, levaram ao meu infeliz relato posterior, pois quando considero o nascimento da paixão que depois dominou meu destino, vejo-a surgir, como um rio em uma montanha, de fontes ignóbeis e quase esquecidas, mas que, ao ganhar volume em seu percurso, tornou-se a torrente que arrastou todas as minhas esperanças e alegrias.

A filosofia natural[12] foi o gênio que pautou meu destino. Desejo, portanto, nesta narrativa, expor os fatos que levaram à minha predileção por essa ciência. Quando eu tinha treze anos de idade, fizemos todos um passeio às termas perto de Thonon: a inclemência do clima nos obrigou a passar um dia confinados na estalagem. Nela encontrei por acaso um volume das obras de Cornelius Agrippa.[13] Abri-o com apatia; a teoria que ele tentava demonstrar e os fatos maravilhosos que relatava logo transformaram essa sensação em entusiasmo. Uma nova luz pareceu despertar em minha mente e, tomado

12. Estudo de causas e princípios do mundo material, que engloba a ciência empírica e a metafísica. Foi precursor das ciências naturais até o séc.XIX e gerou especialidades como a física e a química.

13. Heinrich Cornelius Agrippa von Nettesheim (1486-1535) foi um estudioso cabalista alemão, interessado em ocultismo, alquimia e astrologia, entre outros.

de prazer, comuniquei a descoberta a meu pai. Ele olhou descuidadamente para a folha de rosto de meu livro e disse:

– Ah! Cornelius Agrippa! Meu querido Victor, não perca tempo com isso; é um lixo lastimável.

Se, em vez desse comentário, meu pai tivesse se preocupado em explicar-me que os princípios de Agrippa haviam sido totalmente refutados e que o sistema moderno de ciência possuía poderes muito maiores do que os antigos, pois estes eram quiméricos, enquanto aqueles eram reais e práticos – sob tais circunstâncias eu certamente teria deixado Agrippa de lado e contentado minha imaginação, aquecida como estava, retornando com maior ardor aos meus antigos estudos. É até possível que minha linha de pensamento nunca tivesse recebido o impulso fatal que me levou à ruína. Mas o olhar superficial que meu pai deu ao volume de forma alguma me assegurou que ele conhecia seu conteúdo; e continuei a ler com grande avidez.

Quando voltei para casa, minha primeira providência foi buscar a obra completa do autor e, em seguida, as de Paracelso e Alberto Magno.[14] Li e estudei a imaginação selvagem desses autores com deleite; eles me pareciam tesouros conhecidos por poucos além de mim. Descrevi a mim mesmo como sempre imbuído do desejo fervente de penetrar nos segredos da natureza. Apesar do intenso trabalho e das descobertas maravilhosas dos filósofos modernos, eu sempre saía de meus estudos descontente e insatisfeito. Dizem que sir Isaac Newton teria declarado sentir-se como uma criança catando conchas diante do grande e inexplorado oceano da verdade. Para as minhas apreensões de menino, seus sucessores nos ramos da filosofia natural com os quais eu tinha familiaridade pareciam principiantes dedicados à mesma busca.

O camponês inculto contemplava os elementos ao seu redor e tinha conhecimento de seus usos práticos. O mais estudado filósofo conhecia pouco mais. Ele desvendava parcialmente o rosto da Natureza, mas seus traços imortais ainda eram um espanto e mistério. Ele podia dissecar, anatomizar

14. Paracelso é o pseudônimo de Theophrastus Bombastus von Hohenheim (1493-1541), alquimista e físico suíço que acreditava em ciência criacionista, como Frankenstein. Alberto Magno (1193-1280) foi um teólogo dominicano e professor de são Tomás de Aquino, que acreditava que a magia era essencial na busca do conhecimento; é creditada a ele a criação de uma cabeça de latão que podia responder a perguntas, como um tipo de autômato.

e dar nomes; mas, para não falar de uma causa final, as causas secundárias e terciárias lhe eram profundamente desconhecidas. Eu havia vislumbrado as fortificações e os entraves que pareciam evitar que os seres humanos adentrassem a fortaleza da natureza, e, brusca e ignorantemente, lamentava.

Mas ali estavam livros e ali estavam homens que haviam penetrado mais fundo e conheciam mais. Acreditei em tudo que declaravam e me tornei seu discípulo. Pode parecer estranho que tal coisa aconteça no século XVIII; mas, enquanto seguia a rotina da educação nas escolas de Genebra, era, em grande parte, um autodidata em meus estudos favoritos. Meu pai não era uma pessoa científica, e tive de lutar com uma cegueira infantil, acrescida de uma sede estudantil por conhecimento. Sob a orientação de meus novos preceptores, empreendi com grande dedicação a busca da pedra filosofal e do elixir da vida;[15] mas o segundo logo obteve minha indisputada atenção. Riqueza era um objetivo inferior; mas que glória não alcançaria com a descoberta, se pudesse banir a doença da constituição humana e tornar o homem invulnerável a qualquer morte que não a violenta!

Não eram essas as minhas únicas visões. O despertar de fantasmas ou demônios era uma promessa livremente estabelecida entre meus autores favoritos, a qual passei a buscar avidamente; e se meus encantamentos eram sempre malsucedidos, atribuía o fracasso mais à minha própria inexperiência e a meus erros do que a uma carência de habilidade ou fidelidade de meus instrutores. E assim por um tempo me dediquei a sistemas ultrapassados, misturando, como um inapto, milhares de teorias contraditórias e debatendo-me desesperadamente num atoleiro de conhecimentos variados, guiado por uma imaginação ardente e um raciocínio infantil, até que um acidente mais uma vez mudou o curso de minhas ideias.

Eu tinha cerca de quinze anos quando, em nosso retiro na casa perto de Belrive, testemunhamos uma tempestade das mais violentas e terríveis.

15. A alquimia buscava, entre outros objetivos, encontrar a pedra filosofal, substância desconhecida que teria o poder de transformar metais comuns como cobre e chumbo em metais preciosos como ouro e prata. Dela também derivaria o elixir da vida, capaz de curar doenças e prolongar indefinidamente a vida. As diversas observações e experimentos de alquimistas em busca da pedra filosofal criou um *corpus* de conhecimento que em última instância levou ao desenvolvimento da química, da metalurgia e da farmacologia.

Avançava de trás das montanhas do Jura;[16] e os trovões irrompiam com um temeroso estrondo de vários cantos do céu. Permaneci, durante o temporal, observando seu progresso com curiosidade e encanto. De pé à porta, vi de repente uma língua de fogo sair de um velho e belo carvalho a cerca de dezoito metros da casa; e logo que a luz ofuscante cessou o carvalho havia desaparecido, restando apenas um toco queimado. Quando fomos vê-lo na manhã seguinte, encontramos a árvore despedaçada de uma maneira singular. Não estava lascada pelo choque, mas inteiramente reduzida a finas raspas de madeira. Nunca contemplara nada tão completamente destruído.

Na época, eu não desconhecia as leis mais óbvias da eletricidade. Naquela ocasião, um homem de grande pesquisa em filosofia natural estava conosco e, empolgado pela catástrofe, entrou na explicação de uma teoria que havia formulado sobre eletricidade e galvanismo,[17] que era ao mesmo tempo nova e espantosa para mim. Tudo o que ele disse deixou grandemente à sombra Cornelius Agrippa, Alberto Magno e Paracelso, os senhores de minha imaginação; mas, por alguma fatalidade, a queda desses homens desmotivou-me da busca de meus estudos de costume. Parecia-me que nada poderia ou seria conhecido. Tudo o que tomara minha atenção por tanto tempo, de repente, tornava-se desprezível. Por um desses caprichos da mente aos quais somos talvez mais sujeitos no início da juventude, desisti de uma vez de minhas antigas ocupações, abandonei a história natural e toda a sua prole como uma criação deformada e abortiva, e passei a nutrir o maior desdém por uma pretensa ciência que nunca pôde nem passar pela soleira do real conhecimento. Nesse estado mental, levei-me à matemática e aos ramos de estudo relativos a ela, pois tinham sido edificados sobre fundações seguras e eram, portanto, dignos de minha consideração.

É desse modo estranho que nossas almas são construídas, e por tais leves ligamentos que somos atados à prosperidade ou à ruína. Quando olho para trás, parece-me que essa milagrosa mudança de inclinação e vontade foi a

16. Cadeia de montanhas dos Alpes da Suíça, da França e da Alemanha.
17. Galvanismo é o conceito de contração muscular provocada por estímulos elétricos. O fenômeno recebeu o nome de Luigi Galvani (1737-98), físico, biólogo e filósofo italiano que iniciou os experimentos com eletricidade em rãs. Dele originaram-se as ideias de que a vida poderia ser criada por eletricidade.

sugestão imediata de meu anjo da guarda – o último esforço do espírito de preservação para evitar a tempestade que já então descia das estrelas, pronta para me envolver. Sua vitória foi anunciada por uma incomum tranquilidade e alegria de minha alma, em seguida à renúncia de meus antigos e ultimamente atormentados estudos. Foi assim que aprendi a associar o mal com esses estudos e a felicidade com o abandono deles.

Foi um forte empenho do espírito da bondade, mas foi ineficiente. O destino era potente demais, e suas leis imutáveis haviam decretado minha completa e terrível destruição.

CAPÍTULO 3

Quando completei dezessete anos, meus pais resolveram que eu deveria estudar na universidade de Ingolstadt.[18] Até então havia frequentado os colégios de Genebra, mas meu pai achou necessário, para a conclusão de minha educação, que eu conhecesse outros costumes além daqueles de meu país nativo. Minha partida foi fixada numa data próxima, mas, antes que o dia acertado pudesse chegar, ocorreu o primeiro infortúnio de minha vida – um mau presságio, por assim dizer, de minha desgraça futura.

Elizabeth havia contraído escarlatina;[19] seu estado era grave, e ela corria grande perigo. Durante sua doença, foram muitas as discussões para persuadir minha mãe a deixar de cuidar dela. Inicialmente ela cedeu às nossas súplicas, mas quando ouviu que a vida de sua favorita estava ameaçada, não pôde mais controlar a preocupação. Acorreu ao leito da enferma, e seu cuidado triunfou sobre a malignidade da doença – Elizabeth foi salva, mas as consequências da imprudência foram fatais para sua protetora. No terceiro dia, minha mãe adoeceu; sua febre foi acompanhada pelos sintomas mais alarmantes, e a expressão nos rostos dos médicos prognosticava o pior. Em seu leito de morte, a força e a bondade não abandonaram essa mulher, a melhor delas. Ela juntou as mãos de Elizabeth e as minhas:

– Minhas crianças – disse –, minhas mais firmes esperanças de felicidade futura estão depositadas no prospecto de sua união. Essa expectativa será

18. Cidade no sul da Alemanha, na Alta Baviera, às margens do rio Danúbio. Sua universidade foi fundada em 1472, por Luís IX, duque da Baviera. Por seu corpo docente passaram professores célebres como o matemático e astrônomo Petrus Apianus. No final do séc.XVIII, era associada aos conspiradores conhecidos como "Illuminati", creditados por alguns como fomentadores da Revolução Francesa.

19. Infecção bacteriana que provoca erupções na pele, febre e dor de garganta, mais comum em crianças. Era considerada uma doença grave até o início do séc.XX, antes de serem descobertos os antibióticos.

agora o consolo de seu pai. Elizabeth, meu amor, você deve ocupar meu lugar para meus filhos mais novos. Ai de mim! Lamento ser levada de vocês; e, feliz e amada como fui, não é duro abandonar todos? Mas esses pensamentos de nada me servem; vou me esforçar para me resignar alegremente à morte e contemplar a esperança de encontrá-los em outro mundo.

Morreu calmamente; e sua fisionomia expressava afeição mesmo na morte. Não preciso descrever os sentimentos daqueles cujos laços mais amados são rasgados por esse mal irreparável; o vazio que se apresenta à alma e o desespero que é exibido em seu semblante. Quanto tempo até que a mente se convencesse de que ela, que víamos todos os dias e cuja existência parecia parte de nossa própria, pudesse ter partido para sempre – que o brilho de olhos amados pudesse ter se extinguido e que o som de uma voz tão familiar e querida aos ouvidos pudesse ter sido abafado, para nunca mais ser ouvido. Essas foram as reflexões dos primeiros dias; porém quando o lapso de tempo comprova a realidade do mal, então o verdadeiro amargor do luto se inicia. Mas de quem essa mão rude não arrancou algum laço estimado? E por que devo descrever uma tristeza que todos já sentiram e têm que sentir? Por fim, chega um momento em que o luto é mais uma indulgência do que uma necessidade e o sorriso que se pronuncia nos lábios, apesar de poder ser considerado um sacrilégio, não é banido. Minha mãe estava morta, mas ainda tínhamos tarefas a desempenhar; é preciso continuar nosso curso com os demais e aprender a nos considerarmos afortunados enquanto ainda restar alguém que a ruína não tenha nos tomado.

Minha partida para Ingolstadt, que havia sido postergada por esses acontecimentos, agora estava novamente decidida. Obtive de meu pai um adiamento de algumas semanas. Pareceu-me um sacrilégio deixar tão cedo o repouso, como o da morte, de uma casa enlutada e me lançar na vida. Eu era inexperiente na tristeza, mas ela não deixou de me alarmar. Eu relutava em perder de vista os que me restavam e, acima de tudo, desejava ver minha doce Elizabeth consolada em algum grau.

Ela, por sua vez, ocultava a dor e esforçava-se para oferecer conforto a todos nós. Tinha firmeza diante da vida, e assumiu seus deveres com coragem e zelo. Dedicou-se àqueles que aprendera a chamar de tio e primos.

Nunca esteve tão encantadora como nessa época, tendo recuperado a luz de seus sorrisos e os dedicado a nós. Em seu esforço para nos fazer esquecer, esqueceu-se até de seu próprio lamento.

O dia de minha partida finalmente chegou. Clerval passou a última noite conosco. Havia se esforçado em persuadir seu pai a permitir que me acompanhasse e se tornasse meu colega, mas fora em vão. Seu pai era um negociante de mente estreita, e via indolência e ruína nas aspirações e ambições do filho. Henry sentia profundamente o infortúnio de ser privado da educação liberal. Disse pouco, mas quando falou li em seu iluminado olhar e em seu semblante animado uma resolução contida, mas firme, de não ser acorrentado aos miseráveis pormenores do comércio.

Deitamo-nos tarde. Não podíamos nos afastar um do outro, nem nos permitir dizer adeus. A palavra foi dita, e nos retiramos sob o pretexto de buscar repouso, cada um imaginando que o outro fora enganado; mas quando, ao amanhecer, desci até o coche que iria me levar, estavam todos lá: meu pai novamente para me dar a bênção, Clerval para apertar mais uma vez minha mão, minha Elizabeth para renovar suas súplicas de que eu escrevesse com frequência e para dedicar as últimas atenções femininas a seu colega de brincadeiras e amigo.

Eu me joguei na carruagem que iria me levar para longe e me permiti as reflexões mais melancólicas. Eu, que sempre estivera cercado de companhias amáveis, num empenho mútuo de agradar, agora estava sozinho. Na universidade para onde ia, eu deveria formar minhas próprias amizades e ser meu próprio protetor. Minha vida havia sido até então notavelmente reclusa e doméstica; e isso me conferiu uma repugnância incontrolável a novos semblantes. Amava meus irmãos, Elizabeth e Clerval; eles eram meus "velhos rostos familiares",[20] mas eu me considerava totalmente inadequado à companhia de estranhos. Tais foram minhas reflexões ao iniciar a viagem; mas conforme eu seguia, meu ânimo e esperança cresciam. Desejava ardentemente o conhecimento. Com frequência, quando em casa, considerava difícil permanecer confinado num lugar durante minha juventude, e ansiava por

20. Referência ao poema homônimo "Old familiar faces" (1798), do poeta inglês Charles Lamb.

entrar no mundo e assumir meu posto entre outros seres humanos. Agora meus desejos se realizavam, e de fato teria sido tolice me arrepender.

Tive tempo de sobra para essas e muitas outras reflexões durante a viagem até Ingolstadt, que foi longa e cansativa. Finalmente avistei o alto campanário branco da cidade. Desembarquei e fui conduzido ao meu solitário apartamento para passar a noite como me aprouvesse.

Na manhã seguinte, entreguei minhas cartas de apresentação e prestei uma visita a alguns dos professores principais. O acaso – ou quem sabe a interferência maligna, o Anjo da Destruição, que exercia influência onipotente sobre mim desde o momento em que me afastei com passos relutantes da porta de meu pai – me conduziu primeiro para o sr. Krempe, professor de filosofia natural. Era um homem grosseiro, mas detentor de um conhecimento profundo acerca dos segredos de sua ciência. Fez-me várias perguntas em relação a meu progresso nos diferentes ramos da ciência relativos à filosofia natural. Respondi com descuido e mencionei, quase com desprezo, os nomes de meus alquimistas como os principais autores que havia estudado. O professor me encarou.

– Perdeu mesmo o seu tempo estudando essas tolices?

Respondi afirmativamente.

– Cada minuto – continuou o sr. Krempe, calorosamente –, cada instante que gastou nesses livros foi completa e profundamente perdido. Você sobrecarregou a memória com sistemas ultrapassados e nomes inúteis. Bom Deus! Em que deserto morava, para ninguém ser gentil o suficiente para informá-lo que essas fantasias de que tão avidamente bebeu têm mil anos de idade e são tão emboloradas quanto antigas? Mal esperava, nesta era iluminada e científica, encontrar um discípulo de Alberto Magno e Paracelso. Meu jovem, você precisa começar seus estudos completamente do zero.

Ao dizer isso, afastou-se e escreveu uma lista de vários livros de filosofia natural que desejava que eu buscasse; e me dispensou, depois de mencionar que, no começo da semana seguinte, pretendia iniciar uma série de aulas sobre filosofia natural e suas relações gerais, e que o sr. Waldman, um colega seu, daria aulas de química em dias alternados aos do curso dele.

Voltei para casa não decepcionado, porque já disse que há muito considerava inúteis os autores que o professor reprovou; mas decidido a não mais retornar a tal estudo sob qualquer perspectiva. O sr. Krempe era um homenzinho atarracado, de voz rouca e semblante repulsivo, de modo que não me cativou em favor de suas buscas. De forma talvez filosófica demais, relatei as conclusões a que havia chegado em relação a isso nos meus primeiros anos. Quando criança, não me satisfazia com os resultados prometidos pelos professores modernos de ciências naturais. Com uma confusão de ideias a ser creditada apenas à minha extrema juventude e à falta de um guia em tais assuntos, havia refeito os passos do conhecimento pelos caminhos do tempo e trocado as descobertas de questionadores recentes pelos sonhos de alquimistas esquecidos. Além do mais, eu tinha desprezo pelos usos da filosofia natural moderna. Era muito diferente quando os mestres da ciência buscavam imortalidade e poder; tais visões, apesar de fúteis, eram grandiosas; mas agora a cena havia mudado. A ambição do questionador parecia se limitar à aniquilação das visões que consistiam o principal fundamento do meu interesse na ciência. Eu era solicitado a trocar quimeras de grandeza desenfreada por realidades de pouco valor.

Tais foram as reflexões de meus primeiros dois ou três dias em Ingolstadt, que foram dedicados principalmente a me familiarizar com as localidades e os principais residentes de minha nova morada. Mas, quando a semana seguinte começou, pensei na informação que o sr. Krempe havia me dado em relação às aulas. E, apesar de não poder me convencer a ir ouvir aquele sujeitinho arrogante soltar frases de cima de um púlpito, lembrei-me do que dissera sobre o sr. Waldman, que eu nunca havia visto, já que ele estivera até então fora da cidade.

Em parte por curiosidade e em parte por ócio, entrei na sala de aula pouco antes do sr. Waldman. Esse professor era bem diferente do colega. Parecia ter cerca de cinquenta anos, mas com um aspecto expressivo de grande benevolência; alguns fios brancos cobriam suas têmporas, mas os cabelos na parte de trás da cabeça eram quase negros. Era baixo, mas de postura notavelmente ereta; e sua voz era a mais doce que eu já havia escutado. Começou a aula com uma recapitulação da história da química e os vários avanços feitos por diferentes estudiosos, pronunciando com fervor os nomes dos descobridores mais distintos. Então deu uma visão transitória do presente estado da ciência, e explicou muitos de seus termos elementares.

Após alguns experimentos preparatórios, concluiu com um panegírico sobre a química moderna, de cujos termos nunca me esquecerei:

– Os antigos professores dessa ciência – disse ele – prometeram impossibilidades e não realizaram nada. Os mestres modernos prometem muito pouco; sabem que não é possível transmutar metal e que o elixir da vida é uma quimera. Mas esses filósofos, cujas mãos parecem feitas apenas para remexer a terra e os olhos apenas para se derramarem sobre o microscópio ou o cadinho, de fato realizam milagres. Penetram nos recessos da natureza e mostram como ela opera em seus esconderijos. Ascendem aos céus: descobriram como circula o sangue e a natureza do ar que respiramos.[21] Adquiriram poderes novos e quase ilimitados; podem comandar os trovões do céu, imitar o terremoto e até escarnecer do mundo invisível com suas próprias sombras.

Tais foram as palavras do professor – ou melhor, tais foram as palavras do destino, pronunciadas para me destruir. Conforme ele seguia, senti como se minha alma estivesse lutando com um inimigo palpável; uma a uma, as várias teclas foram tocadas, formando o mecanismo do meu ser; acorde após acorde soou, e logo minha mente estava tomada com um pensamento, uma concepção, um propósito. Tanto fora feito, exclamou a alma de Frankenstein, mais, muito mais, irei conquistar: seguindo os passos já marcados, serei pioneiro num novo caminho, explorarei poderes desconhecidos e abrirei ao mundo os maiores mistérios da Criação.

Não fechei os olhos naquela noite. Dentro de mim havia um estado de insurreição e confusão; eu sentia que uma ordem iria surgir dali, mas não tinha o poder de produzi-la. Aos poucos, ao amanhecer, o sono veio. Acordei, e meus pensamentos da noite anterior eram um sonho. A única resolução que permanecia era voltar aos meus antigos estudos e me dedicar à ciência para a qual eu acreditava possuir um talento natural. No mesmo dia fiz uma visita ao sr. Waldman. Suas maneiras em privado eram mais suaves e atraentes do que em público, pois, durante a aula, havia certa solenidade em sua expressão que em sua própria casa era substituída pela maior afabi-

21. Referência ao médico inglês William Harvey, que em 1628 descreveu pela primeira vez, em detalhes, a circulação do sangue no corpo humano, e aos estudos de Robert Boyle e seu assistente, Robert Hooke, que descobriram diversas características do ar, incluindo seu papel na combustão, na respiração e na transmissão do som.

lidade e gentileza. Dei a ele basicamente o mesmo relato de minhas antigas buscas que dera a seu colega. Ele escutou com atenção a pequena narrativa referente aos meus estudos e sorriu com os nomes de Cornelius Agrippa e Paracelso, mas sem o desprezo que o sr. Krempe havia exibido. Ele disse que "esses são homens a cujo infatigável zelo os filósofos modernos devem a maioria das fundações de seu conhecimento. Eles nos deixaram com uma tarefa mais fácil, a de renomear e rearranjar em classificações correlatas os fatos que eles, em grande medida, trouxeram à luz. O trabalho de homens geniais, mesmo que erroneamente direcionado, raramente deixa de um dia tornar-se um benefício sólido à humanidade".

Escutei a declaração, que foi feita sem qualquer presunção ou afetação, e acrescentei que sua aula havia apagado quaisquer preconceitos meus contra químicos modernos; expressei-me em termos medidos, com a modéstia e a deferência devidas de um jovem a seu instrutor, sem deixar transparecer (a inexperiência na vida teria me deixado envergonhado) nada do entusiasmo que estimulou meu pretenso trabalho. Pedi seu conselho sobre que livros deveria buscar.

– Fico feliz – disse o sr. Waldman – em ter ganhado um discípulo; e se sua dedicação igualar sua habilidade, não tenho dúvida de seu sucesso. Química é o ramo da filosofia natural na qual foram e podem ser feitos os maiores avanços; foi com base nisso que fiz dela um objeto de estudo em particular; mas, ao mesmo tempo, não negligencio os outros ramos da ciência. Um homem daria um químico muito lamentável se cuidasse apenas desse departamento do conhecimento humano. Se seu desejo é se tornar de fato um homem de ciência e não meramente um experimentalista medíocre, devo aconselhá-lo a se dedicar a todos os ramos da filosofia natural, inclusive a matemática.

Levou-me então para seu laboratório e me explicou o uso de vários aparelhos, instruindo-me sobre quais eu deveria adquirir e prometendo-me emprestar os seus próprios quando eu tivesse avançado o suficiente na ciência para não os danificar. Também me deu a lista de livros que eu havia pedido; e eu parti.

Assim terminou um dia memorável para mim: ele decidiu meu destino.

CAPÍTULO 4

A partir desse dia, a filosofia natural e particularmente a química, no sentido mais amplo do termo, tornaram-se quase minha única ocupação. Lia com ardor as obras, tão cheias de genialidade e discernimento, que questionadores modernos haviam escrito sobre esses assuntos. Frequentava as aulas e cultivava relações com homens de ciência da universidade; e até encontrei no sr. Krempe uma boa dose de bom senso e informação verdadeira, combinados, é verdade, com uma fisionomia e modos repulsivos, mas não por isso menos valiosos. No sr. Waldman encontrei um verdadeiro amigo. Sua gentileza nunca era marcada pelo dogmatismo, e suas instruções eram dadas com um ar de franqueza e bondade que afastavam qualquer ideia de pedantismo. De diversas formas, ele suavizou o caminho do conhecimento para mim e tornou claros e fáceis à minha compreensão os questionamentos mais obtusos. Minha dedicação, de início vacilante e incerta, ganhou força conforme eu seguia e logo se tornou tão ardente e ávida que as estrelas frequentemente desapareciam na luz da manhã enquanto eu ainda estava entretido em meu laboratório.

Com tanto empenho é fácil imaginar que meu progresso foi rápido. Meu ardor foi de fato o espanto dos alunos e minha proficiência, o dos mestres. O professor Krempe frequentemente me perguntava, com um sorriso dissimulado, como ia Cornelius Agrippa, enquanto o sr. Waldman expressava a mais sincera exultação pelo meu progresso. Dois anos se passaram dessa maneira, durante os quais não fui a Genebra, ocupado como estava, de coração e alma, com a busca de algumas descobertas que esperava fazer. Só quem as vivenciou pode compreender as seduções da ciência. Em outros estudos, você vai até onde os outros foram antes de você, e não há mais nada a saber; mas na busca científica existe um fomento contínuo para a descoberta e o espanto. Uma mente de capacidade moderada que se dedica a um estudo deve invariavelmente alcançar grande proficiência nesse estudo; e eu, que buscava sem descanso a conquista de meus objetos de pesquisa e estava envolvido exclusivamente nisso, melhorava tão rápido que, no final de dois anos, havia feito algumas descobertas no desenvolvimento de certos instrumentos químicos que me trouxeram grande estima e admiração na universidade. Quando cheguei a esse ponto, e estava tão familiarizado com a teoria e a prática da filosofia natural quanto as lições de qualquer professor em Ingolstadt permitiam, minha residência lá deixou de ser propícia a meus desenvolvimentos, e pensei em voltar para meus amigos e minha cidade natal, mas um acidente prolongou a estada.

Um dos fenômenos que haviam particularmente atraído minha atenção era a estrutura da constituição humana e, de fato, de qualquer animal dotado de vida. De onde, frequentemente me perguntava, surgira o princípio da vida? Era uma questão densa, que sempre foi considerada um mistério; ainda assim, quantas coisas não descobriríamos se a covardia e o descuido não contivessem nossos questionamentos. Revolvi essas circunstâncias em minha mente e decidi, daí em diante, me aplicar mais particularmente aos ramos da filosofia natural que se relacionam à fisiologia. Se não estivesse imbuído de um entusiasmo quase sobrenatural, minha aplicação a esse estudo teria sido maçante e quase intolerável. Para examinar as causas da vida, precisamos primeiro entender a morte. Familiarizei-me com a ciência da anatomia, mas isso não foi suficiente; devia também observar a decadência natural e a corrupção do corpo humano. Na minha educação, meu pai havia tomado as maiores precauções para que minha mente não se impressionasse com horrores sobrenaturais. Não me lembro de jamais ter tremido diante de um conto de superstição ou de ter receado a aparição de um espírito. A escuridão não tinha efeito sobre minha imaginação, e um cemitério era para mim meramente o receptáculo de corpos desprovidos de vida, que, de repositório de beleza e força, haviam passado a comida de minhoca. Agora eu era induzido a examinar a causa e o progresso desse apodrecimento e forçado a passar dias e noites em catacumbas e mausoléus. Minha atenção fixou-se nos objetos mais insuportáveis para a delicadeza dos sentimentos humanos. Observava como a bela forma de um homem era degradada e desgastada; contemplava a corrupção da morte sucedendo-se ao florescente corar da vida; via como o verme herda os encantos do olho e do cérebro. Detinha-me a examinar e a analisar todas as minúcias da causalidade, como exemplificadas na passagem da vida para a morte e da morte para a vida, até que, no meio dessas trevas, uma luz repentina irrompeu sobre mim – uma luz tão brilhante e maravilhosa, e ainda assim tão simples, que, embora tenha ficado tonto com a imensidade do prospecto que ela ilustrava, me surpreendi que, entre tantos intelectuais que haviam dirigido suas questões à mesma ciência, estivesse eu destinado a descobrir um segredo tão espantoso.

Lembre-se de que não estou registrando a visão de um louco. O que agora afirmo é tão certo quanto o sol que brilha nos céus. A descoberta pode ter sido fruto de algum milagre, mas ainda assim seus estágios foram claros e lógicos. Após dias e noites de incrível labuta e fadiga, descobri a causa da geração da vida; mais do que isso, tornei-me capaz de animar matéria sem vida.

O espanto inicial logo deu lugar a deleite e êxtase. Após tanto tempo de dolorosa labuta, alcançar subitamente o ponto alto de meus desejos foi a consumação mais gratificante de meu esforço. Mas a descoberta foi tão grande e avassaladora que obliterou todos os passos que eu havia galgado até ali, e contemplei apenas o resultado. O que havia sido o estudo e o desejo dos mais sábios homens desde a criação do mundo estava agora ao meu alcance. Não que, como num passe de mágica, tudo tenha se revelado a mim de uma única vez: a informação que eu obtivera era de uma natureza mais a direcionar meus esforços, tão logo eu pudesse apontá-los ao objeto de minha busca, do que a exibir aquele objeto já conquistado. Eu era como o árabe que havia sido enterrado com o morto e encontra uma passagem para a vida, guiado apenas pela brilhante e aparentemente ineficaz luz.[22]

Vejo, pela avidez, o espanto e a esperança que seus olhos expressam, meu amigo, que você espera ser informado do segredo com o qual estou familiarizado; isso não será possível: escute-me paciente até o final da história, e

22. Referência à quarta das sete viagens do marujo Simbad, incluídas em *As mil e uma noites*. Em suas peripécias, Simbad se casa com uma mulher de uma tribo e, após a morte da esposa, é enterrado com ela na caverna dos mortos, conforme as tradições locais. Um dia, ao notar um animal em fuga na caverna, segue-o e por fim avista uma tênue luz, que o guia até a saída.

vai facilmente perceber por que sou reservado quanto a esse assunto. Não vou conduzi-lo, indefeso e ardente como eu então estava, à sua destruição e infalível desgraça. Aprenda comigo – se não por meus preceitos, ao menos pelo meu exemplo – quão perigosa é a aquisição de conhecimento e quão mais feliz é o homem que crê que sua vila natal é o mundo, do que aquele que aspira tornar-se maior do que sua natureza permite.

Quando vi em minhas mãos poder tão espantoso, hesitei por um longo tempo em relação a como empregá-lo. Apesar de eu ser capaz de conceder vida, preparar um receptáculo para ela, com toda a sua confusão de fibras, músculos e veias, permanecia um trabalho de dificuldade e esforço inconcebíveis. Inicialmente, oscilei entre tentar criar um ser como eu mesmo ou um de organização mais simples; mas minha imaginação estava exaltada demais por meu primeiro sucesso para me permitir duvidar de minha habilidade em dar vida a um animal tão complexo e maravilhoso quanto o homem. Os materiais à minha disposição não pareciam adequados a uma tarefa tão árdua; mas eu não duvidava de que acabaria conseguindo. Preparei-me para uma infinidade de contrariedades; minhas operações poderiam ser incessantemente refreadas e minha obra final, imperfeita; ainda assim, quando considerava o progresso que cada dia acontecia na ciência e na mecânica, sentia-me encorajado a torcer para que minhas tentativas presentes pudessem ao menos criar as bases de um sucesso futuro. Não poderia considerar a magnitude e a complexidade de meu plano, nem qualquer argumento de sua impraticabilidade. Foi com esses sentimentos que dei início à criação de um ser humano. Como o tamanho reduzido das partes constituía um grande obstáculo à minha velocidade, decidi, contrário às minhas primeiras intenções, fazer um ser de estatura gigantesca: de cerca de dois metros e quarenta de altura e proporcionalmente largo. Assim determinado, e tendo passado alguns meses coletando e arranjando meus materiais com sucesso, comecei.

Ninguém pode conceber a variedade de sentimentos que me levaram em frente, como um furacão, no primeiro entusiasmo do sucesso. Vida e morte pareciam para mim limites ideais, e eu seria o primeiro a rompê-los, derramando uma torrente de luz em nosso mundo escuro. Uma nova espécie iria me abençoar como seu criador e origem; muitas naturezas felizes e excelentes deveriam sua existência a mim. Nenhum pai poderia clamar a gratidão de seu filho tão completamente quanto eu mereceria a delas. Seguindo nessas reflexões, pensei que, se fosse capaz de animar a matéria sem vida, eu poderia com o tempo (apesar de agora o achar impossível) renovar a vida onde a morte havia aparentemente condenado o corpo à decomposição.

Esses pensamentos sustentaram meu espírito, enquanto eu seguia na tarefa com perseverante ardor. Minha tez tornou-se pálida pelo estudo e minha constituição, emagrecida pelo confinamento. Às vezes, à beira da certeza, eu fracassava; ainda assim agarrava-me à esperança de que no dia ou na hora seguinte eu pudesse triunfar. Um segredo que só eu possuía era a esperança à qual havia me dedicado; e a lua espiava meus trabalhos da meia-noite, enquanto, com uma avidez ofegante e sem descanso, eu perseguia a natureza em seus esconderijos. Quem pode conceber os horrores de minha labuta secreta, enquanto eu chafurdava na terra profana dos túmulos ou torturava animais vivos para animar o barro sem vida? Meus membros agora tremem e meus olhos se afogam com as lembranças; mas, na ocasião, um impulso irresistível e quase frenético me incitava a seguir em frente; eu parecia ter perdido toda a alma e a sensação, a não ser pelo desejo de seguir com essa busca. Não era, de fato, senão um transe passageiro, que só me fez sentir com agudez renovada tão logo eu voltei aos meus velhos hábitos, quando o estímulo antinatural deixou de operar. Coletava ossos de mausoléus e perturbava, com dedos profanos, os segredos grandiosos da constituição humana. Numa câmara solitária, ou melhor, numa cela, no último andar da casa, separado de todos os outros aposentos por um corredor e uma escada, eu mantinha minha oficina de criação imunda; meus olhos saltavam das órbitas enquanto eu cuidava dos detalhes do empreendimento. A sala de dissecação e o matadouro forneciam muitos dos materiais; e frequentemente minha natureza humana voltava-se com repugnância contra aquela ocupação enquanto eu, incitado por uma sempre crescente avidez, conduzia o trabalho para uma conclusão.

Os meses de verão passaram vendo-me assim engajado, alma e coração em meu único objetivo. Foi a estação mais bela; nunca os campos concederam uma colheita mais abundante, ou as vinhas produziram uma safra mais rica; mas meus olhos estavam insensíveis aos encantos da natureza. E os mesmos sentimentos que me fizeram negligenciar as cenas ao meu redor também me fizeram esquecer os amigos que estavam a tantas milhas ausentes e que eu não via há tanto tempo. Sabia que meu silêncio os inquietava, e bem me lembro das palavras de meu pai: "Sei que, enquanto você estiver bem consigo mesmo, pensará em nós com afeto, e devemos ouvir regularmente de você. Deve me perdoar se eu considerar qualquer interrupção de sua correspondência uma prova de que seus deveres são igualmente negligenciados."

Assim, eu sabia bem quais seriam os sentimentos de meu pai; porém não podia desviar os pensamentos de meu empreendimento, pavoroso, mas que havia se apoderado irresistivelmente de minha imaginação. Desejava, por assim dizer, procrastinar tudo o que se relacionava aos meus afetos até ter completado o grande feito, que engolia todos os hábitos usuais de minha natureza.

Na época pensei que meu pai estaria sendo injusto se atribuísse minha negligência a maldade ou falha minha, mas agora estou convencido de que ele tinha razão em imaginar que eu não deveria estar totalmente livre de culpa. O ser humano perfeito deve sempre preservar uma mente calma e pacífica e nunca permitir que a paixão ou um desejo transitório perturbe sua tranquilidade. Não acredito que a busca por conhecimento seja uma exceção a essa regra. Se o estudo ao qual você se dedica tende a enfraquecer seus afetos e destruir seu gosto pelos prazeres simples, que nada deveria poluir, então esse estudo certamente não se justifica, não é adequado à mente humana. Se essa regra fosse sempre observada – se nenhum homem permitisse que uma busca interferisse na tranquilidade de seus afetos domésticos –, a Grécia não teria sido escravizada; César teria poupado seu país; a América teria sido descoberta de forma mais gradual; e os impérios do México e do Peru não teriam sido destruídos.[23]

Mas me esqueço de que estou pregando lições de moral na passagem mais interessante de meu relato, e seu olhar me incita a prosseguir.

---

23. A autora aqui menciona momentos históricos de ganância que levaram à ruína de impérios e culturas: o domínio da Grécia pelos romanos a partir do período helenístico, 323 a.C., com a morte de Alexandre, o Grande, que pretendia "conquistar os confins do mundo e do Grande Mar Exterior"; a ditadura militar de Júlio César sobre os romanos a partir de 49 a.C.; a devastação das culturas indígenas nativas nas Américas; e a destruição dos impérios azteca (México) e inca (Peru) pela dominação espanhola, a partir do "descobrimento".

Meu pai não me fez reprovações em suas cartas, apenas demonstrou notar meu silêncio questionando minhas ocupações com mais insistência do que antes. Inverno, primavera e verão passaram-se durante meus trabalhos; mas não observei o desabrochar das flores nem o crescimento das folhas – visões que sempre me provocaram prazer supremo –, tão profundamente entretido estava em minha ocupação. As folhas daquele ano murcharam antes que meu trabalho chegasse ao fim; e agora cada dia que passava me mostrava com mais clareza o quanto eu havia conquistado. Mas meu entusiasmo era contido pela ansiedade, e eu mais parecia um condenado ao trabalho escravo nas minas, ou em qualquer outro negócio insalubre, do que um artista metido em sua ocupação favorita. Toda noite eu era oprimido por uma febre intermitente e ficava nervoso no mais doloroso grau; a queda de uma folha me assustava, e eu evitava meus semelhantes como se fosse culpado de um crime. Às vezes alarmava-me com a ruína que eu me tornara; só a energia de meu propósito me sustentava: minha labuta logo terminaria, e eu acreditava que exercício e diversão iriam afastar a doença incipiente. Prometi-me ambas as coisas quando minha criação estivesse completa.

CAPÍTULO 5

Foi numa lúgubre noite de novembro que contemplei a conquista de meus pesados trabalhos.[24] Com uma ansiedade que era quase agonia, coletei os instrumentos da vida ao meu redor, para que pudesse infundir uma centelha na coisa inanimada aos meus pés. Já era uma da manhã; a chuva batia melancolicamente contra as vidraças e minha vela fora quase toda consumida, quando, sob sua luz débil, vi o torpe olho amarelo da criatura se abrir; ela respirou fundo, e um movimento convulsivo agitou seus membros.

Como posso descrever minhas emoções diante da catástrofe, ou retratar o miserável que, com tantas dores e cuidados infinitos, eu havia me empenhado em criar? Seus membros eram proporcionais, e eu escolhera traços belos para ele. Belos! Meu Deus! A pele amarela mal encobria a atividade dos músculos e das artérias; o cabelo era comprido e de um preto lustroso; os dentes, de um branco perolado; mas esses luxos só formavam um contraste mais horrendo com os olhos aguados, que pareciam quase da mesma cor dos buracos acinzentados nos quais estavam cravados, e com a compleição enrugada e lábios pretos retos.

As eventualidades da vida não são tão variáveis quanto os sentimentos da natureza humana. Eu trabalhara duro por quase dois anos, com o único propósito de infundir vida num corpo inanimado. Para isso, privei-me de descanso e saúde. Desejara com um ardor que excedia muito a moderação; mas, agora que havia terminado, a beleza do sonho desaparecera, e um horror e asco sem fôlego tomaram meu coração. Incapaz de suportar o aspecto do ser que eu havia criado, fugi do laboratório e passei um longo tempo ca-

24. A história original de Frankenstein iniciava-se com essa frase, conforme a autora informa na Introdução à edição de 1831, incluída como anexo no presente volume (ver p.237).

minhando de um lado para outro em meu quarto, sem conseguir dormir. Por fim, a lassidão venceu o tumulto e me joguei na cama vestido como estava, esforçando-me para buscar alguns momentos de esquecimento. Mas foi em vão; dormi, de fato, mas fui perturbado pelos sonhos mais loucos. Pensei ver Elizabeth, no desabrochar da saúde, caminhando pelas ruas de Ingolstadt. Encantado e surpreso, abracei-a, mas, ao estampar o primeiro beijo em seus lábios, eles se tornaram lívidos, com a cor da morte; seus traços pareceram mudar, e achei que segurava o corpo de minha mãe morta; uma mortalha envolvia sua forma, e vi vermes rastejando nas dobras da flanela. Saltei do meu sonho com horror; um orvalho frio cobria minha testa, meus dentes batiam e todos os meus membros entraram em convulsão quando, sob a fraca e amarela luz da lua, que forçava caminho pelas venezianas da janela, contemplei o desgraçado – o infeliz monstro que havia criado. Ele segurava o cortinado da cama; e seus olhos, se é que se pode chamá-los de olhos, estavam fixos em mim. As mandíbulas se abriram e ele murmurou alguns sons inarticulados, enquanto um esgar enrugou suas faces. Talvez tenha falado, mas não escutei; uma das mãos estava estendida, como se quisesse me segurar, mas escapei e corri escada abaixo. Refugiei-me no pátio da casa que habitava, onde permaneci pelo resto da noite, caminhando de um lado para outro, na maior agitação, escutando atentamente, captando e temendo cada som como se fosse o anúncio da aproximação do defunto demoníaco ao qual eu tão desgraçadamente dera vida.

Oh! Nenhum mortal poderia suportar o horror daquele semblante. Uma múmia revivida não poderia ser tão horrenda quanto aquele infeliz. Eu o contemplara quando ainda estava inacabado; era feio, mas quando aqueles músculos e ligamentos tornaram-se capazes de movimento, transformou-se numa coisa que nem Dante poderia ter concebido.[25]

Passei uma noite terrível. Às vezes meu coração batia tão rápido e forte que eu sentia a palpitação em cada uma das artérias; em outros momentos, eu quase caía no chão de cansaço e fraqueza extrema. Junto a esse hor-

25. Referência ao poeta italiano Dante Alighieri (1265-1321), famoso pelo poema épico *A divina comédia*, que contém descrições horrendas do Inferno (além do Purgatório e do Paraíso).

ror, senti o amargor da decepção; sonhos que haviam sido meu alimento e descanso por tanto tempo agora se tornavam um inferno para mim; e a mudança foi tão rápida, o baque tão completo!

A manhã, melancólica e úmida, finalmente chegou, revelando aos meus olhos doloridos e insones a igreja de Ingolstadt, com o campanário branco e o relógio, que indicava seis horas. O porteiro abriu os portões do pátio, que naquela noite havia sido meu asilo, e saí para as ruas a passos rápidos, como se tentasse evitar o infeliz com o qual temia me deparar a cada esquina. Não ousava retornar ao meu apartamento, mas me senti impelido a seguir em frente, apesar de encharcado pela chuva que se derramava de um céu negro sem conforto.

Continuei a caminhar assim por algum tempo, esforçando-me para que o exercício diminuísse a carga que oprimia minha mente. Atravessava as ruas sem ideia clara de onde estava ou do que fazia. Meu coração palpitava doente de medo, e eu me apressava em passos irregulares, não ousando olhar ao meu redor:

Como alguém, numa rua deserta,
 Que caminha com temor e medo
E, após se virar, segue em frente
 E não volta a cabeça tão cedo;
Pois sabe que um temível demônio
 Segue logo atrás em segredo[26]

Continuando assim, acabei chegando à estalagem na qual várias diligências e carruagens geralmente paravam. Ali fiz uma pausa, sem saber por quê; mas permaneci alguns minutos com os olhos fixos numa charrete que vinha na minha direção do outro lado da rua. Enquanto se aproximava, percebi que era uma diligência suíça, que parou bem onde eu estava. Quando a porta se abriu, reconheci Henry Clerval, que, ao me ver, saltou imediatamente:

---

26. Tradução livre de trecho do poema "A balada do Velho Marinheiro", de Coleridge (ver nota 5): "*Like one, on a lonesome road who,/ Doth walk in fear and dread,/ And having once turned round, walks on,/ And turns no more his head;/ Because he knows a frightful fiend/ Doth close behind him tread.*"

– Meu querido Frankenstein – exclamou –, que felicidade vê-lo! Que sorte que esteja aqui bem no momento de minha chegada!

Nada poderia igualar meu deleite em ver Clerval; sua presença me fez pensar de novo em meu pai, em Elizabeth e em todas aquelas cenas domésticas tão queridas à minha lembrança. Apertei sua mão e, por um momento, esqueci meu horror e infortúnio; senti repentinamente, pela primeira vez em muitos meses, um prazer calmo e sereno. Assim dei as boas-vindas ao meu amigo da forma mais cordial, e caminhamos em direção à minha faculdade. Clerval continuou a falar por algum tempo sobre nossos amigos em comum e sua boa sorte em ter conseguido permissão para vir para Ingolstadt.

– Você bem pode imaginar – disse – quão grande foi a dificuldade em persuadir meu pai de que a nobre arte da contabilidade não contém todo o conhecimento necessário, e, de fato, creio que ele se manteve incrédulo até o fim, pois sua resposta a minhas infatigáveis súplicas era sempre a mesma que a do professor holandês em *O vigário de Wakefield*: "Tenho dez mil florins por ano sem saber grego; alimento-me muito bem sem saber grego."[27] Mas o afeto por mim finalmente superou seu desgosto pelo ensino, e ele permitiu que eu realizasse uma viagem de descobertas à terra do conhecimento.

– É um grande prazer vê-lo. Mas me diga como estão meu pai, meus irmãos e Elizabeth.

– Muito bem e muito felizes, só um pouco preocupados por receberem tão poucas notícias suas. A propósito, tenho que recriminá-lo quanto a eles. Mas, querido Frankenstein – continuou Clerval, parando de súbito e olhando bem em meu rosto –, não havia notado antes como você parece doente; tão magro e pálido; e como se tivesse passado várias noites de vigília.

– Supôs certo; tenho estado tão profundamente absorto por uma ocupação que, como pode ver, não me permiti descansar o bastante; mas espero, sinceramente, que todas essas atividades tenham agora chegado ao fim; e que eu esteja livre afinal.

Eu tremia! Não podia suportar o pensamento, muito menos aludir às ocorrências da noite anterior. Andei num passo rápido, e logo chegamos à

27. Romance do irlandês Oliver Goldsmith, publicado em 1766. A passagem conclui-se com: "Resumindo, como não sei grego, não creio que haja bem algum em sabê-lo."

faculdade. Então imaginei que a criatura que deixara no meu apartamento ainda poderia estar lá, viva e caminhando, e a ideia me fez estremecer. Temi encontrar o monstro; porém tinha ainda mais medo de que Henry o visse. Assim, implorando a ele que permanecesse alguns minutos ao pé da escada, subi às pressas até o meu quarto. Minha mão já estava na maçaneta quando me contive. Parei e fui tomado por um calafrio. Abri a porta com força, como crianças costumam fazer quando acham que vão encontrar um fantasma esperando por elas do outro lado; mas nada apareceu. Entrei temerosamente: o apartamento estava vazio, e meu quarto também estava livre de seu horrendo hóspede. Mal podia acreditar que uma sorte tão grande tivesse recaído sobre mim; mas quando me assegurei de que meu inimigo havia de fato fugido, apertei as mãos com prazer e desci correndo até Clerval.

Subimos ao meu quarto e a criada logo trouxe o café da manhã, mas eu não conseguia me conter. Não era só alegria que se apoderava de mim; eu sentia a pele arrepiar com o excesso de sensibilidade, e minha pulsação batia depressa. Não podia permanecer por um único instante no mesmo lugar; pulava das cadeiras, batia palmas e ria alto. Clerval inicialmente atribuiu o humor incomum ao prazer de sua chegada, mas, ao me observar mais atentamente, viu em meus olhos uma loucura que ele não reconhecia; e minha risada alta, irrefreada e cruel o assustou e espantou.

– Meu querido Victor – gritou ele –, em nome de Deus, qual é o problema? Não ria dessa maneira. Você está muito doente! Qual é a causa disso tudo?

– Não me pergunte – clamei, cobrindo os olhos com as mãos, pois achei ter visto o temido espectro esgueirando-se para dentro do cômodo. – *Ele* pode dizer-lhe. Oh, salve-me! Salve-me! – Imaginava que o monstro me tomava; lutei furiosamente e caí num colapso.

Pobre Clerval! Como não deve ter se sentido? Um encontro que havia esperado com tanto prazer, tão estranhamente transformado em amargura. Mas eu não era testemunha de seu pesar, porque estava sem vida e não recobrei os sentidos por muito, muito tempo.

Esse foi o início de uma febre nervosa que me manteve confinado por vários meses. Durante todo esse tempo, Henry foi meu único enfermeiro. Depois descobri que, sabendo da idade avançada de meu pai e de sua incapacidade para uma viagem tão longa, e ainda quão arruinada minha doença deixaria Elizabeth, ele os poupou dessa dor, escondendo a extensão de minha perturbação. Clerval sabia que eu não poderia ter um enfermeiro mais gentil e atencioso do que ele mesmo; e firme na esperança de minha recuperação, não duvidou que, em vez de fazer mal, lhes fazia a mais bondosa ação.

Mas eu estava na realidade muito doente, e por certo nada além das ilimitadas e incessantes atenções de meu amigo poderia ter me devolvido à vida. A forma monstruosa a que eu dera existência estava eternamente diante de meus olhos, e eu via-a sem cessar em delírios. Sem dúvida, minhas palavras surpreenderam Henry; ele de início acreditou que fossem devaneios de minha imaginação perturbada; mas a tenacidade com que eu voltava ao mesmo assunto o convenceu de que meu distúrbio de fato devia sua origem a algum acontecimento incomum e terrível.

Gradualmente, e com frequentes recaídas que alarmavam e entristeciam meu amigo, recuperei-me. Lembro-me da primeira vez em que fui capaz de observar objetos externos com algum tipo de prazer, percebi que as folhas caídas haviam desaparecido e que jovens botões estavam irrompendo das árvores que sombreavam minha janela. Era uma primavera divina; e a estação contribuiu grandemente para minha convalescença. Também senti a alegria e a afeição renascerem em meu peito; meu ar soturno desapareceu, e em pouco tempo tornei-me tão animado quanto antes de ser atacado pela paixão fatal.

– Querido Clerval – exclamei –, quão gentil, quão bondoso você é para mim! Esse inverno todo, em vez de se dedicar aos estudos, como prometeu a si mesmo, foi consumido em meu quarto de doente. Como poderei recompensá-lo? Sinto o maior dos remorsos pela decepção que provoquei; mas você há de me perdoar.

– Estarei inteiramente recompensado se você não se sobressaltar e melhorar o mais rápido que puder; e já que parece estar tão bem-disposto, posso falar com você de um assunto, não posso?

Tremi. Um assunto. O que poderia ser? Estaria aludindo a um tema em que eu nem ousava pensar?

– Acalme-se – pediu Clerval, que notou minha mudança de cor. – Não o mencionarei se isso o agitar; mas seu pai e sua prima ficariam muito felizes se recebessem uma carta sua escrita com sua própria caligrafia. Eles mal sabem quão doente você esteve, e estão preocupados com seu longo silêncio.

– Isso é tudo, meu querido Henry? Como pôde supor que meu primeiro pensamento não fosse voar em direção a esses companheiros tão queridos, que amo e que tanto merecem meu amor?

– Se esse é seu presente ânimo, meu amigo, talvez você fique feliz em ver uma carta que está aqui há alguns dias esperando por você: é de sua prima, creio eu.

CAPÍTULO 6

Clerval então colocou a seguinte carta em minhas mãos. Era de minha Elizabeth:

Meu querido primo,

Você esteve muito, muito doente, e mesmo as cartas constantes do querido e bondoso Henry não foram suficientes para me assegurar sobre seu estado. Você está proibido de escrever – de segurar uma caneta; ainda assim uma palavra sua, querido Victor, é necessária para acalmar nossas apreensões. Por um longo tempo, esperei que o próximo correio trouxesse essa frase, e tive de persuadir meu tio a não empreender uma viagem até Ingolstadt. Evitei que ele enfrentasse as inconveniências e talvez os perigos de uma jornada tão longa, ainda assim com que frequência não lamentei não ser capaz de fazê-la eu mesma! Imaginei em silêncio que a tarefa de cuidar de seu leito tenha sido desempenhada por alguma velha enfermeira mercenária, que nunca poderia adivinhar seus desejos, nem os satisfazer com o cuidado e o afeto de sua pobre prima. Mas isso agora terminou: Clerval escreve que você de fato está ficando melhor. Espero, avidamente, que você confirme essa informação, com sua própria caligrafia.

Melhore logo – e volte para nós. Você encontrará um lar feliz e animado, e amigos que te amam com carinho. A saúde de seu pai está vigorosa, e ele só pede para vê-lo, para ser assegurado de que está bem; e nada jamais turvará seu semblante benevolente. Quão satisfeito você ficaria em notar o desenvolvimento de nosso Ernest! Ele agora tem dezesseis anos e está cheio de energia e animação. Deseja ser um verdadeiro suíço e alistar-se para servir no estrangeiro, mas não podemos nos separar dele, pelo menos não até que seu irmão mais velho retorne a nós. Meu tio não está satisfeito com a ideia de uma carreira militar num país distante, mas Ernest nunca teve o mesmo poder de dedicação que você. Encara o estudo como um odioso grilhão; seu tempo é passado ao ar livre, subindo os morros ou remando no lago. Temo que se torne um desocupado, se não cedermos e permitirmos que ele ingresse na profissão que escolheu.

Pouca coisa mudou, exceto o tamanho de nossas queridas crianças, desde que nos deixou. O lago azul e as montanhas cobertas de neve – elas nunca mudam –, e acho que nosso plácido lar e nossos corações satisfeitos são regulados pelas mesmas leis imutáveis. Minhas ocupações triviais tomam tempo e me divertem, e sou recompensada por quaisquer esforços vendo nada além de rostos felizes e bondosos ao meu redor. Desde que você nos deixou, só uma mudança aconteceu em nossa casa. Você se lembra de quando Justine Moritz entrou para nossa família? Provavelmente não; vou relatar a história então em poucas palavras. Madame Moritz, a mãe dela, era uma viúva com quatro filhos, sendo Justine a terceira. A menina sempre fora a favorita do pai; mas, por uma estranha perversidade, sua mãe não podia suportá-la e, após a morte do sr. Moritz, tratava-a muito mal. Minha tia percebeu isso e, quando Justine tinha doze anos, convenceu sua mãe a deixá-la morar em nossa casa. As instituições republicanas de nosso país haviam produzido maneiras mais simples e melhores do que aquelas que prevalecem nas grandes monarquias que o cercam. Assim, há menos distinção entre as várias classes de seus habitantes; e as ordens mais baixas, não sendo nem pobres nem tão desprezadas, têm modos mais refinados e morais. Uma criada em Genebra não significa a mesma coisa que uma criada na França ou na Inglaterra. Justine, recebida assim em nossa família, aprendeu os deveres de uma criada; uma condição que, em nosso afortunado país, não inclui a ideia de ignorância ou sacrifício da dignidade do ser humano.[28]

Justine, como você pode lembrar, era uma grande favorita sua; e recordo-me que uma vez você comentou que, se estivesse de mau humor, um olhar de Justine poderia dissipar isso, pelo mesmo motivo apresentado por Ariosto com relação à beleza de Angélica[29] – ela parecia tão franca de coração e feliz.

---

28. Aqui Mary Shelley discorre sobre algumas ideias libertárias para a época, provavelmente por influência de seu pai, o escritor anarquista William Godwin; ver a Apresentação a este volume.

29. Angélica é a heroína do poema épico renascentista *Orlando apaixonado* (1483), do italiano Matteo Maria Boiardo, que teve continuação em *Orlando furioso* (1516), pelo italiano Ludovico Ariosto, eternizando sua beleza e bondade.

Minha tia nutria uma grande ligação com ela, que a levou a proporcionar-lhe uma educação superior àquela que inicialmente pretendera. O benefício foi totalmente recompensado; Justine era a criaturinha mais grata do mundo. Não quero dizer que tenha feito alguma declaração; nunca ouvi nada assim sair de seus lábios, mas se podia ver pelos seus olhos que ela adorava sua protetora. Apesar da disposição alegre e em muitos aspectos imprudente, ainda assim prestava bastante atenção a cada gesto da minha tia. Considerava-a modelo de toda a excelência e esforçava-se em imitar sua fraseologia e maneiras, tanto que mesmo agora frequentemente me faz pensar nela.

Quando minha querida tia morreu, todos ficaram muito ocupados no próprio luto para notar a pobre Justine, que havia cuidado dela com a mais ansiosa afeição. A pobre estava muito doente, mas outras provações foram reservadas a ela.

Um a um, seus irmãos e irmã morreram, e sua mãe ficou apenas com a filha negligenciada. A consciência da mulher estava atribulada; ela começou a pensar que as mortes de seus favoritos eram um julgamento dos céus para castigá-la pela parcialidade. Era uma católica romana, e creio que seu confessor ratificou a ideia que ela havia concebido. Por conseguinte, alguns meses depois que você partiu para Ingolstadt, Justine foi chamada de volta para casa pela mãe arrependida. Pobre garota! Chorou ao deixar nossa casa; estava muito alterada desde a morte de minha tia; a dor concedera certa suavidade e delicadeza a seus modos, que antes haviam sido notáveis pela vivacidade. Residir na casa da mãe não contribuiu para restaurar sua alegria. A pobre mulher era muito vacilante em seu arrependimento. Às vezes implorava a Justine que perdoasse sua crueldade, mas com muito mais frequência acusava-a de ter causado as mortes dos irmãos. A preocupação constante acabou por abater Madame Moritz, o que inicialmente aumentou sua irritabilidade. Mas agora ela está em paz para sempre. Morreu na primeira aproximação do tempo frio, no começo do último inverno. Justine voltou para nós, e asseguro-lhe: amo-a com ternura. É muito esperta, gentil e extremamente bela; como mencionei antes, seu aspecto e expressões continuamente lembram minha querida tia.

Devo também dizer algumas palavras para você, meu querido primo, sobre o pequeno e amado William. Queria que pudesse vê-lo; é muito alto para a idade, com belos olhos azuis sorridentes, cílios escuros e cabelo encaracolado. Quando sorri, duas covinhas aparecem nas bochechas, que são rosadas de saúde. Já teve uma ou duas *namoradinhas*, mas Louise Biron é sua favorita, uma bela garotinha de cinco anos de idade.

Agora, querido Victor, ouso dizer que você gostaria de se permitir uma fofoquinha sobre o bom povo de Genebra. A bela srta. Mansfield já recebeu as visitas comemorativas por seu casamento próximo com um jovem inglês, o cavaleiro John Melbourne. Sua feia irmã, Manon, casou-se com o sr. Duvillard, o banqueiro rico, no outono passado. Seu colega favorito da escola, Louis Manoir, sofreu infortúnios desde que Clerval partiu de Genebra. Mas já recobrou o ânimo e supostamente está a ponto de casar com uma bela francesa muito vivaz, Madame Tavernier. É uma viúva, e muito mais velha do que Manoir; mas é muito admirada e estimada por todos.

Escrever para você melhorou meu humor, querido primo; mas minha ansiedade retorna conforme concluo. Escreva, meu querido Victor – uma linha, uma palavra será uma bênção para nós. Dez mil vezes obrigada a Henry por sua bondade, afeto e as muitas cartas; somos sinceramente gratos. *Adieu*, meu primo! Cuide-se; e imploro, escreva!

Elizabeth Lavenza

Genebra, 18 de março de 17–

– Querida, querida Elizabeth! – exclamei, ao terminar sua carta –, preciso escrever imediatamente e aliviá-los da ansiedade que devem estar sentindo.

Escrevi, e o esforço me fatigou grandemente; mas minha convalescença havia começado e prosseguiu sem problemas. Mais uma quinzena e eu já seria capaz de deixar meu quarto.

Um dos meus primeiros deveres após a recuperação foi apresentar Clerval aos vários professores da universidade. Fazer isso foi uma espécie de provação, pouco adequada às feridas que minha mente havia suportado. Desde a noite fatal, o fim de meus labores e o começo de meus infortúnios, eu havia concebido uma violenta antipatia até pelo simples nome da filosofia natural. Quando recuperei a saúde, a visão de um instrumento químico renovava toda a agonia de meus sintomas nervosos. Henry notara isso e havia removido todos os aparatos de minha vista. Também mudara meu apartamento, pois percebera que eu havia adquirido um desprazer pelo cômodo que fora anteriormente meu laboratório. Mas esses cuidados de Clerval não serviram de nada quando visitei os professores. Foi uma tortura ouvir o sr. Waldman elogiar, calorosa e gentilmente, o progresso espantoso que eu havia feito nas ciências. Logo percebeu que eu não apreciava o tema; mas, sem supor a verdadeira causa, atribuiu meus sentimentos à modéstia e mudou o assunto de minha melhora para a ciência em si, querendo, como pude perceber, me trazer de volta. O que eu poderia fazer? Ele queria agradar e me atormentava. Eu sentia como se ele tivesse cuidadosamente colocado à minha vista, um por um, os instrumentos que depois seriam usados para me provocar uma morte lenta e cruel. Eu murchava sob suas palavras, ainda assim não ousava exibir a dor que sentia. Clerval, cujos olhos e sentimentos são sempre rápidos em discernir as sensações dos outros, abandonou o assunto, alegando, como desculpa, sua total ignorância; e a conversa seguiu um rumo mais genérico. Agradeci a meu amigo de coração, mas não em voz alta. Vi claramente que ele estava surpreso, mas nunca tentou extrair meu segredo de mim; e, apesar de amá-lo com uma mistura de afeto e reverência que não conhecia limites, jamais pude me persuadir a confidenciar-lhe o acontecimento que estava sempre tão presente em minha lembrança, mas que eu temia que ficasse ainda mais marcado se eu o detalhasse a mais alguém.

O sr. Krempe não foi igualmente dócil; e, na condição de sensibilidade quase insuportável em que me encontrava, seus louvores duros e bruscos me causaram ainda mais dor do que a benevolente aprovação do sr. Waldman:

– Que sujeitinho! – exclamou ele. – Ora, sr. Clerval, asseguro que ele superou a nós todos. Sim, pode olhar feio, se quiser; mas é verdade. Um jovem que há poucos anos acreditava em Cornelius Agrippa tão firmemente quanto no Evangelho, agora se colocou no topo da universidade; e se ele não for logo puxado para baixo, vamos ficar todos para trás. Sim, sim – continuou ele, observando minha face expressiva de sofrimento. – O sr. Frankenstein é modesto, uma excelente qualidade num jovem. Rapazes deveriam desconfiar de si mesmos. Sabe, sr. Clerval, eu mesmo não confiava muito em mim quando jovem, mas isso passa em muito pouco tempo.

O sr. Krempe agora havia começado um autoelogio, que felizmente desviou a conversa de um assunto que era tão irritante para mim.

Clerval nunca compartilhara meus gostos por ciências naturais; e suas buscas literárias diferiam totalmente das que haviam me ocupado. Ele chegou à universidade com a ideia de se tornar um mestre completo em línguas orientais e dar início ao plano de vida que havia criado para si mesmo. Decidido a não seguir uma carreira inglória, voltou-se para o leste, que oferecia diversas possibilidades para seu espírito empreendedor. As línguas persa, árabe e o sânscrito captavam sua atenção, e fui facilmente induzido a entrar nos mesmos estudos. O ócio havia sido maçante para mim, e agora que eu desejava fugir da reflexão e odiava minha antiga seara, sentia grande alívio em ser colega de estudos de meu amigo, e nas obras dos orientalistas encontrei não apenas instrução, mas consolo. Não pretendia, como ele, buscar um conhecimento crítico de seus dialetos, porque eu não pretendia fazer qualquer uso deles além de diversão temporária. Lia meramente para compreender os significados, e meus esforços foram bem recompensados. A melancolia de tais obras tem um traço reconfortante, e sua alegria é glorificante num grau que nunca vivenciei estudando autores de nenhum outro país. Lendo aqueles escritos, a vida parece ser feita de um sol quente e um jardim de rosas, dos sorrisos e das caretas de um inimigo justo e do fogo que consome seu próprio coração. Que diferente da poesia viril e heroica da Grécia e de Roma!

Passei o verão nessas ocupações. E meu retorno para Genebra foi fixado para o final do outono; mas, tendo sido adiado por vários acidentes, o inverno e a neve chegaram, as estradas se tornaram intransitáveis e minha jornada foi retardada até a primavera seguinte. Senti o atraso com muita amargura, pois ansiava ver minha cidade natal e meus amados amigos. Meu retorno só fora adiado por tanto tempo em função de minha relutância em deixar Clerval num lugar estranho antes que ele estivesse familiarizado com os seus habitantes. O inverno, porém, foi passado animadamente, e, apesar de a primavera ter chegado anormalmente tarde, sua beleza compensou a vagarosidade.

O mês de maio já havia começado, e eu esperava diariamente a carta que iria fixar a data de minha partida, quando Henry propôs um passeio a pé pelos arredores de Ingolstadt, para que eu pudesse me despedir do país em que eu vivera por tanto tempo. Aceitei a proposta com prazer: gostava de exercício, e Clerval sempre havia sido minha companhia favorita nos passeios dessa natureza entre as paisagens de meu país nativo.

Passamos uma quinzena nessas perambulações: havia muito que minha saúde e meu espírito estavam restaurados, e eles ganharam força adicional pelo ar salubre que eu respirava, os acontecimentos naturais pelo caminho e a conversa com meu amigo. O estudo havia me afastado da relação com meus semelhantes e me tornado antissocial, mas Clerval trazia à tona os melhores sentimentos do meu coração; ele novamente me ensinava a amar a natureza e os rostos alegres das crianças. Que amigo excelente! Quão sinceramente me amou e se esforçou para elevar minha mente ao nível da sua própria! Uma busca egoísta havia me tornado limitado e estreito, até que sua gentileza e seu afeto aqueceram e abriram meus sentimentos. Tornei-me a mesma criatura feliz que, alguns anos antes, amava e era amado por todos, sem tristezas ou cautelas. Quando a natureza feliz e inanimada tinha o poder de me conceder as sensações mais agradáveis. Um céu sereno e campos verdejantes me enchiam de êxtase. Aquela estação foi de fato divina; as flores da primavera desabrochavam nos arbustos, e as que se abririam no verão já se encontravam em botão. Eu não me afligia com os pensamentos que, no ano anterior, haviam me oprimido com um fardo invisível, apesar de meus esforços para afastá-los.

Henry regozijava-se com minha satisfação e solidarizava-se sinceramente com meus sentimentos: esforçava-se para me divertir, enquanto expressava as sensações que tomavam sua alma. Os recursos de sua mente nessa ocasião eram realmente espantosos: sua conversa era cheia de imaginação; e, muito frequentemente, numa imitação dos escritores persas e árabes, inventava histórias de maravilhosa criatividade e paixão. Outras vezes, repetia meus poemas favoritos ou me arrastava para discussões que sustentava com grande habilidade.

Voltamos à faculdade numa tarde de domingo: os camponeses estavam dançando e todos que encontramos pareciam alegres e felizes. Meu espírito também estava elevado, e eu os acompanhei com sentimentos de irrefreável prazer e regozijo.

CAPÍTULO 7

Na minha volta, encontrei a seguinte carta de meu pai:

Meu querido Victor,

Você provavelmente tem esperado impaciente por uma carta para fixar a data de seu retorno; e eu de início estava tentado a escrever apenas algumas linhas, meramente mencionando o dia no qual deveria esperá-lo. Mas isso seria de uma gentileza cruel, e não ouso fazê-lo. Qual não seria sua surpresa, meu filho, quando esperava boas-vindas felizes, ao encontrar, em vez disso, lágrimas e ruína? E como, Victor, posso relatar a você nosso infortúnio? A ausência não pode tê-lo tornado insensível a nossas alegrias e dores; e como posso provocar dor no meu filho há tanto ausente? Quero prepará-lo para notícias lastimáveis, mas sei que é impossível; neste momento, seus olhos deslizam sobre a página, procurando palavras que transmitam a você as horríveis novidades.

William está morto! Aquela doce criança, cujos sorrisos deleitavam e aqueciam meu coração, que era tão gentil e ainda tão alegre! Victor, ele foi assassinado!

Não tentarei consolá-lo, simplesmente relatarei as circunstâncias do ocorrido.

Na quinta passada (7 de maio), eu, minha sobrinha e seus dois irmãos fomos caminhar em Plainpalais.[30] A tarde era quente e serena, e prolongamos nossa caminhada mais do que o usual. Já estava anoitecendo quando pensamos em retornar; então não conseguimos encontrar William e Ernest, que haviam ido na frente. Por conseguinte, decidimos descansar num banco, até eles voltarem. Ernest não demorou a aparecer e perguntou se eu havia visto

30. Bairro de Genebra, entre os rios Arve e Ródano, outrora apenas uma região pantanosa, que a partir do séc.XVII foi transformado em local de lazer e que ainda hoje abriga uma praça popular com feirinha de rua, restaurantes e atrações para crianças e adolescentes.

seu irmão: disse que os dois estavam brincando, que William havia corrido para se esconder, que procurou por ele em vão e que depois esperou por um longo tempo, mas ele não retornou.

Esse relato nos alarmou bastante, e continuamos a busca até a noite cair, quando Elizabeth imaginou que ele pudesse ter voltado para casa. Não estava lá. Voltamos ao lugar, com tochas, pois eu não poderia descansar pensando que meu doce garotinho havia se perdido e estava exposto a todos os serenos e garoas da noite; Elizabeth também sofria de extrema angústia. Em torno das cinco horas da manhã, encontrei meu garotinho adorável, que na noite anterior eu havia visto florescente e ativo com saúde, estendido na grama, lívido e sem movimentos: a marca dos dedos do assassino estava em seu pescoço.

Foi transportado para casa. E a angústia visível em meu semblante traiu o segredo a Elizabeth. Ela estava decidida a ver o corpo. Inicialmente, tentei evitar, mas ela insistiu e, entrando no quarto onde ele estava deitado, examinou depressa o pescoço da vítima, e, apertando as mãos, exclamou:

– Oh, Deus! Assassinei minha amada criança!

Desmaiou, e foi muito difícil reanimá-la. Quando reavivou, foi apenas para chorar e suspirar. Disse-me que, naquela mesma noite, William havia insistido que ela o deixasse usar um medalhão muito valioso que ela possuía com o retrato de sua mãe. Esse objeto se foi, e sem dúvida foi a tentação que levou o assassino ao feito. Não temos rastros dele no momento, apesar de nossos esforços serem inesgotáveis; mas eles não vão restaurar meu amado William!

Venha, querido Victor; só você pode consolar Elizabeth. Ela chora sem cessar e acusa a si mesma injustamente como causa da morte dele; suas palavras penetram meu coração. Estamos todos infelizes, mas isso não será um motivo adicional para você, meu filho, retornar e ser nosso consolador? Sua querida mãe! Ah, Victor! Eu agora digo: graças a Deus que ela não viveu para testemunhar a cruel, miserável morte de seu querido mais jovem!

Venha, Victor; não remoendo pensamentos de vingança contra o assassino, mas com sentimentos de paz e gentileza, que irão curar, em vez de supurar, as feridas de nossas mentes. Venha à casa enlutada, meu amigo, mas com bondade e afeto por aqueles que te amam, e não com ódio por seus inimigos.

Seu afetuoso e aflito pai,
Alphonse Frankenstein
Genebra, 12 de maio de 17–

Clerval, que havia observado meu semblante enquanto eu lia a carta, ficou surpreso ao observar o desespero que sucedeu o prazer inicialmente expresso ao receber notícias de meus amigos. Joguei a carta na mesa e cobri o rosto com as mãos.

– Meu querido Frankenstein – exclamou Henry, quando me notou chorando com amargor –, devemos sempre ser infelizes? Meu querido amigo, o que se passou?

Fiz sinal para ele pegar a carta, enquanto eu andava de um lado para outro do quarto em extrema agitação. Lágrimas também jorraram dos olhos de Clerval enquanto ele lia o relato de meu infortúnio.

– Não posso lhe oferecer consolo, meu amigo – disse ele –, seu desastre é irreparável. O que pretende fazer?

– Ir a Genebra imediatamente: venha comigo, Henry, pedir os cavalos.

Durante nossa caminhada, Clerval empenhou-se em dizer algumas palavras de consolo; ele só podia expressar sua sincera solidariedade.

– Pobre William! – disse. – Querida criança, agora dorme com a mãe angelical! Quem o viu alegre e cheio de vida em sua jovem beleza deve chorar sua perda prematura! Morrer de forma tão miserável; sentir o aperto do assassino! Muito mais que um assassino, para destruir inocência tão radiante! Pobrezinho! Só temos um consolo; seus amigos velam e choram, mas ele está descansando. A dor terminou, seus sofrimentos terminaram para sempre. Um gramado cobre sua forma gentil, e ele não conhece a dor. Não pode mais ser motivo de piedade; devemos reservar isso para seus tristes sobreviventes.

Clerval assim falava enquanto nos apressávamos pelas ruas; as palavras se imprimiam em minha mente, e recordei-me delas mais tarde, em minha solidão. Mas naquele momento, logo que os cavalos chegaram, meti-me num cabriolé[31] e dei adeus ao meu amigo.

A viagem foi muito melancólica. Inicialmente, queria apressar o passo, pois ansiava por consolar e me solidarizar com minha amada e entristecida família; mas, ao me aproximar da minha cidade natal, abrandei o progresso. Mal podia sustentar a multidão de sentimentos que coroava minha mente.

31. Carruagem pequena e leve, de duas rodas, capota retrátil e puxada por apenas um cavalo.

Passei por paisagens familiares à minha infância, mas que eu não havia visto por quase seis anos. Quantas transformações podem acontecer nesse tempo! Uma repentina e desoladora mudança havia acontecido; mas milhares de pequenas circunstâncias poderiam ter causado gradualmente outras alterações, que, apesar de terem ocorrido de forma mais tranquila, poderiam não ser menos decisivas. O medo se apoderou de mim; não ousava avançar, temendo milhares de males sem nome que me faziam estremecer, apesar de eu ser incapaz de defini-los.

Permaneci dois dias em Lausana, nesse doloroso estado mental. Contemplei o lago:[32] as águas estavam plácidas, tudo ao redor estava calmo; as montanhas nevadas, "palácios da natureza",[33] não estavam mudadas. Em certo grau, o ambiente calmo e celestial me recuperou, e continuei minha viagem em direção a Genebra.

A estrada corria ao longo do lago, que se tornava mais estreito conforme eu me aproximava de minha cidade natal. Percebi mais distintamente as encostas negras do Jura, e o cume brilhante do Mont Blanc.[34] Chorava como uma criança.

– Queridas montanhas! Meu lindo lago! Como recebem este viajante? Seus picos estão claros; o céu e o lago estão azuis e plácidos. Será isso um prenúncio da paz ou uma zombaria de minha infelicidade?

Temo, meu amigo, tornar-me tedioso remoendo essas circunstâncias preliminares; mas foram dias de relativa felicidade, e penso neles com prazer. Meu país, meu amado país! Quem além de um nativo pode explicar o deleite que tive em novamente contemplar teus riachos, tuas montanhas e, mais do que tudo, teu adorável lago!

Ainda assim, enquanto me aproximava de casa, a dor e o medo novamente se apoderaram de mim. A noite também se fechou ao meu redor; e quando mal podia ver as montanhas escuras, senti-me ainda mais melancó-

---

32. O lago Léman, atravessado pelo rio Ródano, que termina em Genebra, na porção conhecida como Petit Lac.

33. Em seu poema "Childe Harold's Pilgrimage" (1812-18), Lord Byron assim se refere aos Alpes.

34. O Mont Blanc é a mais alta montanha dos Alpes suíços e da União Europeia, com quase 5 mil metros de altitude.

lico. A paisagem parecia uma vasta cena turva do mal, e antevi soturnamente que estava destinado a me tornar o mais arrasado dos seres humanos! Ai de mim! Previ com verdade, e fracassei apenas num aspecto, pois, em toda a tristeza que imaginei e temi, não concebi nem a centésima parte da angústia que estava destinado a suportar.

Estava completamente escuro quando cheguei aos arredores de Genebra; os portões da cidade já estavam fechados, e fui obrigado a passar a noite em Secheron, uma vila a meia légua de meu destino. O céu estava sereno; e, incapaz de descansar, decidi visitar o local onde meu pobre William havia sido assassinado. Como não podia atravessar a cidade, fui obrigado a cruzar o lago num barco para chegar a Plainpalais. Durante essa curta viagem, vi relâmpagos brincando no cume do Mont Blanc e formando as mais belas figuras. A tempestade parecia se aproximar rapidamente; e, ao desembarcar, subi por um morro baixo, para observar seu progresso. Ela avançava; o céu estava nublado, e logo senti a chuva caindo em gotas grandes, sua violência crescendo depressa.

Abandonei meu posto e continuei a caminhar, apesar de as trevas e a tempestade se intensificarem a cada minuto e o trovão irromper com um estrondo terrível sobre minha cabeça. Ecoava de Salève, do Jura e dos Alpes da Savoia;[35] clarões vívidos de relâmpagos ofuscavam meus olhos, iluminando o lago, fazendo-o parecer um vasto lençol de fogo; então, por um instante, tudo mergulhava num breu total, até meu olho se recuperar do raio anterior. A tempestade, como acontece com frequência na Suíça, apareceu ao mesmo tempo em várias partes dos céus. A mais violenta vinha exatamente do norte da cidade, sobre a parte do lago que fica entre o promontório de Belrive e a vila de Copêt. Outra tempestade iluminava o Jura com relâmpagos fracos; e outra escurecia e às vezes revelava o Môle, uma montanha a leste do lago.

Enquanto observava a tempestade, tão bela, ainda que terrível, eu vagava num passo apressado. Essa nobre guerra dos céus elevava meus espíritos; apertei as mãos e exclamei em voz alta:

---

35. Salève é uma montanha dos pré-Alpes franceses; de seu lado norte pode se ter uma visão panorâmica completa de Genebra. Os Alpes da Savoia ficam no sudoeste da França, região anexada em 1860, foco de disputas com a Itália que geram controvérsia até os dias atuais.

– William, meu anjo querido! Este é seu funeral, este é seu canto fúnebre!

Ao pronunciar essas palavras, notei na penumbra uma figura que saía por detrás de um grupo de árvores perto de mim; fiquei imóvel, olhando intensamente: não podia me enganar. A luz de um relâmpago iluminou o objeto e revelou sua forma claramente para mim; sua estatura gigantesca e a deformidade de seu aspecto, horrendo demais para pertencer a um homem, instantaneamente me informaram que era o desgraçado, o demônio imundo a quem dera vida. O que fazia ele ali? Poderia ser ele (estremeci com o pensamento) o assassino de meu irmão? Assim que a ideia cruzou minha imaginação, fiquei convencido de sua verdade; meus dentes batiam, e tive que me apoiar contra uma árvore para não cair. A figura passou rapidamente por mim, e a perdi na penumbra. Nenhum ser humano poderia ter destruído aquela bela criança. *Ele* era o assassino! Não tinha dúvidas. A mera presença daquela ideia era uma prova irrevogável do fato. Pensei em perseguir o diabo; mas teria sido em vão, pois outro relâmpago o revelou pendurado entre as rochas da encosta quase perpendicular do monte Salève, que limitava Plainpalais ao sul. Ele logo alcançou o pico e desapareceu.

Permaneci imóvel. Os trovões cessaram, mas a chuva continuava, e toda a paisagem foi envolta numa escuridão impenetrável. Revolvi em minha mente os acontecimentos que até então buscara esquecer: toda a sequência de meu progresso em relação à criação; a aparição do trabalho de minhas próprias mãos, viva, junto da minha cama; sua partida. Quase dois anos agora haviam se passado desde a noite na qual ele recebera a vida; e fora esse seu primeiro crime? Ai de mim! Soltei no mundo uma desgraça depravada, cuja satisfação estava na carnificina e na tragédia; não havia ele assassinado meu irmão?

Ninguém pode conceber a angústia que sofri durante o restante da noite, que passei, com frio e encharcado, ao relento. Mas eu não sentia a inconveniência do clima; minha imaginação estava ocupada com cenas de mal e desespero. Pensava no ser que lançara entre a humanidade, dotado de vontade e poder para realizar propósitos de horror, haja vista a proeza que agora cometera, quase como meu próprio vampiro, meu próprio espírito solto do túmulo, forçado a destruir tudo o que era estimado por mim.

O dia amanheceu. E dirigi meus passos em direção à cidade. Os portões estavam abertos, e me apressei para a casa de meu pai. Meu primeiro pensamento fora revelar o que sabia do assassino e motivar uma busca instantânea. Mas me detive quando refleti sobre a história que teria de contar. Um ser que eu mesmo havia formado e incutido vida me encontrara à meia-noite entre os precipícios de uma montanha inacessível. Lembrei-me também da febre nervosa que havia contraído bem na época em que terminara minha criação, e que daria um ar de delírio a uma história de outro modo improvável. Bem sabia que se qualquer outro tivesse comunicado tal relato a mim eu o teria considerado um devaneio da insanidade. Além do mais, a estranha natureza do animal frustraria qualquer busca, mesmo que eu tivesse tal crédito a ponto de persuadir meus parentes a iniciá-la. Então, de que adiantaria a perseguição? Quem iria capturar uma criatura capaz de escalar as escarpas salientes do monte Salève? Diante dessas reflexões, decidi permanecer em silêncio.

Eram cerca das cinco da manhã quando entrei na casa de meu pai. Disse aos empregados para não perturbarem a família e fui para a biblioteca, esperar a hora em que eles normalmente despertavam.

Seis anos haviam se passado, seis anos que transcorreram como um sonho, a não ser por um traço indelével, e eu estava no mesmo lugar em que havia abraçado meu pai antes de partir para Ingolstadt. Amado e venerável pai! Ainda permanecia comigo. Olhei para o retrato de minha mãe, que jazia sobre a cornija da lareira. Tinha um tema histórico, pintado por vontade de meu pai, e representava Caroline Beaufort no desespero da agonia, ajoelhando-se ao lado do caixão de seu pai morto. Seu traje era rústico e as faces, pálidas; mas havia um ar de dignidade e beleza que dificilmente permitia o sentimento de pena. Abaixo do quadro havia um pequeno retrato de William; e minhas lágrimas fluíram quando olhei para ele. Enquanto estava assim entretido, Ernest entrou: havia me ouvido chegar e se apressara em me receber. Expressou um deleite entristecido ao me ver:

– Bem-vindo, meu querido Victor – disse ele. – Ah! Quem dera tivesse chegado três meses atrás, então nos teria encontrado alegres e satisfeitos. Vem até nós agora para compartilhar uma tristeza que nada é capaz de aliviar; ainda assim espero que sua presença reanime nosso pai, que parece afundar sob seu infortúnio; e você poderá convencer a pobre Elizabeth a abandonar sua vã autoacusação atormentada. Pobre William! Era nosso querido e nosso orgulho!

Lágrimas incontidas caíam dos olhos de meu irmão; uma sensação de agonia mortal tomava o seu rosto. Antes, havia apenas imaginado a ruína de meu desolado lar; a realidade vinha a mim como um novo e não menos terrível desastre. Tentei acalmar Ernest; pedi mais detalhes sobre meu pai e aquela que chamava de prima.

– Ela mais do que todos – disse Ernest – requer consolo; acusa-se de ter causado a morte de meu irmão, e isso a deixa muito arrasada. Mas desde que pegaram quem cometeu o crime...

– Pegaram o assassino! Bom Deus! Como pode ser? Quem poderia tentar persegui-lo? É impossível; mais fácil seria tentar alcançar os ventos ou barrar um riacho das montanhas com um graveto. E eu o vi; estava livre ontem à noite!

– Não sei do que você está falando – respondeu meu irmão, em tons de espanto –, mas para nós a descoberta aumentou a tristeza. De início, ninguém acreditava; e mesmo agora Elizabeth não está convencida, mesmo com todas as evidências. De fato, quem iria acreditar que Justine Moritz, que era tão amável e estimada por toda a família, poderia de repente se tornar capaz de crime tão temeroso, tão pavoroso?

– Justine Moritz! Pobre, pobre garota, ela está sendo acusada? Mas é uma injustiça; todos sabem disso. Certamente ninguém acredita nisso, não, Ernest?

– Ninguém acreditava inicialmente; mas surgiram várias circunstâncias que quase nos forçaram a convicção. E o próprio comportamento dela foi tão confuso, como que para acrescentar evidência aos fatos de uma forma que, temo, não deixa esperança de dúvida. Mas ela vai ser julgada hoje, e você então ouvirá tudo.

Ele relatou que, na manhã em que o assassinato do pobre William havia sido descoberto, Justine ficara doente e fora confinada à sua cama por vários dias. Nesse intervalo, uma das empregadas, ao mexer por acaso nos trajes que ela usara na noite do assassinato, descobriu em seu bolso o retrato de minha mãe que havia sido considerado a tentação do assassino. A empregada mostrou na mesma hora o retrato para outro criado, que, sem dizer uma palavra para qualquer um da família, foi a um magistrado; e, com o testemunho deles, Justine foi presa. Ao ser acusada do fato, a pobre garota confirmou a suspeita em grande medida pelos modos extremamente confusos.

Era uma história estranha, mas não abalou minha fé, e respondi com sinceridade:

– Vocês estão todos enganados; sei quem é o assassino. Justine, a pobre e boa Justine, é inocente.

Naquele instante, meu pai entrou. Vi a infelicidade profundamente impressa em seu semblante, mas ele se esforçou para me receber de forma animada; e, após trocarmos nossos pêsames, teria introduzido algum outro assunto que não nosso desastre, caso Ernest não tivesse exclamado:

– Bom Deus, papai! Victor diz que sabe quem foi o assassino do pobre William.

– Nós também, infelizmente – respondeu meu pai –, pois de fato preferia permanecer eternamente ignorante a ter descoberto tamanha depravação e ingratidão em quem valorizava tanto.

– Meu querido pai, você está enganado; Justine é inocente.

– Se ela for, que Deus proíba que sofra como culpada. Será julgada hoje, e espero, sinceramente, que seja absolvida.

As palavras me acalmaram. Estava firmemente convencido de que Justine era inocente e que, de fato, ser humano nenhum tinha culpa nesse assassinato. Desse modo, não temia que qualquer prova apresentada pudesse ser forte o suficiente para condená-la. Minha história não era do tipo que poderia ser anunciada publicamente; seu horror espantoso seria visto como loucura pelos populares. Haveria alguém além de mim, o criador, capaz de acreditar, a menos que convencido pelos sentidos, na existência do monumento vivo à presunção[36] e à ignorância imprudente que lancei no mundo?

Logo Elizabeth se uniu a nós. O tempo a havia alterado desde que a contemplara pela última vez; concedera-lhe uma graça que ultrapassava a beleza de seus anos de criança. Ela exibia a mesma candura e vivacidade, mas aliadas a uma expressão mais cheia de sensibilidade e intelecto. Recebeu-me com grande afeto.

---

36. O viés da presunção foi enfatizado no título da primeira adaptação teatral da história de Mary Shelley, que assistiu à peça: *Presumption, or the Fate of Frankenstein* [Presunção ou O destino de Frankenstein, 1823], de Richard Brinsley Peake.

– Sua chegada, meu querido primo – disse ela –, me enche de esperança. Talvez você encontre algum meio de justificar minha pobre e inocente Justine. Ai de mim! Quem está a salvo, se ela for condenada por um crime? Confio na sua inocência com a certeza com que confio na minha própria. Nosso infortúnio é duplamente duro; não apenas perdemos aquele querido garotinho, mas essa pobre menina, a quem amo sinceramente, está prestes a ser levada por um destino ainda pior. Se for condenada, nunca mais conhecerei o prazer. Mas ela não há de ser, estou certa de que não; então poderei ser feliz novamente, mesmo após a triste morte de meu pequeno William.

– Ela é inocente, minha Elizabeth – disse eu –, e isso será provado; não tema, deixe seus espíritos se animarem com a garantia da absolvição dela.

– Que bom e generoso você é! Todos acreditam na culpa dela, e isso me deixa arrasada, pois sei que é impossível; e ver todos os outros levados pelo preconceito de maneira tão mortal me deixou desolada e desesperada. – Pôs-se a chorar.

– Querida sobrinha – disse meu pai –, seque suas lágrimas. Se ela for inocente, como acredita, confie na justiça de nossas leis e em minha diligência para impedir a menor sombra de parcialidade.

CAPÍTULO 8

Passamos algumas horas tristes até as onze da manhã, quando o julgamento deveria começar. Com meu pai e o restante da família obrigados a participar como testemunhas, acompanhei-os à corte. Sofri uma verdadeira tortura durante toda aquela farsa miserável de justiça. Ali ficaria decidido se o resultado de minha curiosidade e maquinário ilegítimo causaria a morte de dois dos meus semelhantes: um deles, uma criança sorridente e cheia de inocência e gozo; o outro, assassinado de forma muito mais horrenda, com a agravante da infâmia, que poderia tornar sua morte um horror memorável. Justine também era uma garota de méritos e possuía qualidades que lhe prometiam uma vida feliz; agora, tudo seria obliterado num túmulo ignominioso, e eu era o causador! Preferia milhares de vezes ter confessado minha culpa do crime atribuído a Justine, mas estava ausente quando o ato foi cometido, e tal declaração teria sido considerada o devaneio de um louco e não a teria isentado de sofrer por mim.

Justine parecia calma. Estava vestida de luto; e o semblante, sempre encantador, fizera-se elegantemente belo pela solenidade de seus sentimentos. Ainda assim, parecia confiante na inocência e não tremia, apesar de fitada e execrada por milhares; pois toda a bondade que sua beleza poderia de outra forma ter despertado era obliterada nas mentes dos espectadores pela ideia da enormidade do que ela supostamente havia cometido. Estava tranquila, ainda assim sua tranquilidade era evidentemente constrita; e como a confusão fora anteriormente considerada prova de sua culpa, ela procurava aparentar coragem. Quando adentrou a corte, lançou os olhos ao redor e logo descobriu onde estávamos sentados. Uma lágrima pareceu embaciar seus olhos ao nos ver; mas ela rapidamente se recuperou, e um olhar de afeto entristecido parecia atestar sua profunda inocência.

O julgamento começou; e, após o promotor declarar a acusação, diversas testemunhas foram chamadas. Vários fatos estranhos combinavam-se contra ela, o que poderia ter chocado qualquer um que não tivesse tamanha prova de sua inocência quanto eu. Justine passara toda a noite do assassinato fora de casa e, pela manhã, fora vista por uma vendedora não muito longe do local em que, posteriormente, o corpo da criança foi encontrado. A mulher perguntou o que ela fazia ali; mas ela a olhou de forma muito estranha e só devolveu uma resposta confusa e ininteligível. Voltou a casa cerca das oito horas da manhã e, quando questionada onde havia passado a noite, respondeu que estivera procurando pela criança e perguntou sinceramente se alguma coisa havia sido ouvida sobre o menino. Quando lhe mostraram o corpo, caiu numa histeria violenta e ficou de cama vários dias. Foi então apresentado o retrato que os criados encontraram em seu bolso; e quando, numa voz vacilante, Elizabeth confirmou que era o mesmo que havia colocado no pescoço da criança, uma hora antes de ela se perder, um murmúrio de horror e indignação tomou o tribunal.

Justine foi chamada para sua defesa. Conforme o julgamento seguia, sua expressão se alterou. Seu semblante exprimia surpresa, horror e infelicidade. Às vezes, lutava com as lágrimas, mas no momento de apresentar a defesa, reuniu suas forças e falou numa voz audível, embora oscilante.

– Deus sabe – disse ela – como sou inteiramente inocente. Mas não fingirei que meus protestos irão me absolver: coloco minha inocência numa explicação pura e simples dos fatos de que me acusam; e espero que o caráter que sempre demonstrei incline meus juízes a uma interpretação favorável, mesmo que qualquer das circunstâncias pareça duvidosa ou suspeita.

Ela então relatou que, por permissão de Elizabeth, havia passado a tarde na qual o assassinato fora cometido na casa de uma tia, em Chêne, uma vila a cerca de uma légua de Genebra. No seu retorno, por volta das nove horas, encontrou um homem que perguntou se ela sabia qualquer coisa sobre a criança que havia se perdido. Ficou alarmada com o relato e passou várias horas procurando por ele, então os portões de Genebra foram fechados e ela foi forçada a passar um bom período da noite num celeiro de uma casa de campo, pois não quis acordar os moradores, de quem era bem conhecida. Passou a maior parte da noite lá, em vigília; perto da manhã, acreditou ter dormido por alguns minutos; passos a perturbaram, e ela despertou. Amanhecia, e ela abandonou seu abrigo para procurar meu irmão novamente. Se passou perto de onde o corpo estivera, não era de seu conhecimento. Que tenha ficado confusa quando questionada pela vendedora não era de admirar, já que havia passado uma noite sem dormir, e o destino do pobre William ainda era incerto. Em relação ao retrato, não tinha nada a relatar.

– Eu sei – continuou a infeliz vítima – quão pesada e fatalmente essa circunstância pesa sobre mim, mas não tenho como explicá-la; e quando expresso minha completa ignorância, posso apenas conjecturar a probabilidade de ter sido colocado no meu bolso. Mas aqui também me contenho. Creio não ter inimigos na terra, e ninguém certamente seria tão perverso para me destruir de forma imoral. Foi o assassino quem colocou o retrato lá? Não me lembro de nenhuma oportunidade em que ele pudesse ter feito isso; ou, mesmo que me lembrasse, por que ele teria roubado a joia para se desfazer dela tão prontamente? Entrego minha causa à justiça dos meus juízes, ainda assim não vejo espaço para esperanças. Imploro que algumas testemunhas sejam questionadas em relação ao meu caráter; e se o testemunho delas não aliviar minha suposta culpa, devo ser condenada, apesar de entregar minha salvação à minha inocência.

Foram chamadas várias testemunhas que a conheciam havia muitos anos e que falavam bem dela; mas o medo e o ódio pelo crime do qual era supostamente culpada as deixaram acanhadas e relutantes em se apresentar. Elizabeth viu que nem esse último recurso, sua disposição excelente e a conduta irrepreensível, poderia ajudar a acusada, e, muito agitada, pediu permissão para se dirigir ao tribunal.

– Sou prima da infeliz criança que foi assassinada, ou mais como irmã, pois fui educada e tenho vivido com seus pais desde muito antes de seu nascimento. Assim pode ser julgado impróprio de minha parte vir à frente nesta ocasião; mas quando vejo um semelhante prestes a perecer pela covardia de seus supostos amigos, peço que me concedam a palavra, para que eu possa dizer o que sei do seu caráter. Conheço bem a acusada. Morei na mesma casa que ela, primeiro por cinco anos, depois por quase dois. Durante todo esse período, ela me pareceu a mais amável e benevolente das criaturas. Tratou de Madame Frankenstein, minha tia, em sua derradeira doença com grande afeto e cuidado, em seguida cuidou da própria mãe durante uma doença prolongada de uma maneira que despertou a admiração de todos que a conheciam; depois disso, novamente viveu na casa de meu tio, onde era amada por toda a família. Era calorosamente ligada à criança que agora está morta, e agiu em relação a ela como uma mãe afetuosa. De minha parte, não hesito em dizer que, mesmo com toda a evidência produzida contra ela, acredito e confio em sua perfeita inocência. Ela não tem a tentação de tal ato; quanto à quinquilharia indicada como prova, se ela sinceramente a quisesse, teria lhe dado de bom grado, de tanto que a estimo e valorizo.

Um murmúrio de aprovação seguiu o apelo simples e poderoso; mas foi estimulado por sua generosa interferência, e não a favor de Justine, a quem a indignação pública se dirigia com renovada violência, acusando-a da mais nefasta ingratidão. Ela própria chorou enquanto Elizabeth falava, mas não respondeu. Minha agitação e angústia foram extremas durante todo o julgamento. Acreditava na inocência dela; tinha certeza disso. Poderia o demônio que havia matado meu irmão (não duvidava por um minuto que tivesse sido ele) ter arrastado, em sua brincadeira infernal, a inocente para a morte e a ignomínia? Não podia suportar o horror da minha situação, e quando percebi que a voz popular e os semblantes dos juízes já haviam condenado minha infeliz vítima, corri para fora do tribunal em agonia. As torturas da acusada não se igualavam às minhas; ela era sustentada pela inocência, mas as garras do remorso trespassavam meu peito e não iriam largá-lo.

Minha noite foi de total destruição. De manhã, fui ao tribunal; meus lábios e garganta estavam secos. Não ousei fazer a pergunta fatal; mas eu era conhecido, e o oficial supôs a causa de minha visita. Os votos haviam sido dados; eram todos negativos, e Justine foi condenada.

Não posso tentar descrever o que senti então. Já havia vivenciado sensações de horror; e tenho me esforçado para conferir a elas as expressões adequadas, mas palavras não podem transmitir o desespero de cortar o coração que então suportei. A pessoa a quem me dirigi acrescentou que Justine já havia confessado sua culpa.

– Essa evidência – observou ele – dificilmente seria necessária num caso tão claro, mas fico feliz com isso, e de fato juiz nenhum gosta de condenar um criminoso por evidências circunstanciais, mesmo que sejam tão decisivas.

Esse era um dado estranho e inesperado; o que poderia significar? Meus olhos haviam me enganado? Estava realmente tão louco quanto o mundo me julgaria, caso revelasse o objeto de minhas suspeitas? Corri de volta a casa, e Elizabeth avidamente exigiu saber do resultado.

– Minha prima – respondi –, foi decidido como você talvez esperasse; todos os juízes preferem que dez almas inocentes sofram a que uma culpada escape. Mas ela confessou.

Foi um golpe duro para a pobre Elizabeth, que havia confiado com firmeza na inocência de Justine.

– Ai de mim! – disse ela. – Como poderei acreditar novamente na bondade humana? Justine, que eu amava e estimava como minha irmã, como ela podia forjar aqueles sorrisos de inocência apenas para nos trair? Seus olhos suaves pareciam incapazes de qualquer crueldade ou trapaça, e ainda assim ela cometeu um assassinato.

Logo depois ouvimos que a pobre vítima havia expressado o desejo de ver minha prima. Meu pai não queria que ela fosse, mas disse que deixava a decisão aos próprios julgamentos e sentimentos dela.

– Sim – disse Elizabeth. – Vou, embora ela seja culpada; e você, Victor, deve me acompanhar; não posso ir sozinha. – A ideia dessa visita era uma tortura para mim, ainda assim eu não podia recusar.

Entramos na lúgubre prisão e contemplamos Justine sentada num monte de palha, num canto distante; tinha as mãos algemadas e a cabeça descansava entre os joelhos. Ela se ergueu ao nos ver e, quando fomos deixados sozinhos com ela, jogou-se aos pés de Elizabeth, chorando amargamente. Minha prima também chorou.

– Oh, Justine! – disse ela. – Por que me roubou meu último consolo? Confiei em sua inocência e, apesar de estar então arruinada, não estava tão infeliz quanto agora.

– E você também acredita que sou tão malvada assim? Também se une aos meus inimigos para me esmagar, para me condenar como assassina? – Sua voz estava sufocada por soluços.

– Levante-se, minha pobre menina – disse Elizabeth –, por que se ajoelha se é inocente? Não sou um de seus inimigos; acreditei que não tivesse culpa, mesmo com todas as evidências, até ouvir que você mesma se declarou culpada. Você diz que essa declaração é falsa; saiba, querida Justine, que nada pode estremecer minha confiança em você nem por um momento, somente sua própria confissão.

– Confessei, sim; mas confessei uma mentira. Confessei para talvez conseguir a absolvição; mas agora essa falsidade deposita-se em meu coração mais pesada do que todos os outros pecados. Que Deus do céu me perdoe! Desde que fui condenada, meu confessor me assombra; ele me ameaçou e me intimidou até eu quase começar a pensar que era mesmo o monstro que ele dizia que eu era. Ameaçou-me com a excomunhão e o fogo do inferno nos meus últimos momentos se continuasse a teimar. Querida dama, eu não tinha ninguém para me apoiar; todos olhavam para mim como uma maldita condenada à ignomínia e perdição. O que eu poderia fazer? Num momento mau, cedi a uma mentira; e agora estou verdadeiramente infeliz.

Ela fez uma pausa, chorando, então continuou:

– Pensei, com horror, minha doce dama, que acreditaria que sua Justine, a quem sua abençoada tia tão fortemente honrou e a quem você amava, era uma criatura capaz de um crime que ninguém além do próprio diabo poderia ter perpetrado. Querido William! A mais querida e abençoada criança! Logo o verei novamente no céu, onde nós todos deveremos ser felizes; e isso me consola enquanto sofro com a ignomínia e a morte.

– Oh, Justine! Perdoe-me por ter por um momento desconfiado de você. Por que confessou? Mas não se lamente, minha querida, não tema. Vou proclamar, vou provar sua inocência. Vou derreter os corações de pedra de seus inimigos com minhas lágrimas e rezas. Você não morrerá! Você, minha companheira de brincadeiras, minha amiga, minha irmã, perecer no cadafalso?! Não! Não! Eu nunca poderia sobreviver a infortúnio tão horrível!

Justine balançou a cabeça pesarosamente.

– Não temo morrer – disse ela. – Essa pontada já passou. Deus leva minha fraqueza e me dá coragem para suportar o pior. Deixo um mundo triste e amargo; e você se lembre de mim como alguém injustamente condenado; eu me resigno ao destino que espera por mim. Aprenda comigo, querida dama, a se entregar com paciência à vontade dos céus!

Durante essa conversa, eu havia me retirado para o canto da cela, onde podia esconder a terrível angústia que me possuía. Desespero! Quem ousava falar disso? A pobre vítima, que pela manhã teria de cruzar a terrível fronteira entre a vida e a morte, não sentia como eu agonia tão amarga e profunda. Eu rangia os dentes, proferindo um grunhido que vinha de minha alma mais interna. Justine se assustou. Quando viu que era eu, aproximou-se e perguntou:

– Querido senhor, é muito bondoso em me visitar; o senhor, espero, não acredita que sou culpada?

Eu não podia responder.

– Não, Justine – disse Elizabeth –, ele está mais convencido de sua inocência do que eu estava; pois mesmo quando ouviu que você havia confessado, não deu crédito a isso.

– Eu agradeço com sinceridade. Nestes últimos momentos, sinto a mais sincera gratidão em relação aos que pensam em mim com bondade. Como é doce o afeto dos outros para uma desgraçada como eu! Alivia mais da metade de meu infortúnio; e sinto como se pudesse morrer em paz, agora que minha inocência é reconhecida por vocês, querida dama e seu primo.

Assim, a pobre sofredora tentou confortar os outros e a si mesma. Ela de fato obteve a resignação que desejava. Mas eu, o verdadeiro assassino, sentia em meu peito o verme imortal que não permitia esperança ou consolo. Elizabeth também chorava e estava infeliz; mas sua tristeza era também a da inocência, que, como uma nuvem que passa em frente a uma bela lua, a esconde por um tempo, mas não pode macular seu brilho. Angústia e desespero penetraram fundo em meu coração; eu carregava dentro de mim um inferno, que nada poderia extinguir. Ficamos várias horas com Justine, e foi com grande dificuldade que Elizabeth se afastou.

– Queria poder morrer com você – exclamou ela –; não posso viver neste mundo de tristeza!

Justine assumiu um ar de jovialidade, enquanto, com dificuldade, reprimia as lágrimas amargas. Abraçou Elizabeth e disse numa voz embargada:

– Adeus, doce dama, querida Elizabeth, minha amada e única amiga; que o céu, em sua generosidade, a abençoe e a preserve; que esse seja o seu último infortúnio! Viva e seja feliz e faça os outros felizes.

Na manhã seguinte, Justine morreu. A eloquência comovente de Elizabeth não demoveu os juízes de sua convicção na criminalidade da santificada sofredora. Meus apaixonados e indignados apelos foram em vão. E quando recebi suas respostas frias e ouvi o raciocínio cruel e insensível desses homens, a pretendida confissão morreu em meus lábios. Com ela eu poderia me proclamar louco, mas não revogar a sentença entregue à minha arruinada vítima. Ela pereceu no cadafalso como assassina!

Das torturas de meu próprio coração, passei a contemplar a dor profunda e muda de minha Elizabeth. Esse também foi um feito meu! E a desgraça de meu pai e a desolação daquele lar tão sorridente – foi tudo obra de minhas mãos três vezes amaldiçoadas! Vocês choram, infelizes, mas essas não são suas últimas lágrimas! Ainda hão de se entregar ao pranto fúnebre, e o som de suas lamentações deve ser ouvido de novo e de novo! Frankenstein, seu filho, seu parente de sangue, seu amigo tão amado; ele que gastaria cada gota vital de sangue por seu bem, que não experimenta pensamento ou sentimento de alegria exceto o que se reflete em seus queridos semblantes, ele que encheria o ar de bênçãos e passaria a vida servindo a vocês, ele pede que chorem, que derramem incontáveis lágrimas; será mais feliz do que espera, se esse inexorável destino for satisfeito e se a destruição parar antes que a paz do túmulo tenha sucedido a seus tristes tormentos!

Assim falou minha profética alma, quando eu, destruído pelo remorso, o horror e o desespero, contemplei a tristeza vã daqueles que amava diante dos túmulos de William e de Justine, as primeiras vítimas desafortunadas de minhas artes profanas.

VOLUME DOIS

CAPÍTULO I

Nada é mais doloroso para a mente humana, após os sentimentos terem sido agitados numa rápida sucessão de eventos, que a calma mortal da inação e da certeza que se segue e priva a alma tanto de esperança quanto de medo. Justine morreu; ela descansou, e eu estava vivo. O sangue fluía livremente em minhas veias, mas um peso de desespero e remorso pressionava meu coração, e nada poderia aplacar a sensação. O sono fugia de meus olhos; eu vagava como um espírito maligno, pois havia cometido maldades terríveis, impossíveis de serem descritas, e mais, muito mais (tinha certeza) ainda estava por vir. Ainda assim, meu coração transbordava de bondade e amor pela virtude. Eu havia começado a vida com intenções benéficas e ansiava pelo momento em que as colocaria em prática e me tornaria útil para meus semelhantes. Agora estava tudo destruído: em vez de uma paz de espírito que me permitisse olhar para o passado com satisfação e dele extrair uma promessa de novas esperanças, eu era tomado pelo remorso e a culpa, que me lançavam num inferno de torturas intensas, tais que língua nenhuma pode descrever.

Esse estado mental consumiu minha saúde, que talvez nunca tenha se recuperado do primeiro choque pelo qual passou. Eu evitava o rosto dos homens; todo som de alegria ou complacência era uma tortura para mim; solidão era meu único consolo – a solidão profunda, negra como a morte.

Meu pai observava com dor a visível alteração em minha disposição e hábitos, e, usando de argumentos calcados em sua consciência serena e na vida sem culpa, tentou me inspirar a ter forças e me despertar a coragem para dissipar a nuvem escura que pesava sobre minha cabeça.

– Você acha, Victor – perguntou ele –, que também não sofro? Ninguém pode amar uma criança mais do que eu amava seu irmão. – Lágrimas vieram a seus olhos enquanto ele falava: – Mas não é nosso dever para com os sobreviventes evitar que a tristeza deles aumente com uma demonstração descomedida de luto? É também um dever que tem consigo mesmo; pois a tristeza excessiva impede o desenvolvimento, o prazer ou mesmo a descarga da utilidade diária, sem a qual nenhum homem serve à sociedade.

Esse conselho, apesar de bom, não se aplicava ao meu caso; eu teria sido o primeiro a esconder a dor e a consolar meus amigos, se o remorso não tivesse contaminado minhas outras sensações com sua amargura e o terror, com seu alarme. Agora eu só podia responder a meu pai com um olhar de desespero e tentar me esconder de sua vista.

Por volta dessa época, nós nos retiramos para a casa de Belrive. A mudança foi particularmente conveniente para mim. O fechar dos portões regularmente às dez horas da noite e a impossibilidade de permanecer no lago após esse horário havia tornado nossa residência dentro dos muros de Genebra muito incômoda. Agora eu estava livre. Frequentemente, após o restante da família ter se recolhido para a noite, eu pegava o barco e passava muitas horas na água. Às vezes, com as velas abertas, era carregado pelo vento; e, às vezes, após remar para o meio do lago, deixava o barco seguir seu próprio curso e dava espaço às minhas reflexões infelizes. Frequentemente, sentia-me tentado, quando tudo estava em paz ao meu redor e eu era a única coisa inquieta a vagar incansável numa paisagem tão bela e celestial – exceto por algum morcego ou pelos sapos, cujo coaxar rude e intermitente era ouvido apenas quando eu me aproximava da margem –, frequentemente, repito, sentia-me tentado a mergulhar no lago silencioso, para que as águas pudessem se fechar sobre mim e minhas calamidades para todo o sempre. Mas me detinha, quando pensava na heroica e sofredora Elizabeth, que eu amava ternamente e cuja existência estava presa à minha. Também pensava no meu pai e irmão sobrevivente: poderia eu, por minha deserção, deixá-los expostos e desprotegidos à maldade do monstro que soltara entre eles?

Nesses momentos, eu chorava amargamente e desejava que a paz revisitasse minha mente só para que eu pudesse oferecer consolo e felicidade a eles. Mas isso não era possível. O remorso extinguia todas as esperanças. Eu fora o autor de males inalteráveis e vivia num medo diário de que o monstro que eu havia criado pudesse perpetrar alguma nova vilania. Tinha uma sensação obscura de que aquilo não fora tudo, e que ele ainda iria cometer algum crime extraordinário, que, por sua enormidade, iria quase apagar a lembrança do passado. Enquanto restasse algo que eu amasse, havia sempre espaço para o medo. Minha aversão a esse demônio é inimaginável. Quando pensava nele, rangia os dentes, meus olhos ficavam inflamados, e eu desejava ardentemente extinguir aquela vida que havia concebido de forma tão impensada. Quando refletia sobre seus crimes e sua malícia, meu ódio e vingança rompiam todas as amarras da moderação. Teria peregrinado até o pico mais alto dos Alpes se pudesse jogá-lo no precipício. Desejava vê-lo novamente, para derramar a minha mais profunda aversão sobre sua cabeça e vingar as mortes de William e Justine.

Nossa casa era um lar enlutado. A saúde de meu pai estava profundamente abalada pelo horror dos acontecimentos recentes. Elizabeth estava triste e desanimada. Não tinha mais gosto em suas ocupações ordinárias; todo prazer parecia a ela um sacrilégio perante os mortos; achava que só a angústia e as lágrimas eternas eram tributos justos a oferecer a uma inocência tão amaldiçoada e destruída. Não era mais a criatura feliz que no início da juventude vagava comigo às margens do lago e conversava extasiada sobre nossos projetos futuros. A primeira das tristezas que são enviadas para nos afastar da terra a visitara, apagando seus sorrisos com uma influência sombria.

– Quando reflito, meu querido primo – disse ela –, sobre a morte miserável de Justine Moritz, não vejo mais o mundo e suas obras como antes me pareceram. Antes, eu encarava os relatos de maldade e injustiça que lia nos livros ou ouvia dos outros como histórias de tempos antigos ou males imaginários; pelo menos eram remotos e mais familiares à razão do que à imaginação. Mas agora a tristeza bateu à nossa porta, e os homens me parecem monstros sedentos pelo sangue uns dos outros. Ainda assim, certamente sou injusta. Todos acreditaram que aquela pobre menina fosse culpada; e se ela pudesse ter cometido o crime pelo qual sofreu punição, sem dúvida teria sido a mais depravada das criaturas humanas. Ter matado, por uma simples joia, o filho de seu benfeitor e amigo, uma criança de quem ela havia cuidado desde o nascimento e que parecia amar como se fosse sua! Não poderia consentir com a morte de ser humano nenhum, mas decerto consideraria tal criatura indigna de permanecer na sociedade dos homens.

Mas ela era inocente. Sei disso, sinto que era inocente; você é da mesma opinião, e isso me confirma. Ai de mim, Victor! Quando a mentira parece tanto com a verdade, quem pode se assegurar de alguma felicidade? Sinto como se estivesse caminhando à beira de um precipício do qual milhares tentam me jogar. William e Justine foram assassinados, e o assassino escapa: ele caminha livre pelo mundo; talvez respeitado. Mas mesmo que eu fosse condenada a sofrer no cadafalso pelo mesmo crime, não trocaria de lugar com tal monstro.

Escutei esse discurso na mais extrema agonia. Eu era, não de fato, mas com efeito, o verdadeiro assassino. Elizabeth leu a angústia em meu semblante e, pegando minha mão com gentileza, disse:

– Meu querido amigo, você precisa se acalmar. Esses acontecimentos me afetaram, Deus sabe quão profundamente; mas não estou tão arruinada quanto você. Há uma expressão de desespero, e às vezes de vingança, em seu semblante que me faz estremecer. Querido Victor, abandone essas paixões sombrias. Lembre-se dos amigos ao seu redor, que centralizam todas as esperanças em você. Perdemos o poder de torná-lo feliz? Ah! Enquanto amarmos, enquanto formos verdadeiros uns com os outros, aqui nesta terra de paz e beleza, sua terra natal, poderemos colher todas as bênçãos tranquilas; o que poderá incomodar nossa paz?

E tais palavras, vindas de alguém que eu valorizava mais do que qualquer presente da fortuna, não poderiam ser suficientes para afastar o monstro que espreitava em meu coração? Enquanto ela falava, eu me aproximava dela, como que apavorado; como se, naquele momento, o destruidor estivesse perto para me roubá-la.

Assim, nem a ternura da amizade nem a beleza da terra ou do céu poderiam resgatar minha alma da desgraça: mesmo as ênfases do amor eram ineficazes. Eu estava envolvido por uma nuvem em que nenhuma influência benéfica poderia penetrar. O cervo ferido arrastando seus membros débeis para algum matagal não trilhado, para lá olhar a flecha que o havia perfurado e morrer – era eu.

Às vezes, conseguia lidar com o desespero que se apoderava de mim; mas às vezes o redemoinho de paixões de minha alma me levava a procurar, por meio do exercício físico e da mudança de lugar, algum alívio de minhas sensações intoleráveis. Foi durante um ataque desses que de repente deixei meu lar e, desviando meus passos em direção a vales alpinos próximos, busquei na magnificência e na eternidade de tais paisagens esquecer a mim mesmo e minhas efêmeras, pois humanas, tristezas. Minhas perambulações eram dirigidas ao vale de Chamonix.[37] Visitara-o com frequência durante minha meninice. Seis anos haviam se passado desde então: *eu* estava destruído, mas nada havia mudado naquelas paisagens selvagens e duradouras.

Fiz a primeira parte de minha viagem a cavalo. Em seguida, aluguei uma mula, que tem o passo mais certeiro e é menos propensa a se ferir naquelas estradas irregulares. O clima estava bom: era meados de agosto, quase dois meses após a morte de Justine; aquela época miserável da qual eu datava toda a minha desgraça. O peso sobre meu espírito tornou-se sensivelmente mais leve quando mergulhei mais fundo na ravina do rio Arve. As imensas montanhas e precipícios que se estendiam de cada lado, o som do rio irrompendo entre as rochas e o jorro das cachoeiras ao redor falavam de um poder gigantesco como a Onipotência – e deixei de temer ou de me curvar diante de qualquer ser menos poderoso do que aquele que criara e governava os elementos, ali expostos em sua aparência mais incrível. À medida que ascendia, o vale assumia uma personalidade mais magnífica e espantosa. Os castelos em ruínas pendurados em precipícios de montanhas de pinheiros, o impetuoso Arve e as casas de campo aqui e ali espiando por entre as árvores formavam uma paisagem de beleza singular. Que aumentava e se tornava sublime com os poderosos Alpes, cujas pirâmides e domos brancos e brilhantes erguiam-se sobre tudo, como se pertencessem a outra terra, a habitação de outra raça de seres.

Passei pela ponte de Pélissier, onde a ravina formada pelo rio abriu-se diante de mim, e comecei a subir a montanha que se eleva sobre ela. Logo depois, entrei no vale de Chamonix. O lugar é maravilhoso e sublime, mas não tão belo e pitoresco como o vale de Servox, pelo qual acabara de passar. As altas e nevadas montanhas eram suas fronteiras imediatas; mas eu não

37. Vale na fronteira da França com a Suíça, cenário de viagens de Mary Shelley com o marido, Percy Shelley, descritas em sua primeira publicação, o diário de viagem *History of a Six Weeks' Tour*, escrito a quatro mãos com ele.

via mais castelos em ruínas e campos férteis. Imensas geleiras se aproximavam da estrada; ouvi o rugido de uma avalanche e reparei na fumaça de sua passagem. O Mont Blanc, o supremo e magnífico Mont Blanc, erguia-se dos picos ao redor, e seu domo imponente dominava o vale.

Uma comichão de prazer frequentemente me percorria durante essa viagem. Uma curva na estrada, um objeto novo que eu notava e reconhecia de repente me lembravam de dias passados e eram associados com a satisfação do coração leve da meninice. Os próprios ventos sussurravam em tons tranquilizantes, e a natureza maternal me dizia para não mais chorar. Então novamente a influência bondosa deixava de existir: encontrava-me acorrentado mais uma vez à dor e cedendo a toda a tristeza da reflexão. Assim esporeava o animal, num esforço para me esquecer do mundo, de meus medos e, mais do que tudo, de mim mesmo: ou, numa forma mais desesperada, apeava e me jogava na grama, pesado de horror e desespero.

Finalmente cheguei à vila de Chamonix. A exaustão se sucedeu à fadiga extrema de corpo e mente pela qual havia passado. Por um curto espaço de tempo, permaneci à janela, observando os raios pálidos que brincavam acima do Mont Blanc e ouvindo o jorro do Arve, que seguia seu caminho ruidoso lá embaixo. Os mesmos sons me embalavam como uma cantiga de ninar para minhas sensações lamentosas: quando coloquei a cabeça no travesseiro, o sono se apoderou de mim; eu sentia como se ele viesse me abençoar com o esquecimento.

CAPÍTULO 2

Passei o dia seguinte vagando pelo vale. Parei junto à nascente do Arveiron,[38] que surge de uma geleira e desce lentamente do cume das montanhas para cercar o vale. As encostas abruptas das vastas montanhas estavam à minha frente; a parede de gelo acima de mim. Alguns pinheiros destruídos espalhavam-se ao redor, e o silêncio solene desse glorioso salão da Natureza imperial era quebrado apenas pelo brado das ondas ou a queda de algum fragmento grande, o estrondo da avalanche ou o estalo, reverberado pelas montanhas, do gelo acumulado que, através do trabalho silencioso de leis imutáveis, sempre ruía e despencava, como se fosse só um brinquedo em suas mãos. Essas sublimes e magníficas paisagens me garantiam o maior consolo que eu era capaz de receber. Elas me elevavam de toda a pequenez dos sentimentos; e, apesar de não removerem minha dor, a acalmavam e tranquilizavam. Em algum grau também afastavam minha mente dos pensamentos que eu havia remoído no último mês. Pela noite, retirei-me para descansar; o repouso foi, por assim dizer, servido e ministrado pela aparição das grandes formas que eu havia contemplado durante o dia. Elas se reuniam ao meu redor; o imaculado topo nevado da montanha, a ponta reluzente, os bosques de pinheiros, a ravina árida e áspera, a águia pairando entre as nuvens – todas elas se reuniam ao meu redor e me diziam para ficar em paz.

Para onde fugiram na manhã seguinte quando acordei? Toda a inspiração fugiu com o sono, e a melancolia sombria nublava cada pensamento. A chuva caía a cântaros e densa neblina escondia os picos das montanhas, de forma que nem vi os rostos daqueles poderosos amigos. Ainda assim eu podia penetrar em seu véu enevoado e buscá-los em seus retiros nublados. O que eram a chuva

38. Rio glacial do Mont Blanc. Os Shelley também descreveram sua passagem por lá em *History of a Six Weeks' Tour*.

e a tempestade para mim? Minha mula foi trazida à porta, e resolvi subir ao pico do Montanvert.[39] Lembrei-me do efeito que a visão da geleira imponente e sempre em movimento produzira em minha mente quando primeiro a vi. Ela preenchera-me então com um êxtase sublime que dera asas à alma e lhe permitira pairar do mundo obscuro para a luz e a alegria. A visão do terrível e majestoso na natureza de fato possuía sempre o efeito de tornar minha mente mais solene e me fazer esquecer os perigos passageiros da vida. Determinei-me a ir sem um guia, pois estava bem familiarizado com o caminho, e a presença de outra pessoa iria destruir a grandeza solitária da paisagem.

A subida é íngreme, mas o caminho é cortado em curvas contínuas e curtas, que permitem que você supere a perpendicularidade da montanha. É uma paisagem terrivelmente desolada. Em milhares de pontos é possível perceber os traços das avalanches de inverno, onde as árvores jazem quebradas e espalhadas pelo chão, algumas inteiramente destruídas, outras entortadas, apoiadas sobre as rochas pronunciadas da montanha ou transversamente sobre outras árvores. O caminho, à medida que se sobe, é cortado por ravinas de neve, das quais pedras rolam continuamente do alto; uma delas é particularmente perigosa, já que o menor som, como até falar em voz alta, produz uma concussão de ar suficiente para levar a destruição ao falante. Os pinheiros não são altos ou frondosos, mas sombrios, e acrescentam um ar de severidade à cena. Olhei para o vale lá embaixo; vasta neblina erguia-se dos rios que o cortavam e enrolava-se em grossos anéis ao redor das montanhas opostas, cujos picos estavam escondidos nas nuvens uniformes, enquanto a chuva derramava-se do céu escuro e aumentava a impressão melancólica que eu recebia dos objetos ao meu redor. Ai de mim! Por que o homem ostenta sensibilidades superiores àquelas aparentes nos animais? Isso só os torna seres mais necessários.[40] Se nossos impulsos se restringissem a fome, sede e desejo, poderíamos ser quase livres; mas agora somos levados por cada vento que sopra e uma palavra ao acaso ou imagem que a palavra possa transmitir a nós.

---

39. Nome antigo de uma parte das geleiras dos Alpes, conhecido hoje como Mer de Glace (Mar de Gelo), no maciço de Mont Blanc.

40. No sentido filosófico de sujeitados a causas externas ao ser, conforme William Godwin, pai da autora, defende em seu *Enquiry Concerning Political Justice* (1793): "Na vida de cada ser humano há uma cadeia de acontecimentos, forjada nas eras que precederam seu nascimento e que prossegue regular ao longo de toda a sua existência, que lhe torna impossível agir senão como agiu."

Dormimos; o sonho traz mau agouro.
  Despertamos; pensando-se, o dia polui.
Sentimos, refletimos, com riso e com choro,
  Desgraça saudamos, toda cautela rui;
Sempre é igual: na alegria e na tristeza,
  O caminho de partida livre está.
Ontem nunca será nossa nova certeza;
  Nada, além da mutabilidade, permanecerá![41]

Era quase meio-dia quando cheguei ao topo. Sentei por um tempo na rocha que dava para o mar de gelo. Uma neblina cobria esse ponto e as montanhas ao redor. Nesse instante, uma brisa dissipou a nuvem, e desci até a geleira. A superfície é muito irregular, erguendo-se como as ondas de um mar agitado, então baixando, e entremeada por fissuras que mergulham profundamente. O campo de gelo tem quase uma légua de largura, mas levei cerca de duas horas cruzando-o. A montanha do outro lado é uma rocha perpendicular e nua. Eu estava agora exatamente do lado oposto a Montanvert, à distância de uma légua; e sobre ele erguia-se o Mont Blanc, numa imponência terrível. Permaneci numa reentrância de rocha, olhando a paisagem maravilhosa e estupenda. O mar, ou melhor, o vasto rio de gelo, serpenteava por entre as montanhas contíguas cujos picos suspensos penduravam-se sobre seus recessos. Seus picos gelados e reluzentes brilhavam à luz do sol sobre as nuvens. Meu coração, que antes estava entristecido, agora se inchava de algo como prazer; exclamei:

– Espíritos errantes, se de fato vagam e não descansam em seus leitos exíguos, permitam-me essa leve alegria ou me levem como companheiro para longe dos prazeres da vida!

Ao dizer isso, de repente contemplei a figura de um homem, a certa distância, avançando em minha direção com velocidade sobre-humana. Ele saltava

41. Tradução livre do poema "On mutability" [Sobre a mutabilidade, 1816], de Percy Bysshe Shelley: "*We rest; a dream has power to poison sleep./ We rise; one wand'ring thought pollutes the day./ We feel, conceive, or reason; laugh or weep,/ Embrace fond woe, or cast our cares away;/ It's the same: for, be it joy or sorrow,/ The path of its departure still is free./ Man's yesterday may ne'er be like this morrow;/ Nought may endure but mutability!*"

por sobre as fendas do gelo, entre as quais eu caminhava com precaução; sua estatura também, conforme se aproximava, parecia exceder a de um homem. Fiquei perturbado: uma neblina cobriu meus olhos, e senti o desmaio se apoderar de mim; mas rapidamente fui restaurado pelo vento frio das montanhas. Quando a forma se aproximou (visão tremenda e abominada!), percebi que era o desgraçado que eu havia criado. Estremeci de raiva e horror, decidindo esperar sua abordagem e então me jogar sobre ele num combate mortal. Ele me alcançou; seu semblante comunicava uma angústia amarga, combinada a desdém e malignidade, enquanto sua feiura absurda tornava-o quase horrível demais para olhos humanos. Mas eu mal observei isso; ódio e raiva inicialmente me privaram de me expressar, e recobrei-me apenas para oprimi-lo com palavras expressivas de furiosa abominação e desprezo.

– Demônio – exclamei –, como ousa se aproximar de mim? Não teme a feroz vingança de meu braço deflagrada sobre sua miserável cabeça? Vá, inseto vil! Ou melhor, fique, que irei transformá-lo em poeira! E, oh! Se eu pudesse com a extinção de sua miserável existência restaurar as vítimas que você tão diabolicamente assassinou!

– Esperava essa recepção – disse o demônio. – Todos os homens odeiam os desgraçados; como devo ser odiado, eu que sou a mais infeliz entre as criaturas vivas! Ainda assim, tu, meu criador, detestas e rejeitas a mim, tua criatura, a quem estás preso por amarras que apenas a aniquilação de um de nós pode dissolver. Pretendes me matar. Como ousas divertir-te assim com a vida? Cumpre teu dever em relação a mim, e cumprirei o meu em relação a ti e ao restante da humanidade. Se aceitares minhas condições, deixarei os outros e a ti em paz; mas se recusares, irei seguir meu apetite pela morte, até estar saciado com o sangue de teus amigos restantes.[42]

– Monstro abominável! Demônio que tu és! As torturas do inferno são leves demais para teus crimes. Diabo desgraçado! Repreendes-me por tua criação; venha, então, para que eu possa extinguir a centelha que tão negligentemente concedi.

42. Assim como o original, a tradução oscila entre os tratamentos formal e informal entre Victor e a criatura. (N.T.)

Minha raiva estava além dos limites; saltei na direção dele, impelido por todos os sentimentos que podem armar um ser contra a existência de outro.

Ele se esquivou facilmente e disse:

– Fique calmo! Imploro que me escute, antes de dar vazão à sua raiva sobre minha cabeça. Já não sofri o suficiente para que você busque aumentar minha tristeza? A vida, embora seja só uma sucessão de angústias, me é muito cara, e vou defendê-la. Lembra-te, fizeste-me mais poderoso do que a ti mesmo; minha altura é superior à tua, minhas articulações mais flexíveis. Mas não serei tentado a colocar-me contra ti. Sou tua criatura e serei manso e dócil com meu senhor natural e rei, se tu também fizeres tua parte, a qual me deves. Oh, Frankenstein, não sejas justo com qualquer outro e caia sobre mim apenas, para quem tua justiça e até tua clemência e afeição são tão devidas. Lembra-te que sou tua criatura; deveria ser teu Adão, porém sou mais como o anjo caído, a quem tu afastaste da alegria sem ter cometido mal nenhum. Por todo lado vejo prazer, do qual apenas eu sou irrevogavelmente excluído. Eu era benevolente e bom; a tristeza me tornou um demônio. Torna-me feliz, e serei virtuoso novamente.

– Vá-te! Não te ouvirei. Não pode haver comunhão entre nós; somos inimigos. Vá, ou que testemos nossa força numa luta na qual um deverá cair.

– Como posso comover-te? Nenhum entreato te fará virar um olhar favorável sobre tua criatura, que implora tua bondade e compaixão? Acredite em mim, Frankenstein: eu era benevolente; minha alma brilhava de amor e humanidade. Mas não estou só, miseravelmente só? Tu, meu criador, abomina-me; que esperanças posso então reunir de teus semelhantes, que me devem nada? Eles me rejeitam e me odeiam. As montanhas desertas e as geleiras sombrias são meu refúgio. Vago por aqui há muitos dias; as cavernas de gelo, que só eu não temo, são uma morada para mim, e a única que o homem não inveja. Esses céus torpes eu saúdo, porque são mais bondosos para mim do que teus semelhantes. Se a humanidade soubesse da minha existência, faria como tu e se armaria para me destruir. Devo então não odiar aqueles que me abominam? Não me submeterei aos meus inimigos. Sou um miserável, e eles devem compartilhar a minha desgraça. Ainda assim está em teu poder recompensar-me e livrá-los de um mal que só tu podes tornar tão grande que, não apenas tu e tua família, mas milhares de outros serão engolidos nos redemoinhos de minha ira. Deixa que tua compaixão seja tocada, e não desdenhes de mim. Escuta a minha história: quando tiveres ouvido isso, abandona-me ou apieda-te de mim, como julgar que mereço. Mas me escute. O culpado tem direito, pelas leis humanas, sangrentas como são, a falar em sua própria defesa antes de ser condenado. Escuta-me, Frankenstein. Tu me acusas de assassinato, e ainda tu destruirias com consciência satisfeita tua própria criatura. Oh, louvemos a eterna justiça do homem! Ainda assim peço que não me poupes: escuta-me; e então, se puderes e quiseres, destrói a obra de tuas mãos.

– Por que chama à minha lembrança – contestei – circunstância que estremeço ao recordar e da qual fui infeliz origem e autor? Amaldiçoado seja o dia, abominável diabo, no qual você viu a luz! Amaldiçoadas (ainda que eu amaldiçoe a mim mesmo) sejam as mãos que o formaram! Você me causou desgraças além da expressão. Você não me deixou poder para considerar se sou justo com você ou não. Vá! Poupe-me da visão de sua forma detestável.

– Assim eu te poupo, meu criador – disse ele, e colocou suas odiosas mãos diante de meus olhos, que afastei de mim com violência –, assim tiro a visão que tu abominas. Ainda podes me ouvir e me conceder compaixão. Pelas virtudes que outrora possuí, exijo isso de ti. Escuta a minha história; é longa e estranha, e a temperatura deste lugar não é propícia aos teus sentidos delicados. Vem para a cabana na montanha. O sol ainda está alto no céu; antes que ele desça para se esconder além dos precipícios nevados e iluminar outro mundo, tu terás ouvido minha história e poderás decidir. Em ti deposita-se a decisão se devo abandonar para sempre a vizinhança do homem e conduzir uma vida sem danos ou me tornar o flagelo de teus semelhantes e autor de tua própria e acelerada ruína.

Após dizer isso, avançou pelo gelo; eu segui. Meu coração estava cheio, e não respondi a ele; mas conforme o seguia, pesei os vários argumentos que ele havia usado e decidi ao menos escutar sua história. Era movido em parte pela curiosidade, e a compaixão confirmou minha resolução. Havia até então suposto que ele fosse o assassino de meu irmão e buscava avidamente uma confirmação ou negação dessa suposição. Pela primeira vez, também sentia as obrigações de criador em relação à criatura, e que eu deveria satisfazê-lo antes de reclamar de sua malignidade. Esses motivos me fizeram ceder ao pedido dele. Desse modo, cruzamos o gelo e ascendemos à rocha oposta. O ar estava frio, e a chuva novamente começou a cair; entramos na cabana, o demônio com um ar exultante, eu com o coração pesado e o espírito deprimido. Mas consenti em ouvir, e, sentando-me ao lado do fogo que meu odioso companheiro acendera, ele começou sua história.

CAPÍTULO 3

– É com considerável dificuldade que me lembro da era de origem do meu ser: todos os acontecimentos desse período parecem confusos e indistintos. Uma estranha multiplicidade de sensações se apoderou de mim, e vi, senti, ouvi e farejei ao mesmo tempo; e foi de fato um longo tempo até eu aprender a distinguir entre as operações de meus vários sentidos. Lembro-me de uma luz mais forte pressionar gradualmente meus nervos de modo que fui obrigado a fechar os olhos. A escuridão então recaiu sobre mim e me perturbou; porém eu mal havia sentido isso quando, por ter aberto os olhos, agora suponho, a luz me inundou novamente. Caminhei e, creio, desci; mas senti então uma grande alteração em minhas sensações. Antes, corpos escuros e opacos me cercavam, impérvios ao meu toque ou vista; mas havia descoberto que poderia vagar em liberdade, sem obstáculos que não pudesse superar ou evitar. A luz se tornou mais e mais opressora, e, com o calor me esgotando enquanto eu caminhava, procurei um lugar onde pudesse ficar à sombra. Era a floresta perto de Ingolstadt; e lá descansei da fadiga ao lado de um riacho, até que me senti atormentado pela fome e a sede. Isso me despertou de meu estado quase dormente, e comi algumas amoras que encontrei nas árvores ou caídas no chão. Saciei a sede no riacho; então, deitando, fui tomado pelo sono.

"Estava escuro quando acordei; senti frio também, e um pouco de medo, por assim dizer, instintivamente, ao me encontrar tão desolado. Antes de deixar seu apartamento, sentindo frio, cobri-me com algumas roupas, mas eram insuficientes para me proteger do sereno. Eu era um pobre desgraçado, inútil e infeliz; não sabia e não podia distinguir nada; mas a dor me invadiu por todos os lados. Sentei e chorei.

"Logo uma luz suave se pronunciou nos céus e me provocou uma sensação de prazer. Levantei-me e contemplei uma forma radiante surgir por entre as árvores.[43] Mirei-a, maravilhado. Movia-se lentamente, mas iluminava meu caminho e novamente saí em busca de amoras. Ainda estava com frio quando sob uma das árvores encontrei um enorme manto, com o qual me cobri, sentando-me no chão. Nenhuma ideia distinta ocupava minha mente; tudo estava confuso. Senti luz, fome, sede e escuridão, inúmeros sons tocavam minhas orelhas, e por todos os lados vários sabores me saudavam: o único objeto que eu podia distinguir era a lua brilhante, e fixei meus olhos nisso com prazer.

"Várias mudanças de dia e noite se passaram, e a órbita da noite havia diminuído consideravelmente quando comecei a distinguir minhas sensações umas das outras. Gradualmente, vi com clareza o riacho que me fornecia bebida e as árvores que me sombreavam com sua folhagem. Fiquei deleitado quando descobri que um som prazeroso, que frequentemente saudava meus ouvidos, vinha das gargantas de pequenos animais alados que haviam interceptado a luz de meus olhos. Comecei também a observar com maior precisão as formas que me cercavam e a notar as fronteiras do radiante teto de luz que me cobria. Às vezes, tentava imitar o prazeroso som dos pássaros, mas era incapaz. Às vezes, desejava expressar as sensações de minha própria forma, mas os sons grosseiros e desarticulados que irrompiam de mim me assustavam e levavam ao silêncio novamente.

"A lua desapareceu da noite e novamente tornou a surgir com uma forma diminuída, e eu ainda permanecia na floresta. Àquela altura, minhas sensações já haviam se tornado distintas, e minha mente recebia ideias adicionais todos os dias. Meus olhos se acostumaram à luz e a perceber objetos em suas formas corretas; eu distinguia o inseto da erva e, em certo grau, uma erva da outra. Descobri que o pardal proferia nada além de notas grosseiras, enquanto o melro e o sabiá eram doces e encantadores.

"Um dia, quando estava oprimido pelo frio, encontrei uma fogueira que havia sido deixada por alguns mendigos errantes e fui tomado pelo prazer e o calor que me proporcionou. Na minha alegria, meti a mão nas chamas vivas, mas retirei depressa com um grito de dor. Que estranho, pensei, que a mesma causa pudesse produzir efeitos opostos! Examinei os materiais do

43. A lua. (Nota da Autora)

fogo e, para minha alegria, descobri que era composto de madeira. Rapidamente juntei alguns galhos; mas ainda estavam úmidos e não queimavam. Sofri com isso; e me sentei observando a operação do fogo. A lenha úmida que eu havia colocado perto do calor secou e tornou-se inflamada. Refleti sobre isso e, ao tocar vários galhos, descobri a causa e me ocupei em juntar uma grande quantidade de lenha que eu pudesse secar e que me daria uma boa reserva de fogo. Quando a noite veio e trouxe o sono, fiquei com muito medo de meu fogo ser extinto. Cobri a fogueira cuidadosamente com lenha seca e folhas, e coloquei galhos úmidos ao lado; então, abrindo meu manto, me deitei no chão e mergulhei no sono.

"Era manhã quando acordei, e meu primeiro cuidado foi checar o fogo. Retirei a lenha e as folhas que o cobriam, e uma brisa gentil rapidamente o abanou em chamas. Observei isso também e construí um abanador de galhos, que aumentava as brasas quando estavam quase extintas. Quando a noite veio novamente, descobri com prazer que, além de calor, o fogo fornecia luz; e que esse elemento me era útil com a comida, porque percebi que alguns dos restos que os viajantes haviam deixado tinham sido assados e tinham um gosto muito mais saboroso do que as amoras que eu coletava das árvores. Assim, tentei fazer o mesmo com a minha comida, colocando-a nas brasas vivas. Descobri que a operação estragava as amoras, mas que as castanhas e as raízes melhoravam muito.

"Porém, a comida se tornou escassa; e eu frequentemente passava o dia todo buscando em vão por algumas bolotas para aplacar as pontadas da fome. Diante disso, resolvi abandonar o lugar que havia até então habitado em busca de outro em que as simples necessidades que eu experimentava pudessem ser mais facilmente satisfeitas. Nessa migração, lamentava muito perder o fogo que havia obtido por acidente e que não sabia como reproduzir. Por várias horas considerei seriamente essa dificuldade; mas fui obrigado a abdicar de todas as tentativas de consegui-lo; e, enrolando-me em meu manto, avancei pela floresta em direção ao sol poente. Passei três dias nessa caminhada e finalmente descobri uma clareira. Nevara bastante na noite anterior, e os campos eram de um branco uniforme; a aparência era desolada, e senti os pés gelados pela umidade fria que cobria o solo.

"Era cerca das sete da manhã, e eu ansiava por obter comida e abrigo; finalmente notei uma pequena cabana num elevado que sem dúvida havia sido construída para a conveniência de algum pastor. Essa era uma nova visão para mim, e examinei a estrutura com grande curiosidade. Encontrando a porta aberta, entrei. Um senhor idoso sentava-se perto do fogo, sobre o qual ele preparava o café da manhã. Ele se virou ao ouvir o ruído e, notando-me, gritou alto e abandonou a cabana, correndo pelos campos com uma velocidade de que sua forma debilitada dificilmente parecia capaz. Sua aparência, diferente de qualquer uma que eu havia visto antes, e sua fuga de certa forma me surpreenderam. Mas fiquei encantado com a cabana: ali a neve e a chuva não podiam penetrar; o solo estava seco e se apresentava a mim como um retiro tão divino e elegante quanto o Pandemônio[44] parece aos demônios do inferno após seus sofrimentos no lago de fogo. Devorei avidamente os restos do café da manhã do pastor, que consistia de pão, queijo, leite e vinho; do último, porém, não gostei. Então, tomado pela fadiga, deitei sobre um pouco de palha e adormeci.

"Era meio-dia quando acordei; atraído pelo calor do sol, que brilhava forte no solo branco, determinei-me a recomeçar minhas viagens; e, guardando os restos do café da manhã do camponês num bornal que encontrei, prossegui pelos campos por várias horas, até que, ao pôr do sol, cheguei a uma vila. Quão milagroso isso pareceu! As cabanas, os chalés mais arrumados e as casas majestosas revezavam-se em tomar minha admiração. Os vegetais nos jardins e o leite e o queijo que eu via colocados nas janelas de alguns dos chalés atraíam meu apetite. Entrei num dos melhores desses; mas mal passei o pé pela porta, as crianças berraram e uma das mulheres desmaiou. A vila toda se levantou; alguns fugiram, alguns me atacaram, até que, deploravelmente ferido por pedras e muitos outros tipos de projétil, escapei para o campo aberto e me abriguei, apavorado, num pequeno casebre desprovido e que parecia uma ruína depois dos palacetes que contemplei na vila. O casebre, porém, juntava-se a um chalé de aparência arrumada

---

44. A capital imaginária do Inferno, descrita pelo inglês John Milton em seu poema épico *Paraíso perdido* (ver nota 48). Tem a origem no grego: *pan* (todo) + *daímōn* (demônio). Adiante a criatura relatará como conheceu a obra.

e prazerosa; mas, após minha experiência recente, não ousei entrar. Meu lugar de refúgio era construído de madeira, mas era tão baixo que eu quase não conseguia me sentar ereto nele. Nenhuma madeira fora colocada na terra que formava o chão, mas o piso era seco; e apesar de o vento entrar por inúmeras fendas, considerei-o um refúgio aceitável da neve e da chuva.

"Ali então me retirei e me deitei, feliz por ter encontrado um abrigo, ainda que miserável, contra a inclemência da estação e mais ainda da barbaridade do homem.

"Assim que amanheceu, rastejei do meu antro para ver o chalé adjacente e descobrir se poderia permanecer na habitação que havia encontrado. Ela situava-se contra as costas do chalé, e as laterais expostas eram cercadas por um curral para porcos e uma poça de água clara. Uma parte do casebre era aberta, e eu havia entrado por ela; mas agora eu cobria com pedras e madeira cada fenda pela qual podia ser notado, porém de tal maneira que poderia retirá-las para sair; toda a luz que eu aproveitava vinha do chiqueiro, e isso era suficiente para mim.

"Tendo assim arrumado minha morada e a forrado com palha limpa, retirei-me, pois vi a figura de um homem ao longe e me lembrei muito bem do tratamento na noite anterior para me confiar a seu poder. Havia inicialmente garantido meu sustento para o dia com um pedaço de pão rústico que tinha roubado e uma xícara, com a qual podia beber da pura água que fluía junto de meu retiro com bem mais facilidade do que usando apenas as mãos. O piso era um pouco elevado, então se mantinha perfeitamente seco, e, pela proximidade com a chaminé do chalé, o lugar ficava toleravelmente aquecido.

"Tendo isso arrumado, resolvi residir no casebre até que algo me fizesse mudar essa determinação. Era de fato um paraíso, comparado à floresta sombria, minha antiga residência, com os galhos pingando chuva e a terra úmida. Comi meu café da manhã com prazer e estava prestes a remover uma tábua para procurar um pouco de água quando escutei um passo e, olhando por uma pequena fissura, contemplei uma criatura jovem com um balde na cabeça, passando diante de meu casebre. A garota era moça e de compleição gentil, diferente dos servos e fazendeiros que encontrara até então. Ainda assim, estava malvestida, apenas com anáguas azuis grosseiras e um casaco de linho; o belo cabelo estava trançado, mas não arrumado; ela parecia paciente, ainda que triste. Perdi-a de vista; e, em cerca de um quarto de hora, ela voltou trazendo o balde, que agora estava parcialmente cheio de leite. Conforme caminhava, parecendo incomodada pelo peso, um jovem, cuja expressão trazia uma profunda depressão, a encontrou. Proferindo algumas palavras com um ar de melancolia, ele pegou o balde da cabeça dela e o levou para o chalé. Ela o seguiu, e eles desapareceram. Em seguida, vi o jovem cruzar o campo atrás do chalé com algumas ferramentas na mão; e a garota também estava ocupada, às vezes na casa, às vezes no quintal.

"Ao examinar minha morada, descobri que uma das janelas do chalé fora, antigamente, parte dela, mas as vidraças haviam sido cobertas com madeira. Uma delas tinha uma pequena e quase imperceptível rachadura, pela qual o olho mal podia penetrar. Através dessa fenda, era possível ver um pequeno cômodo pintado de branco e limpo, mas muito desprovido de mobília. Num canto, perto de uma pequena lareira, sentava-se um velho, apoiando a cabeça nas mãos numa atitude desconsolada. A jovem estava arrumando o chalé; mas em seguida tirou algo de uma gaveta, com o qual ocupou as mãos, e sentou-se ao lado do velho que, pegando um instrumento, começou a tocar e a produzir sons mais doces do que a voz do sabiá ou do rouxinol. Era uma visão adorável, até para mim, pobre desgraçado, que nunca havia contemplado nada de belo antes. O cabelo grisalho e a expressão benevolente do idoso conquistaram minha reverência, enquanto as maneiras gentis da garota despertaram meu amor. Ele tocou uma melodia doce e triste, que percebi que trazia lágrimas aos olhos de sua amável companhia, à qual o velho não dava atenção, até que ela soluçou audivelmente; ele então pronunciou alguns sons, e a bela criatura, deixando seu trabalho, ajoelhou-se aos pés dele. Ele a levantou e sorriu com tamanha bondade e afeto que senti uma natureza peculiar e poderosa: era uma mistura de dor e prazer como eu nunca havia vivenciado antes, fosse de fome ou frio, calor ou comida; e afastei-me da janela, incapaz de suportar essas emoções.

"Logo depois o jovem voltou, trazendo em seus ombros uma carga de lenha. A garota o encontrou à porta, ajudou-o com o fardo e, levando um pouco do combustível para o chalé, colocou-o no fogo; então ela e o jovem se afastaram para um canto do chalé, e ele mostrou a ela um pão grande e um pedaço de queijo. Ela pareceu satisfeita e foi à horta pegar algumas raízes e plantas, que colocou na água e então sobre o fogo. Depois ela continuou seu trabalho, enquanto o jovem foi à horta e pareceu empenhado em escavar e tirar raízes. Depois de ter feito isso por cerca de uma hora, a mulher se juntou a ele e entraram juntos no chalé.

"No meio-tempo, o velho tornara-se reflexivo; mas assumiu um ar mais animado quando seus companheiros apareceram, e eles se sentaram para comer. A refeição foi rapidamente realizada. A jovem estava novamente ocupada, arrumando o casebre; o velho caminhou diante do chalé ao sol por alguns minutos, apoiando-se no braço do jovem. Nada poderia superar em beleza o contraste entre essas duas excelentes criaturas. Um era idoso, com o cabelo grisalho e um semblante de benevolência e amor; o mais jovem era esguio e gracioso em sua figura, e suas expressões eram moldadas com a mais bela simetria; ainda assim seus olhos e atitude expressavam profunda tristeza e desânimo. O velho retornou ao chalé e o jovem, com ferramentas diferentes daquelas que usara de manhã, dirigiu seus passos pelos campos.

"A noite rapidamente chegou; mas para minha surpresa extrema, descobri que os donos do chalé tinham meios de prolongar a luz pelo uso de velas e fiquei deleitado em saber que o sol que se punha não colocava um fim ao prazer que eu vivenciava observando meus vizinhos humanos. De noite, a jovem e seu companheiro se ocuparam com várias atividades que eu não entendia; e o velho novamente pegou o instrumento que produzia os sons divinos que haviam me encantado de manhã. Logo que ele terminou, o jovem começou não a tocar, mas a proferir sons que eram monótonos e não lembravam nem a harmonia do instrumento do velho nem os cantos dos pássaros; então descobri que ele lia em voz alta, mas, na época, não sabia nada da ciência das palavras e das letras.

"A família, depois de ter se ocupado assim por um curto tempo, apagou suas luzes e se retirou, imaginei, para descansar."

CAPÍTULO 4

– Fiquei deitado na palha, mas não podia dormir. Pensava no que ocorrera durante o dia. O que mais me impressionava eram as maneiras gentis das pessoas; e ansiei por me juntar a elas, mas não ousava. Lembrava-me muito bem do tratamento que havia sofrido na noite anterior nas mãos dos bárbaros aldeões e resolvi que, qualquer que fosse o curso de conduta que então considerasse correto seguir, por ora permaneceria silenciosamente em meu casebre, observando e me esforçando para descobrir os motivos que influenciavam suas ações.

"Os donos do chalé se levantaram na manhã seguinte antes do sol. A jovem arrumou a casa e preparou a comida e o jovem partiu após a primeira refeição.

"O dia passou na mesma rotina daquele que o havia precedido. O jovem permanecia constantemente ocupado do lado de fora, e a menina, em várias atividades trabalhosas dentro do chalé. O velho, que logo percebi ser cego, empregava suas horas de lazer com seu instrumento ou meditando. Nada podia superar o amor e o respeito que os jovens exibiam em relação a seu venerável acompanhante. Eles externavam todo pequeno sinal de afeto e dever com gentileza; e o idoso os recompensava com seus benevolentes sorrisos.

"Não eram inteiramente felizes. O jovem e sua companheira frequentemente se separavam e pareciam chorar. Eu não via causa para a infelicidade deles, mas costumava ser afetado por ela. Se tais criaturas tão adoráveis eram tristes, era menos estranho que eu, um ser imperfeito e solitário, devesse ser desgraçado. Ainda assim, por que esses seres gentis eram infelizes? Possuíam uma casa adorável (assim era aos meus olhos) e todo tipo de luxo; tinham fogo para aquecê-los quando sentiam frio e deliciosas provisões quando tinham fome; trajavam roupas excelentes; e, mais do que isso, aproveitavam a companhia e o discurso um do outro, trocando a cada dia olhares de afeto e bondade. O que aquelas lágrimas significavam? Expressavam mesmo dor? Inicialmente fui incapaz de resolver essas questões; mas a atenção constante e o tempo me explicaram muitas aparências que me eram a princípio enigmáticas.

"Um período considerável se passou até eu descobrir uma das causas do desconforto dessa amigável família: era a pobreza, e eles sofriam desse mal num grau muito perturbador. A nutrição deles consistia inteiramente de vegetais da horta e leite de uma vaca, que dava muito pouco durante o inverno, quando seus donos mal podiam buscar comida para sustentá-la. Eu acreditava que sofriam frequentemente pontadas de fome muito pungentes, sobretudo os mais jovens, pois várias vezes eles colocavam comida diante do velho quando não haviam reservado nada para si mesmos.

"Esse trato de bondade me comovia profundamente. Havia me acostumado, durante a noite, a roubar parte do estoque deles para meu próprio consumo; mas quando descobri que ao fazer isso provocava dor aos camponeses, abstive-me e me satisfiz com amoras, nozes e raízes, que coletava num bosque próximo.

"Encontrei também outros meios com que era capaz de ajudar o trabalho deles. Percebi que o jovem passava grande parte do dia coletando lenha para a lareira da família; e, durante a noite, eu com frequência pegava suas ferramentas, cujo manejo rapidamente aprendi, e trazia lenha suficiente para o consumo de vários dias.

"Eu me lembro de que, na primeira vez em que fiz isso, a jovem, quando abriu a porta de manhã, pareceu muito espantada ao ver uma pilha de lenha do lado de fora. Ela proferiu algumas palavras numa grande surpresa, e o jovem se juntou a ela, também expressando assombro. Observei com prazer que ele não foi para a floresta naquele dia, mas ficou reparando o chalé e cultivando a horta.

"Aos poucos, fiz uma descoberta ainda maior. Entendi que essa gente possuía um método de comunicar suas experiências e sentimentos uns com os outros por sons articulados. Percebi que as palavras que falavam às vezes produziam prazer ou dor, sorrisos ou tristeza, nas mentes e nos semblantes dos ouvintes. Essa era de fato uma ciência divina, e desejei ardentemente me familiarizar com ela. Mas ficava desnorteado em qualquer tentativa que fazia nesse propósito. Eles falavam depressa e como as palavras que proferiam não tinham nenhuma conexão aparente com objetos visíveis, eu era incapaz de descobrir qualquer pista pela qual poderia desvendar o mistério de suas referências. Porém, com grande dedicação e após ter permanecido em meu casebre durante o espaço de várias revoluções da lua, descobri os nomes que eram dados para alguns dos objetos mais familiares do discurso; aprendi e apliquei as palavras: 'fogo', 'leite', 'pão' e 'lenha'. Aprendi também os nomes dos camponeses em si. O jovem e sua companheira tinham ambos vários nomes, mas o velho só tinha um, que era 'pai'. A menina era chamada de 'irmã' ou de 'Agatha', e o jovem de 'Felix', 'irmão' ou 'filho'. Não posso descrever o prazer que senti quando aprendi as ideias apropriadas a cada um desses sons e fui capaz de pronunciá-los. Distingui várias palavras sem ser capaz ainda de entender ou aplicá-las, como 'bom', 'querido' e 'infeliz'.

"Passei a maior parte do verão dessa maneira. As formas gentis e a beleza dos camponeses me fizeram estimá-los muito: quando estavam infelizes, eu me sentia deprimido; quando se regozijavam, eu me solidarizava com seus prazeres. Via poucos seres humanos perto deles; e se qualquer outro por acaso entrasse no chalé, suas maneiras bruscas e andar rude apenas sublinhavam para mim as conquistas superiores de meus amigos. O velho, eu podia perceber, frequentemente se esforçava para encorajar os filhos, como às vezes eu via que ele os chamava para afastar a melancolia. Ele falava num tom animado, com uma expressão de bondade que transmitia prazer até para mim. Agatha escutava com respeito, os olhos às vezes tomados de lágrimas, que ela se esforçava para limpar sem que fossem percebidas; mas eu geralmente via que seu semblante e tom ficavam mais animados depois de ter escutado os encorajamentos do pai. Não era assim com Felix. Ele era sempre o mais triste do grupo e, com frequência, mesmo para meus sentidos sem prática, parecia sofrer mais profundamente que os amigos. Mas se seu semblante era mais tristonho, sua voz era mais animada do que a de sua irmã, especialmente quando ele se dirigia ao velho.

"Eu poderia mencionar inúmeras ocasiões que, apesar de sutis, marcavam o temperamento desses camponeses. Em meio à pobreza e à carência, Felix levou com prazer para a irmã a primeira flor branca que brotou no solo nevado.

De manhã cedo, antes que ela se levantasse, ele limpava a neve que obstruía o caminho para a casa de leite, tirava água do poço e trazia a lenha do depósito, onde, para seu perpétuo espanto, encontrava o estoque sempre reposto por uma mão invisível. Durante o dia, creio eu, trabalhava às vezes para um fazendeiro vizinho, porque frequentemente ia e vinha e não retornava até o jantar, e ainda assim não trazia lenha com ele. Em outras vezes, trabalhava na horta; mas como havia pouco a fazer na estação gelada, lia para o velho e Agatha.

"De início, essa leitura me intrigava extremamente; mas aos poucos percebi que, ao ler, ele proferia muitos dos mesmos sons de quando falava. Assim, imaginei que encontrava no papel sinais para a fala que podia compreender, e desejei ardentemente compreendê-los também; mas como isso seria possível, quando eu nem entendia os sons que os sinais representavam? Melhorei sensivelmente nessa ciência, mas não o suficiente para me engajar em qualquer tipo de conversa, apesar de aplicar toda a minha mente nesse esforço. Logo percebi que, a despeito de desejar avidamente me revelar aos camponeses, não deveria fazê-lo até ter dominado sua linguagem, o que poderia permitir que eles ignorassem a deformidade de minha figura; pois também com isso o contraste que perpetuamente se apresentava aos meus olhos havia me familiarizado.

"Havia admirado as formas perfeitas dos camponeses – sua graça, beleza e feições delicadas –; mas como fiquei aterrorizado quando me vi numa poça transparente! Primeiro recuei, incapaz de acreditar que era de fato eu que estava refletido no espelho. E quando me convenci de que era mesmo o monstro que sou, fui tomado da sensação mais amarga de desânimo e mortificação. Ai de mim! Ainda não conhecia inteiramente os efeitos fatais de minha miserável deformidade.

"Quando o sol se tornou mais quente e a luz do dia mais duradoura, a neve desapareceu, e contemplei as árvores nuas e a terra preta. Nessa época, Felix estava mais ocupado; e as comoventes indicações de fome iminente desapareceram. Sua comida, como descobri depois, era grosseira, mas saudável, e eles conseguiam o suficiente dela. Vários novos tipos de planta surgiam na horta que eles cultivavam; e esses sinais de conforto aumentavam diariamente conforme a estação avançava.

"O velho, apoiado em seu filho, caminhava todo dia na hora do almoço, quando não chovia, como descobri que se chamava quando os céus derramavam sua água. Isso acontecia com frequência, mas um vento forte rapidamente secava a terra, e a estação se tornou bem mais prazerosa do que havia sido.

"Minha vida no casebre era rotineira. Durante o dia, observava o movimento dos camponeses e, quando eles se dispersavam em várias ocupações, eu dormia; o restante do dia, passava observando meus amigos. Quando eles se retiravam para dormir, se houvesse alguma lua ou a noite fosse estrelada, eu ia ao bosque e coletava minha própria comida e combustível para o chalé. Quando voltava, tão frequente quanto era necessário, limpava o caminho da neve e fazia as atividades que havia visto Felix executar. Depois descobri que esses trabalhos, realizados por uma mão invisível, os espantava grandemente; e, uma vez ou outra, ouvi-os, nessas ocasiões, proferirem as palavras 'espírito bom' e 'maravilha', mas não entendia o significado desses termos.

"Meus pensamentos agora se tornavam mais ativos, e eu ansiava por descobrir os motivos e sentimentos daquelas adoráveis criaturas; perguntava-me por que Felix parecia tão miserável e Agatha tão triste. Pensei (desgraçado tolo!) que a felicidade daquele povo merecedor pudesse estar em meu poder. Quando dormia ou estava ausente, as formas do venerável pai cego, da gentil Agatha e do maravilhoso Felix flutuavam diante de mim. Eu os via como seres superiores, que seriam os árbitros de meu destino. Fantasiei milhares de vezes o momento em que me apresentaria a eles e como me receberiam. Imaginava que ficariam enojados até que, por meu comportamento gentil e as palavras conciliatórias, eu conquistaria primeiro sua generosidade e depois seu amor.

"Esses pensamentos me empolgavam e me levaram a me aplicar com renovado ardor em aprender a arte da língua. Meus órgãos eram de fato grosseiros, mas flexíveis; e apesar de minha voz ser muito diferente da música suave do tom deles, eu pronunciava tais palavras como as entendia com tolerável facilidade. Era como o asno e o cachorrinho;[45] ainda assim certamente o gentil asno, cujas intenções eram afetuosas, apesar de suas maneiras serem rudes, merecia melhor tratamento do que golpes e execração.

45. Referência à fábula de Esopo, recriada por La Fontaine, "O asno e o cachorro": um asno inveja o tratamento carinhoso de um cão doméstico, enquanto ele só recebe maus tratos. Decidido a imitá-lo para tentar conquistar seus donos, o asno só causa transtorno devido a seu tamanho e modos desajeitados, levando assim mais surras.

"As chuvas prazerosas e o calor agradável da primavera alteraram grandemente o aspecto da terra. Os homens, que antes dessas mudanças pareciam se esconder nas cavernas, espalharam-se pela região e se dedicaram a várias artes de cultivo. Os pássaros cantavam em tons mais alegres, e as folhas começaram a desabrochar nas árvores. Feliz, feliz terra! Habitação adequada a deuses, que, havia tão pouco tempo, era negra, úmida e infértil. Meu ânimo foi elevado pela encantadora aparência da natureza; o passado foi borrado da minha memória, o presente estava tranquilo e o futuro, dourado pelos brilhantes raios da esperança e antecipação da alegria."

CAPÍTULO 5

– Agora me apresso para a parte mais comovente de minha história. Devo relatar fatos que me impressionaram com sentimentos que transformaram o que eu era no que sou hoje.

“A primavera avançou rapidamente; o clima tornou-se bom e o céu sem nuvens. Surpreendeu-me que o que antes era deserto e sombrio agora podia desabrochar com as mais belas flores e plantas. Meus sentidos foram gratificados e refrescados por milhares de aromas deliciosos e milhares de visões de beleza.

“Foi num desses dias, quando meus camponeses descansavam de seus trabalhos – o velho tocava seu violão e os filhos o escutavam –, que observei que o semblante de Felix estava por demais melancólico; ele suspirava frequentemente, e, quando seu pai parou a música, supus por sua maneira que ele questionava sobre a causa da tristeza do filho. Felix respondeu num tom animado, e o velho recomeçou a música, quando alguém bateu na porta.

“Era uma moça a cavalo, acompanhada por um camponês como guia. A moça estava vestida num traje escuro e coberta com um pesado véu preto. Agatha fez uma pergunta, e a estranha respondeu apenas pronunciando, num tom muito doce, o nome de Felix. Sua voz era musical, mas diferente da de meus amigos. Ouvindo seu nome, Felix veio rapidamente até a dama que, quando o viu, tirou o véu, e contemplei um semblante de expressão e beleza angelicais. Seu cabelo era de um preto retinto brilhante e curiosamente trançado; os olhos eram escuros, mas gentis, apesar de vivazes; os traços eram de uma proporção regular e sua compleição maravilhosamente bela, as faces tingidas com um tom adorável de rosa.

“Felix pareceu tomado de encanto quando a viu, toda a tristeza desapareceu de seu rosto, que expressou instantaneamente uma alegria extasiada, da qual eu mal podia acreditá-lo capaz; seus olhos brilhavam e suas bochechas se coravam com prazer, e, naquele momento, considerei-o tão belo quanto a estranha. Ela parecia afetada por diferentes sentimentos; enxugando algumas lágrimas de seus adoráveis olhos, estendeu a mão para Felix, que a beijou entusiasmadamente e a chamou, pelo que pude distinguir, de sua doce árabe. Ela não pareceu compreendê-lo, mas sorriu. Ele a ajudou a desmontar e, dispensando seu guia, a conduziu ao chalé. Houve certa conversa entre ele e seu pai, e a jovem estranha se ajoelhou aos pés do velho e teria beijado sua mão, mas ele a fez se levantar e a abraçou afetuosamente.

"Logo percebi que, apesar de a estranha proferir sons articulados e parecer ter uma linguagem própria, não compreendia nem era compreendida pelos camponeses. Eles faziam muitos sinais que eu não entendia; mas vi que a presença dela inundava o chalé de alegria, afastando a tristeza como o sol dissipa a neblina da manhã. Felix parecia peculiarmente feliz e, com sorrisos de deleite, recebia sua árabe. Agatha, a sempre gentil Agatha, beijou as mãos da adorável estranha e, apontando para o irmão, fez sinais que pareciam a mim significar que ele estivera triste até ela chegar. Assim algumas horas se passaram, enquanto eles, por seus semblantes, expressaram alegria, cuja causa eu não compreendia. Não demorei a descobrir, pela frequente recorrência de alguns sons que a estrangeira repetia a eles, que ela estava se esforçando para aprender a língua deles, e instantaneamente me ocorreu que deveria fazer uso das mesmas instruções para o mesmo fim. A estrangeira aprendeu cerca de vinte palavras na primeira lição, a maioria delas eram as que eu já havia descoberto, mas eu lucrei com outras.

"A noite chegou, e Agatha e a árabe se retiraram cedo. Quando se separaram, Felix beijou a mão da estrangeira e disse: 'Boa noite, doce Safie.' Ele ficou sentado por muito mais tempo, conversando com o pai; e pela frequente repetição do nome dela, imaginei que sua adorável convidada era o assunto da conversa. Desejava ardentemente compreendê-los e inclinei todas as minhas faculdades em direção a esse propósito, mas achei completamente impossível.

"Na manhã seguinte, Felix saiu para o trabalho; e, após as ocupações costumeiras de Agatha terem terminado, a árabe se sentou aos pés do velho e, pegando o violão dele, tocou alguns sons tão hipnoticamente belos que logo trouxeram lágrimas de tristeza e encanto aos meus olhos. Ela cantou, e sua voz fluía numa rica cadência, aumentando ou desfalecendo, como um rouxinol no bosque.

"Quando terminou, ela passou o violão a Agatha, que inicialmente o recusou. A jovem tocou uma melodia simples, e sua voz a acompanhou em tons doces, mas sem o empenho maravilhoso da estrangeira. O velho pareceu empolgado e disse algumas palavras, que Agatha se esforçou para explicar a Safie, e com as quais ele pareceu expressar que ela havia provocado nele o maior deleite com sua música.

"Os dias agora passavam tão pacificamente quanto antes, a única diferença era que a alegria havia tomado o lugar da tristeza nos semblantes de meus amigos. Safie estava sempre alegre e feliz; ela e eu melhorávamos rapidamente no conhecimento da língua, de forma que, em dois meses, comecei a compreender a maior parte das palavras proferidas por meus protetores.

"Enquanto isso, o solo preto era coberto com ervas e as encostas verdes tomadas por inúmeras flores, doces de aroma e aos olhos, estrelas de brilho pálido entre os bosques à luz da noite; o sol se tornou mais quente, as noites claras e aprazíveis; e meus passeios noturnos eram de um prazer extremo para mim, apesar de serem consideravelmente encurtados pelo crepúsculo tardio e o nascer prematuro do sol, porque nunca me aventurava fora durante a luz do dia, temeroso de encontrar o mesmo tratamento que havia sofrido na primeira vila em que entrei.

"Passava os dias atento, a fim de dominar mais rapidamente a língua, e posso até me vangloriar de que melhorei mais depressa do que a árabe, que entendia muito pouco e conversava num sotaque pesado, enquanto eu compreendia e podia imitar quase todas as palavras que eram ditas.

"Enquanto progredia na fala, também aprendia a ciência das letras, conforme era ensinada à estrangeira; e isso abriu a mim um amplo campo para maravilhas e prazeres.

O livro com o qual Felix instruiu Safie era *As ruínas de Palmira*, de Volney.[46] Eu não teria entendido o objetivo desse livro se Felix, ao lê-lo, não

46. Constantine François de Chasseboeuf, conde de Volney (1757-1820), conhecido simplesmente como Volney, foi um filósofo e escritor francês, autor de *As ruínas de Palmira* (*Les ruines, ou Méditation sur le révolutions des empires*, 1791), uma crítica a ideologias políticas reinantes na época da Revolução Francesa.

tivesse dado explicações muito minuciosas. Segundo ele, havia escolhido a obra porque seu estilo declamatório era inspirado em autores orientais. A partir dela, obtive um conhecimento superficial de história e uma visão de vários impérios atuais do mundo; alcancei uma compreensão dos costumes, governos e religiões das diferentes nações da terra. Ouvi a respeito dos indolentes asiáticos, da estupenda atividade mental e genialidade dos gregos, das guerras e da virtude maravilhosa dos antigos romanos – de sua degeneração seguinte –, do declínio do poderoso império, da cavalaria, do cristianismo e dos reis. Ouvi sobre a descoberta do hemisfério americano e chorei com Safie pelo destino desafortunado de seus habitantes originais.

"Essas maravilhosas narrativas me inspiraram com estranhos sentimentos. Seria o homem de fato ao mesmo tempo tão poderoso, virtuoso e magnífico, e ainda tão vil e baixo? Ora parecia um mero rebento de princípios malignos, ora era como tudo o que pode ser concebido de nobre e divino. Ser um homem grande e virtuoso parecia a maior honra que poderia recair sobre um ser sensível; ser baixo e vil, como muitos na história foram, a pior degradação, uma condição mais abjeta do que a da toupeira cega ou da inofensiva minhoca. Por um longo tempo, não consegui conceber como um homem poderia ir adiante no assassinato de seu semelhante, ou mesmo por que havia leis e governos; mas quando ouvi os detalhes de vilania e derramamento de sangue, minha dúvida cessou, e afastei-me com nojo e abominação.

"Cada conversa dos camponeses agora abria novas maravilhas para mim. Enquanto escutava as instruções que Felix dava à árabe, o estranho sistema da sociedade humana me foi explicado. Ouvi sobre a divisão da propriedade, a imensa riqueza e a pobreza esquálida; ouvi sobre hierarquia, descendência e sangue azul.

"As palavras me induziam a me voltar para mim mesmo. Aprendi que as posses mais estimadas por seus semelhantes eram linhagem alta e imaculada unida à riqueza. Um homem poderia ser respeitado apenas com uma dessas vantagens; mas sem nenhuma, era considerado, exceto em situações muito raras, um vagabundo e um escravo, condenado a desperdiçar suas forças para os lucros dos poucos escolhidos! E o que eu era? De minha criação e criador, era absolutamente ignorante, mas sabia que não possuía dinheiro, não possuía amigos, nenhum tipo de propriedade. Além disso, era dotado de uma figura horrendamente deformada e abominável; não era nem da mesma natureza do homem. Era mais ágil do que ele e podia suportar uma dieta mais rude; aguentava os extremos de calor e frio com menos danos à minha constituição; minha estatura excedia em muito a deles. Quando olhava ao redor, não via e ouvia sobre ninguém como eu. Seria eu então um monstro, uma mancha sobre a terra da qual todos os homens fugiam e que todos renegavam?

"Não posso descrever para você a agonia que essas reflexões despertaram em mim; tentei afastá-las, mas a tristeza apenas aumentava meu conhecimento. Oh, que eu permanecesse para sempre no meu bosque nativo, sem saber nem sentir nada além de fome, sede e calor!

"Oh, que natureza estranha é o conhecimento! Uma vez que alcança a mente, se prende a ela como limo na rocha. Queria às vezes me livrar de todas aquelas ideias e sensações; mas aprendi que só havia um meio de superar a dor, e era pela morte – um estado que eu temia, mas que ainda não compreendia. Admirava a virtude e os bons sentimentos e amava as maneiras gentis e qualidades amistosas de meus camponeses, mas era privado da interação com eles, exceto por meios furtivos, quando não era visto ou conhecido, e que mais aumentavam do que satisfaziam o desejo que eu tinha de me tornar um entre meus semelhantes. As gentis palavras de Agatha e os animados sorrisos da charmosa árabe não eram para mim. As suaves exortações do velho e a conversa animada do amado Felix não eram para mim. Miserável, desgraçado infeliz!

"Outras lições me impressionaram ainda mais profundamente. Ouvi sobre a diferença entre os sexos; o nascimento e o crescimento das crianças; como o pai se entrega aos sorrisos do infante e aos vívidos caprichos da criança mais velha; como toda a vida e as preocupações da mãe giravam em torno do fardo; como a mente da juventude se expandia e ganhava conhecimento; sobre irmão, irmã e todos os vários relacionamentos que prendem um ser humano a outro em amarras mútuas.

"Mas onde estavam meus amigos e relacionamentos? Nenhum pai assistira a meus dias de infante, nenhuma mãe havia me abençoado com sorrisos e carícias; ou, se o fizera, toda a minha vida passada era agora um borrão, um vazio no qual eu nada distinguia. Em minhas lembranças mais antigas, eu era como então, em altura e proporções. Nunca havia visto um ser semelhante a mim ou que alegasse qualquer relação comigo. O que eu era? A pergunta surgia novamente, para ser respondida apenas com grunhidos.

"Logo explicarei de que esse sentimento me serviu; mas me permita agora voltar aos camponeses, cuja história me incita vários sentimentos de indignação, deleite e espanto, mas que culminou em mais amor e reverência por meus protetores (pois eu amava, numa inocente e semidolorosa autoilusão, chamá-los assim)."

CAPÍTULO 6

– Algum tempo se passou até eu ficar sabendo da história de meus amigos. Era tal que ficou marcada em minha mente de forma profunda, desdobrando-se de várias maneiras, todas interessantes e maravilhosas para alguém tão profundamente inexperiente como eu.

"O nome do velho era De Lacey. Descendia de uma boa família na França, onde havia vivido, abastado, por muitos anos, respeitado por seus superiores e amado por seus iguais. Seu filho fora criado para servir a seu país; e Agatha se encontrava no nível de damas da maior distinção. Alguns meses antes de minha chegada, viviam numa grande e luxuosa cidade chamada Paris, cercados por amigos e de posse de todos os prazeres que a virtude, o refinamento de intelecto ou o gosto, acompanhados de uma fortuna moderada, podiam proporcionar.

"O pai de Safie fora a causa da ruína deles. Era um mercador turco e havia habitado Paris por muitos anos, quando, por alguma razão que não consegui entender, desagradou ao governo. Foi pego e jogado na prisão no mesmo dia em que Safie chegara de Constantinopla para se juntar a ele. Ele foi julgado e condenado à morte. A injustiça de sua sentença era muito flagrante; toda Paris ficou indignada, e considerou-se que sua religião e riqueza, mais do que o crime alegado contra ele, haviam sido a causa da condenação.

"Felix comparecera por acaso ao julgamento; quando ouviu a decisão da corte, seu horror e indignação foram incontroláveis. Naquele momento, fez um voto solene de libertá-lo e procurou meios para isso. Após muitas tentativas infrutíferas de ter acesso à prisão, encontrou uma janela fortemente gradeada numa parte não vigiada do prédio, que iluminava o calabouço do infeliz maometano,[47] o qual, preso em correntes, aguardava, desesperado,

47. Sinônimo de muçulmano, seguidor dos ensinamentos do profeta Maomé, que revelou a palavra de Alá.

a execução da bárbara sentença. À noite, Felix foi até a grade e revelou ao prisioneiro suas intenções em seu favor. O turco, impressionado e satisfeito, esforçou-se para conquistar seu libertador com promessas de recompensa e riqueza. Felix rejeitou as ofertas com desprezo; ainda assim, quando viu a adorável Safie, que tinha permissão de visitar o pai e que, por gestos, expressou sua gratidão efusiva, o jovem não pôde deixar de pensar consigo mesmo que o preso possuía um tesouro que iria recompensar totalmente o esforço que ele fazia e o perigo que corria.

"O turco rapidamente percebeu a impressão que a filha causara no coração de Felix e empenhou-se em conseguir apoio dele prometendo-lhe a mão da jovem em casamento, tão logo ele fosse levado a um lugar seguro. Felix tinha pudor demais para aceitar a oferta; ainda assim, ansiava por essa possibilidade como consumação de sua felicidade.

"Durante os dias seguintes, enquanto se faziam os preparativos para a fuga do mercador, o compromisso de Felix foi estimulado por várias cartas que recebeu da adorável menina, que encontrou meios para expressar seus pensamentos na língua de seu amado com a ajuda de um velho, um servo de seu pai que entendia francês. Ela lhe agradeceu nos termos mais ardentes pelo que ele pretendia fazer por seu pai e, ao mesmo tempo, gentilmente lastimou o próprio destino.

"Tenho cópias dessas cartas; porque encontrei meios, durante minha residência no casebre, de obter os implementos para escrever, e as cartas estavam frequentemente nas mãos de Felix ou de Agatha. Antes de partir eu as darei a você, elas vão provar a veracidade de minha história; mas, no momento, como o sol já está bem baixo, eu só terei tempo de lhe repetir o teor delas.

"Safie relatava que sua mãe era uma árabe cristã, feita escrava pelos turcos; reconhecida pela beleza, ganhou o coração do pai de Safie, que se casou com ela. A jovem falava com entusiasmo e admiração sobre a mãe, que, tendo nascido em liberdade, rejeitava as amarras às quais fora reduzida. Ela instruíra a filha nos dogmas de sua religião e a ensinara a aspirar elevar seu intelecto e uma independência de espírito proibida às mulheres seguidoras de Maomé. Essa dama morreu; mas suas lições ficaram indelevelmente impressas na mente de Safie, que enlouquecia ante a ideia de voltar para a Ásia e viver emparedada nos limites de um harém, autorizada apenas a se ocupar com divertimentos infantis, inadequados ao temperamento de sua alma, agora acostumada a grandes ideias e à nobre emulação da virtude. A ideia de se casar com um cristão e permanecer num país onde as mulheres tinham permissão de ocupar uma posição na sociedade era-lhe encantadora.

"O dia da execução do turco foi marcado; mas, na noite anterior, ele deixou a prisão e, antes da manhã, estava a muitas léguas de Paris. Felix arrumara passaportes em nome de seu pai, sua irmã e no seu próprio. Ele havia previamente comunicado o plano ao pai, que o ajudara na fraude deixando a casa, sob o pretexto de uma viagem, e se escondera com a filha numa parte obscura de Paris.

"Felix conduziu os fugitivos pela França até Lyon, e através do monte Cenis até Livorno, onde o mercador decidiu esperar uma oportunidade favorável para passar a alguma parte dos domínios turcos.

"Safie resolveu permanecer com o pai até o momento da partida, tendo o turco antes renovado sua promessa de que ela deveria se unir a seu libertador, e Felix ficou com eles na expectativa de que isso acontecesse; no meio-tempo, aproveitou a companhia da árabe, que demonstrava em relação a ele a mais simples e terna afeição. Eles conversavam um com o outro por meio de um intérprete, e às vezes por olhares; e Safie cantava para ele as divinas melodias de seu país natal.

"O turco permitia que essa intimidade acontecesse e encorajou as esperanças dos jovens amantes, enquanto em seu coração nutria planos bem diferentes. Ele abominava a ideia de que sua filha se casasse com um cristão, mas temia o ressentimento de Felix se demonstrasse dúvida, pois sabia que ainda estava nas mãos de seu libertador, caso este escolhesse entregá-lo para o Estado italiano, onde estavam vivendo. Fez milhares de planos para prolongar a farsa até que ela não fosse mais necessária e ele pudesse secretamente levar a filha consigo quando partisse. Seus estratagemas foram facilitados pelas notícias que chegaram de Paris.

"O governo da França ficara enfurecido com a fuga de seu prisioneiro e não poupara esforços para deter e punir quem a libertara. O plano de Felix fora rapidamente descoberto, e De Lacey e Agatha jogados na prisão. A notícia chegou a Felix e o despertou de seu sonho de prazer. Seu velho pai cego e sua gentil irmã se encontravam num calabouço fétido, enquanto ele aproveitava o ar livre e a companhia de quem amava. A ideia era uma tortura para ele. Rapidamente combinou com o turco que, se este encontrasse uma oportunidade favorável de escapar antes que Felix voltasse para a Itália, Safie deveria permanecer como interna num convento em Livorno; então, deixando a adorável árabe, ele se apressou para Paris e se entregou à vingança da lei, esperando com isso libertar De Lacey e Agatha.

"Não teve sucesso. Eles permaneceram confinados por cinco meses até o julgamento acontecer; a sentença os privou de sua fortuna e os condenou a um exílio perpétuo de sua terra natal.

"Encontraram abrigo no chalé miserável na Alemanha onde eu os descobri. Felix logo soube que o pérfido turco – por quem ele e sua família suportavam tamanha opressão –, ao descobrir que seu libertador estava reduzido à pobreza e à ruína, traíra os bons sentimentos e a honra e deixara a Itália com sua filha, mandando a Felix uma insultuosa ninharia de dinheiro para ajudá-lo, como ele disse, em algum plano de sustento futuro.

"Esses eram os acontecimentos que atacavam o coração de Felix e faziam dele, quando o vi pela primeira vez, o mais infeliz de sua família. Ele poderia ter suportado a pobreza; e ainda que esse peso tenha sido a recompensa por sua virtude, orgulhava-se dela; mas a ingratidão do turco e a perda de sua amada Safie eram infortúnios mais amargos e irreparáveis. A chegada da árabe agora trazia nova vida à sua alma.

"Quando chegou a Livorno a notícia de que Felix estava privado de sua riqueza e posto, o mercador mandou a filha esquecer o amado e se preparar para voltar à sua terra natal. Isso foi um ultraje para a natureza generosa de Safie; ela tentou repreender o pai, mas, irritado, ele a deixou, reiterando sua ordem tirânica.

"Alguns dias depois, o turco entrou nos aposentos da filha e disse, apressado, que tinha motivos para acreditar que sua estada em Livorno havia sido revelada e que ele poderia ser entregue ao governo francês em breve; assim, havia contratado uma embarcação para levá-lo a Constantinopla, para onde deveria navegar em poucas horas. Ele pretendia deixar a filha sob os cuidados de um servo de confiança, que seguiria com ela e a maior parte de seus bens, que ainda não havia chegado a Livorno.

"Quando se viu sozinha, Safie resolveu pensar num plano para resolver esse apuro. Residir na Turquia era uma abominação para ela; sua religião e sentimentos eram avessos a isso. Por alguns papéis de seu pai nos quais conseguira colocar as mãos, soube do exílio de seu amado e descobriu o nome do lugar onde ele então residia. Hesitou por um tempo, mas finalmente se decidiu. Levando consigo algumas de suas joias e uma soma em dinheiro, deixou a Itália com uma criada, uma nativa de Livorno que entendia a linguagem comum da Turquia, e partiu para a Alemanha.

"Chegou em segurança a uma vila a cerca de vinte léguas do chalé de De Lacey, quando sua criada ficou perigosamente doente. Cuidou dela com o mais dedicado afeto, mas a pobre menina morreu, e a árabe ficou sozinha, sem conhecer a língua do país e completamente ignorante dos costumes do mundo. Porém, caiu em boas mãos. A italiana havia mencionado o nome do lugar para onde rumavam, e, após sua morte, a mulher da casa que as abrigara cuidou para que Safie chegasse em segurança ao chalé de seu amado."

CAPÍTULO 7

– Essa era a história de meus amados camponeses. Impressionou-me profundamente. Aprendi, pelas visões da vida social que ela apresentava, a admirar suas virtudes e a deplorar as maldades da humanidade.

"Embora eu visse o crime como um mal distante, a benevolência e a generosidade estavam sempre presentes diante de mim, provocando-me um desejo de me tornar um ator na cena movimentada em que tantas qualidades admiráveis eram trazidas e mostradas. Mas, ao relatar o progresso de meu intelecto, não devo omitir uma circunstância que ocorreu no começo do mês de agosto do mesmo ano.

"Uma noite, durante minha costumeira visita ao bosque vizinho, onde coletava minha comida e trazia lenha para meus protetores, encontrei no chão uma valise de couro contendo vários artigos de vestuário e alguns livros. Avidamente peguei o achado e voltei para meu casebre. Felizmente, os livros eram escritos na língua cujos elementos eu havia obtido no chalé; tratava-se de *Paraíso perdido*, um volume de *Vidas paralelas*, de Plutarco, e *Os sofrimentos do jovem Werther*.[48] A posse desses tesouros me proporcionou satisfação extrema; eu agora estudava de forma contínua e exercitava minha mente com essas histórias, enquanto meus amigos se entretinham em suas ocupações comuns.

"Mal posso descrever a você o efeito desses livros. Eles forneceram uma infinidade de novas imagens e sentimentos, que às vezes me levavam ao êxtase, mas mais frequentemente me afundavam na mais baixa depressão.

---

48. *Paraíso perdido*, poema épico de John Milton, publicado em 1667, sobre o Gênese e a Queda do Homem; é citado e referido diversas vezes no romance, desde a epígrafe. *Vidas paralelas*, de Plutarco, filósofo grego do séc.I, sobre as vidas de imperadores romanos. *Os sofrimentos do jovem Werther*, romance de Johann Wolfgang von Goethe, publicado em 1774, marco do romantismo.

Em *Os sofrimentos do jovem Werther*, apesar do interesse dessa simples e comovente história, tantas opiniões são ponderadas e tantas luzes jogadas sobre o que até então havia sido para mim temas obscuros, que me encontrei numa fonte infinita de especulação e espanto. As gentis e domésticas maneiras que o livro descrevia, combinadas com sentimentos e sensações eminentes, que tinham como objeto algo fora de si, concordavam bem com minha experiência entre meus protetores e com os desejos que estavam para sempre vivos em meu peito. Mas eu pensava em Werther mais como um ser divino, que jamais contemplei e imaginei; seu caráter não continha presunção, mas penetrava fundo. As dissertações sobre morte e suicídio eram calculadas para me preencher com espanto. Eu não fingia entrar nos méritos do caso, ainda assim inclinava-me para as opiniões do herói, cuja morte me fez chorar, sem entender precisamente.

"Porém, conforme lia, voltei-me de forma muito pessoal aos meus próprios sentimentos e condição. Julguei-me similar e, ao mesmo tempo, estranhamente diferente dos seres sobre os quais lia e de cuja conversa era ouvinte. Solidarizava-me com eles e os compreendia parcialmente, mas não tinha a cabeça plenamente desenvolvida; não dependia de ninguém e não me relacionava com ninguém. 'O caminho de partida livre está',[49] e não havia ninguém para lamentar minha aniquilação. Minha pessoa era horrível e minha estatura, gigantesca. O que isso significava? Quem eu era? O que era? De onde tinha vindo? Qual era meu destino? Essas perguntas me assaltavam continuamente, mas eu era incapaz de respondê-las.

"O volume de *Vidas paralelas* que eu possuía continha as histórias dos primeiros fundadores das antigas repúblicas. Esse livro teve sobre mim um efeito diferente de *Os sofrimentos do jovem Werther*. Aprendi com a imaginação de Werther sobre a melancolia e o pesar; mas Plutarco me ensinou pensamentos elevados; me conduziu além da esfera arruinada de minhas reflexões e me fez admirar e adorar os heróis de eras passadas. Muitas das coisas que li ultrapassavam minha compreensão e experiência. Eu tinha um conhecimento muito confuso sobre reinos, amplas extensões de terra, rios poderosos e mares sem fronteiras. Mas estava completamente alheio a ci-

49. Referência ao poema de Shelley "On mutability" (ver nota 41).

dades e grandes assentamentos de homens. O chalé de meus protetores era a única escola na qual eu havia estudado a natureza humana; mas aquele livro desenvolvia novas e mais poderosas cenas de ação. Li sobre homens preocupados com assuntos públicos, governando ou massacrando suas espécies. Senti o maior ardor pela virtude despertar dentro de mim, e abominação pela maldade, até onde entendia o significado desses termos, relativos como eram, enquanto eu os aplicava somente ao prazer e à dor. Induzido por esses sentimentos, fui, é claro, levado a admirar legisladores pacíficos: Numa, Sólon e Licurgo,[50] em preferência a Rômulo e Teseu.[51] A existência patriarcal de meus protetores fez com que essas impressões deixassem uma marca profunda em minha mente; talvez, se minha primeira introdução à sociedade tivesse sido feita por um jovem soldado, sedento por glória e massacre, eu teria sido incutido com outras sensações.

"Mas *Paraíso perdido* despertou emoções diferentes e bem mais profundas. Li, como havia lido os outros volumes que caíram em minhas mãos, como uma história verdadeira. Ela tocou cada sentimento de espanto e dúvida que o retrato do onipotente Deus combatendo suas criaturas era capaz de provocar. Eu frequentemente remetia as várias situações, quando suas similaridades me ocorriam, às minhas próprias. Como Adão, eu aparentemente não estava unido a outro ser por nenhuma ligação; mas seu estado era bem diferente do meu em todos os outros aspectos. Ele havia sido trazido pelas mãos de Deus como uma criatura perfeita, feliz e próspera, guardada pelo cuidado especial de seu criador; ele tinha permissão para interagir com seres de uma natureza superior e para adquirir conhecimento deles; mas eu era desgraçado, inútil e só. Muitas vezes considerei Satã o

---

50. Numa Pompílio (715-673 a.C.), segundo rei de Roma, pacífico e religioso. Sólon (640-338 a.C.), poeta, legislador e estadista grego de Atenas. Licurgo de Esparta, legislador grego de origem incerta.

51. Rômulo foi o perverso primeiro rei e fundador de Roma, que governou até sua morte; segundo a lenda, ele e seu irmão gêmeo, Remo, são filhos de Marte (deus romano da guerra) com Reia Sílvia, e, deixados à beira de um rio para morrer, foram encontrados e amamentados por uma loba; anos depois, numa disputa pela criação da cidade de Roma, Rômulo acabou matando o irmão. Teseu é o lendário herói grego que supostamente teria governado Atenas entre 1234 e 1204 a.C.; filho de Egeu e Etra, herdou uma força descomunal, e entre suas grandes façanhas está a vitória sobre o Minotauro, no labirinto de Creta.

símbolo mais propício à minha condição, pois, frequentemente, como ele, quando via o prazer de meus protetores, o rancor amargo da inveja despertava dentro de mim.

"Outra circunstância reforçou e confirmou esses sentimentos. Logo após minha chegada ao casebre, descobri alguns papéis no bolso da roupa que pegara em seu laboratório. Inicialmente, desprezei-os, mas agora que era capaz de decifrar os caracteres nos quais foram escritos, comecei a estudá-los com aplicação. Era o diário dos quatro meses que precederam minha criação. Você descreveu com minúcias nesses papéis cada passo que deu no progresso de seu trabalho; essa história se misturava com relatos de ocorrências domésticas. Você sem dúvida se lembra desses papéis. Aqui estão. Neles está relatado tudo que se refere à minha amaldiçoada origem; todos os detalhes da série de circunstâncias nojentas que a produziu estão expostos; as detalhadas descrições de minha odiosa e repulsiva pessoa são dadas numa língua que pintou seus próprios horrores e tornaram o meu indelével. Fiquei enojado ao ler. 'Odioso dia em que recebi a vida!', exclamei em agonia. 'Amaldiçoado criador! Por que formaste um monstro tão horrendo que até *tu* te afastaste de mim enojado? Deus, com piedade, fez um homem belo e encantador, a partir de sua própria imagem; mas minha forma é um tipo sujo da sua, mais horrível ainda pela semelhança. Satã tem seus companheiros, colegas diabos, para admirá-lo e encorajá-lo; mas eu sou solitário e abominado.'

"Essas foram as reflexões de minhas horas de desânimo e solidão; mas quando contemplava as virtudes dos camponeses, sua natureza amável e benevolente, convencia-me de que, quando se familiarizassem com minha admiração por suas virtudes, iriam se compadecer e deixar de lado minha deformidade pessoal. Poderiam expulsar de sua porta aquele que, ainda que monstruoso, lhes solicitasse compaixão e amizade? Decidi pelo menos não me desesperar, mas me preparar de todas as formas para uma conversa com eles, para que pudessem definir meu destino. Adiei a tentativa por mais alguns meses, porque ter sucesso nela era tão importante para mim que eu temia que pudesse fracassar. Além do mais, descobri que minha compreensão melhorava tanto a cada dia de experiência que eu não estava disposto a começar a empreitada até que mais alguns meses tivessem ampliado minha sagacidade.

"Nesse meio-tempo, várias mudanças aconteceram no chalé. A presença de Safie espalhou alegria entre seus habitantes; e também achei que alguma fartura reinava lá. Felix e Agatha passavam mais tempo divertindo-se e conversando, e eram ajudados em seus trabalhos por criados. Não pareciam ricos, mas estavam satisfeitos e felizes; seus sentimentos eram serenos e pacíficos, enquanto os meus se tornavam cada dia mais tumultuados. O aumento de conhecimento só desvendava para mim mais claramente que pária desgraçado eu era. Apreciava a esperança, é verdade, mas ela desaparecia quando eu contemplava minha pessoa refletida na água ou minha sombra à luz da lua, mesmo com aquela frágil imagem e a sombra inconstante.

"Eu me esforçava para esmagar esses medos e tentar me fortalecer para o julgamento pelo qual decidira passar dali a poucos meses; e às vezes permitia que meus pensamentos, não avaliados pela razão, passeassem nos campos do Paraíso, e ousava desejar que criaturas amáveis e adoráveis se solidarizassem com meus sentimentos e animassem minha tristeza; seus semblantes angelicais sopravam sorrisos de consolo. Mas era tudo um sonho; nenhuma Eva acalmava minhas tristezas nem compartilhava de meus pensamentos; eu estava sozinho. Lembrava-me da súplica de Adão para seu criador. Mas onde estava o meu? Havia me abandonado, e, na amargura de meu coração, eu o amaldiçoei.

"Assim passou o outono. Vi com surpresa e dor as folhas morrerem e caírem, e a natureza novamente assumir a aparência árida e lúgubre que havia tido quando eu primeiramente contemplara os bosques e a adorável lua. Ainda assim, não dei atenção à desolação do clima; estava mais preparado por minha condição a suportar o frio do que o calor. Mas meus prazeres principais eram a visão das flores, os pássaros e todo o adorno alegre do verão; quando esses me abandonaram, voltei-me com mais atenção para os camponeses. Sua felicidade não diminuía pela ausência de verão. Eles se amavam e se solidarizavam; e como seus prazeres dependiam uns dos outros, não eram interrompidos pelas perdas que aconteciam ao redor deles. Quanto mais os via, mais aumentava meu desejo de pedir sua proteção e bondade; meu coração ansiava por ser conhecido e amado por essas gentis criaturas; por ver seus olhares doces dirigidos a mim com o afeto que era o limite máximo de minha ambição. Não ousava pensar que eles iriam se afastar de mim com desdém e horror. Os pobres que paravam à porta deles nunca eram mandados embora. Eu pedia, é verdade, tesouros maiores do que um pouco de comida ou descanso: pedia bondade e solidariedade; mas não me acreditava indigno disso.

"O inverno avançou, e uma revolução completa das estações acontecera desde que eu havia despertado para a vida. Minha atenção nesse tempo estava dirigida exclusivamente ao meu plano de me apresentar no chalé de meus protetores. Considerei muitos projetos, mas finalmente me fixei no de entrar na morada quando o velho cego estivesse sozinho. Tinha sagacidade o suficiente para perceber que a feiura não natural de minha pessoa era o objeto principal de horror daqueles que primeiramente me contemplaram. Minha voz, apesar de áspera, não tinha nada de terrível; pensei assim que, se na ausência dos filhos eu pudesse ganhar a boa vontade do velho De Lacey, poderia por meio dele ser tolerado por meus protetores mais jovens.

"Um dia, quando o sol brilhava nas folhas vermelhas que forravam o chão e espalhava animação, apesar de negar calor, Safie, Agatha e Felix saíram numa longa caminhada pelo campo, e o velho, por sua própria vontade, foi deixado sozinho no chalé. Quando os filhos partiram, ele pegou seu violão e tocou várias melodias fúnebres, porém doces, mais doces e fúnebres do que eu já o ouvira tocar antes. Inicialmente, seu semblante estava iluminado com prazer, mas conforme ele continuava, preocupação e tristeza se sucederam; por fim, deixando o instrumento de lado, ele se sentou absorto em reflexão.

"Meu coração batia rápido; era a hora e o momento do julgamento que iria confirmar minhas esperanças ou realizar meus temores. Os servos tinham saído para uma feira na região. Estava tudo silencioso dentro e em volta do chalé; era uma excelente oportunidade; ainda assim, quando fui executar meu plano, meus membros me faltaram, e afundei no chão. Novamente me levantei e, exercendo toda a firmeza na qual era mestre, removi as tábuas que havia colocado diante do casebre para esconder meu retiro. O ar fresco me reviveu e, com determinação renovada, aproximei-me da porta do chalé.

"Bati.

"– Quem está aí? – perguntou o velho. – Entre.

"Entrei.

"– Perdoe-me por minha intromissão – disse eu –, sou um viajante necessitado de um pequeno descanso; você muito me ajudaria se me permitisse ficar alguns minutos diante do fogo.

"– Venha – respondeu De Lacey –, e tentarei da maneira que puder satisfazer seus desejos; mas, infelizmente, meus filhos estão fora de casa, e sou cego, temo que será difícil arrumar comida para você.

"– Não se incomode, meu bondoso anfitrião, tenho comida, só preciso de calor e descanso.

"Sentei-me, e o silêncio se seguiu. Sabia que cada minuto era precioso para mim, ainda assim permanecia irresoluto sobre como começar minha entrevista; foi quando o velho se dirigiu a mim:

"– Por sua linguagem, estrangeiro, suponho que seja de meu país; é francês?

"– Não, mas fui educado por uma família francesa e compreendo apenas essa língua. Agora vou pedir a proteção de alguns amigos que amo sinceramente e de cujo favor tenho certas esperanças.

"– São alemães?

"– Não, são franceses. Mas vamos mudar de assunto. Sou uma criatura desafortunada e abandonada. Olho ao redor e não tenho parentes ou amigos sobre a terra. Essas amáveis pessoas a quem me dirijo nunca me viram e sabem pouco de mim. Estou cheio de medo, pois, se fracassar, serei para sempre um excluído no mundo.

"– Não se desespere. Não ter amigos é de fato ser infeliz, mas os corações dos homens, quando não contaminados por nenhum interesse pessoal óbvio, são cheios de amor fraternal e caridade. Confie assim em suas esperanças e, se esses amigos são bons e amáveis, não se aflija.

"– São bons; são as pessoas mais excelentes do mundo, mas infelizmente têm preconceitos contra mim. Tenho bom temperamento; minha vida até então foi inofensiva e em certo grau benéfica, mas um preconceito fatal nubla seus olhos e, onde poderiam ver um amigo bondoso e sentimental, contemplam apenas um monstro detestável.

"– De fato é uma infelicidade; mas se você realmente não tem culpa, não pode apontar o erro para eles?

"– Estou prestes a realizar essa tarefa; e é por causa disso que sinto um terror tão opressor. Amo ternamente esses amigos; há muitos meses que, sem que eles saibam, tenho hábitos de bondade diária em relação a eles, mas eles acreditam que quero machucá-los, e é esse preconceito que quero superar.

"– Onde esses amigos residem?

"– Perto daqui.

"O velho fez uma pausa, então continuou:

"– Se você confidenciar sem reservas a mim as particularidades de sua história, talvez eu possa ajudar a esclarecê-la a eles. Sou cego e não posso julgar por seu semblante, mas há algo em suas palavras que me convence de que é sincero. Sou pobre e exilado, mas me trará verdadeiro prazer ser de qualquer forma útil a um ser humano.

"– Que homem excelente! Eu lhe agradeço e aceito sua generosa oferta. Você, com tal bondade, faz com que eu me erga do pó; e confio que, com sua ajuda, não serei afastado da sociedade e da solidariedade de seus semelhantes.

"– Que Deus não permita! Mesmo que fosse realmente criminoso, pois isso só poderia levá-lo ao desespero, e não instigá-lo à virtude. Também sou infeliz; fui condenado com minha família, apesar de inocente; veja, portanto, se não sinto por seu infortúnio.

"– Como posso agradecer-lhe, meu melhor e único benfeitor? De seus lábios escuto pela primeira vez a voz da bondade dirigida a mim; serei eternamente grato; e sua presente humanidade me assegura do sucesso com esses amigos que estou a ponto de conhecer.

"– Posso saber os nomes e residência de seus amigos?

"Fiz uma pausa. Esse, pensei eu, era o momento decisivo que iria me roubar ou me conferir felicidade para sempre. Lutei em vão para ter firmeza o suficiente para responder, mas o esforço destruiu toda a minha força restante; desabei na cadeira e solucei alto. Naquele instante, escutei os passos de meus protetores mais jovens. Não tinha um segundo a perder, mas, buscando a mão do velho, gritei:

"– Agora é a hora! Salve-me, proteja-me! Você e sua família são os amigos que busco. Não me abandone na hora do julgamento!

"– Meu bom Deus! – exclamou o velho. – Quem é você?

"Naquele momento, a porta do chalé se abriu e Felix, Safie e Agatha entraram. Quem pode descrever o horror e a consternação deles ao me contemplarem? Agatha desmaiou e Safie, incapaz de cuidar da amiga, correu para fora do chalé. Felix avançou à frente e, com força sobrenatural, afastou-me de seu pai, a cujos joelhos eu me agarrava; num momento de fúria, arremessou-me ao chão e me acertou violentamente com uma vara. Eu poderia ter arrancado membro por membro dele, como o leão faz com o antílope. Mas meu coração afundou dentro de mim com um asco amargo, e me contive. Eu o vi a ponto de repetir seu golpe quando, tomado de dor e angústia, deixei o chalé e, no tumulto geral, escapei sem ser notado para meu casebre."

CAPÍTULO 8

– Maldito, maldito criador! Por que vivi? Por que não extingui naquele instante a centelha de existência que você tão petulantemente me concedeu? Não sei; o desespero ainda não havia tomado posse de mim; meus sentimentos eram de raiva e vingança. Eu poderia com prazer ter destruído o chalé e seus habitantes e ter me fartado com os gritos e a infelicidade.

"Quando a noite chegou, deixei meu retiro e vaguei pelo bosque; e agora não me continha mais por medo de ser descoberto, dei asas à minha angústia em uivos temerosos. Era como uma fera selvagem que havia rompido as amarras, destruindo os objetos que me obstruíam ou correndo pelo bosque com uma velocidade de cervo. Oh! Que noite miserável passei! As estrelas frias brilhavam em zombaria, e as árvores nuas acenavam com seus galhos sobre mim; aqui e ali a doce voz de um pássaro irrompia entre a quietude universal. Tudo, exceto eu, estava descansando ou se divertindo; eu, como o diabo primogênito, trazia o inferno dentro de mim e, encontrando-me sem solidariedade, queria arrancar as árvores, espalhar o caos e a destruição ao meu redor, para então me sentar e contemplar satisfeito a ruína.

"Mas essa sensação era um luxo que não podia perdurar; fiquei cansado com o excesso de esforço corporal e afundei na grama úmida, na doentia impotência do desespero. Não havia ninguém entre a miríade de homens vivos que teria pena de mim ou me ajudaria; e eu deveria ter simpatia por meus inimigos? Não! Naquele momento, declarei guerra eterna contra as espécies e, mais do que tudo, contra ele que havia me criado e me deixado numa tristeza insuportável.

"O sol se ergueu; escutei vozes de homens, e sabia que era impossível voltar ao meu retiro durante aquele dia. Assim, escondi-me num arbusto denso, determinado a dedicar as horas seguintes a refletir sobre minha situação.

"A luz prazerosa do sol e o ar puro do dia restauraram algum grau de tranquilidade; e quando considerei o que havia se passado no chalé, não pude deixar de acreditar que havia sido muito apressado em minhas conclusões. Sem dúvida agira de forma imprudente. Aparentemente, minha conversa havia interessado o pai em meu favor, e fui tolo em expor minha pessoa para o horror de seus filhos. Eu deveria ter familiarizado o velho De Lacey comigo e, aos poucos, ter me revelado ao restante da família quando eles pudessem estar preparados para minha aproximação. Mas não acreditava que meus erros fossem incorrigíveis e, depois de muita consideração, resolvi retornar ao chalé, procurar o velho e, com minha argumentação, conquistá-lo para meu lado.

"Esses pensamentos me acalmaram, e, de tarde, mergulhei num sono profundo; mas a febre em meu sangue não me permitiu ser visitado por sonhos pacíficos. A cena horrível do dia anterior repetia-se eternamente diante de meus olhos; as mulheres fugiam, e o encolerizado Felix me arrancava de junto de seu pai. Acordei exausto e, descobrindo que já era noite, rastejei para fora de meu esconderijo e fui em busca de comida.

"Depois de saciar a fome, dirigi meus passos para o bem conhecido caminho que conduzia ao chalé. Tudo lá estava em paz. Rastejei para meu casebre e permaneci em expectativa silenciosa, aguardando a hora em que a família costumava se levantar. Essa hora passou, o sol subiu alto no céu, mas os camponeses não apareceram. Tremi violentamente, antevendo algum temível infortúnio. O interior do chalé estava escuro, e não ouvi movimentos; não posso descrever a agonia desse suspense.

"Naquele momento, passaram dois homens; parando perto do chalé, começaram a conversar, gesticulando violentamente; mas eu não entendia o que diziam, pois falavam a língua local, que era diferente da de meus protetores. Porém, logo depois, Felix se aproximou com outro homem; fiquei surpreso, pois sabia que não havia deixado o chalé naquela manhã, e esperei ansiosamente para descobrir por seu discurso o significado daqueles acontecimentos incomuns.

"– Você considerou – perguntou seu acompanhante – que vai ser obrigado a pagar três meses de aluguel e perder a produção da sua horta? Não quero ter vantagens injustas, e imploro que repense sua determinação por mais alguns dias.

"– É completamente inútil – respondeu Felix –, não podemos nunca mais habitar este chalé. A vida de meu pai está em grande perigo devido à medonha circunstância que relatei. Minha esposa e minha irmã nunca vão se recuperar do horror. Peço que não argumente mais comigo. Tome posse de sua habitação e me deixe fugir deste lugar.

"Felix tremia violentamente ao dizer isso. Ele e seu acompanhante entraram no chalé, no qual permaneceram por mais alguns minutos, e então partiram. Nunca mais vi ninguém da família De Lacey.

"Passei o restante do dia em meu casebre, num estado de total desespero. Meus protetores haviam partido e destruído a única ligação que eu tinha com o mundo. Pela primeira vez, sentimentos de vingança e ódio invadiram meu peito, e não me esforcei para controlá-los, mas, permitindo-me ser tomado pela correnteza, voltei minha mente para a injúria e a morte. Quando pensava em meus amigos, na voz suave de De Lacey, nos olhos gentis de Agatha e na beleza elegante da árabe, esses pensamentos sumiam, e um jorro de lágrimas de certa forma me acalmava. Mas, quando lembrava que eles haviam me enxotado e me abandonado, a raiva retornava, um ataque de raiva, e, incapaz de ferir qualquer coisa humana, voltei minha fúria para objetos inanimados. Conforme a noite avançava, reuni bastante lenha ao redor do chalé e, após ter destruído todo o vestígio de cultivo na horta, esperei com impaciência até a lua ter se escondido para começar minha operação.

"Com a noite, um vento feroz se ergueu do bosque e rapidamente dispersou as nuvens que haviam se acumulado no céu; a ventania cortava como uma poderosa avalanche e produziu um tipo de insanidade no meu espírito que rompia todas as amarras da razão e da reflexão. Acendi um galho seco de uma árvore e dancei com fúria ao redor do devotado chalé, meus olhos ainda fixos no horizonte ao oeste, o canto no qual a lua quase tocava. Uma parte de sua órbita já estava bem escondida, e brandi minha tocha; ela afundou, e com um grito alto acendi a palha, o mato e os arbustos que havia juntado. O vento soprou o fogo, e o chalé foi rapidamente envolto em chamas, que se prendiam a ele e o lambiam com suas línguas bifurcadas e destrutivas.

"Tão logo me convenci de que nenhuma ajuda poderia salvar qualquer parte da habitação, deixei o local e busquei refúgio no bosque.

"E agora, com o mundo diante de mim,[52] para onde eu deveria direcionar meus passos? Resolvi voar para longe da cena de meus infortúnios; mas para mim, odiado e desprezado, qualquer país seria igualmente horrível. Com o tempo, você surgiu em meus pensamentos. Sabia, pelos seus papéis, que era meu pai, meu criador; e a quem mais deveria recorrer senão àquele que havia me dado a vida? Geografia não tinha sido omitida das lições que Felix dera a Safie: aprendi daí as posições relativas de diferentes países na terra. Você havia citado Genebra como sua cidade natal; e resolvi seguir em direção a esse lugar.

"Mas como me orientar? Sabia que deveria viajar na direção sudoeste para chegar ao meu destino; mas o sol era meu único guia. Não conhecia os nomes das cidades pelas quais iria passar, nem podia pedir informações a ser humano algum; mas não desanimei. De você, só podia esperar socorro, apesar de não nutrir nenhum sentimento além de ódio. Insensível criador sem coração! Você me dotou de percepções e paixões, e então me abandonou à censura e ao horror da humanidade. Mas a você eu só podia clamar por pena e reparação, e de você determinei-me a buscar a justiça que em vão tentei obter de qualquer outro ser que tivesse a forma humana.

"Minhas viagens eram longas e os sofrimentos pelos quais passava, intensos. Era final do outono quando deixei a região onde havia residido por tanto tempo. Viajava apenas de noite, temeroso de encontrar o rosto de um ser humano. A natureza decaía à minha volta e o sol perdia o calor; a chuva e a neve derramavam-se ao meu redor; poderosos rios congelaram; a superfície da terra ficou dura, fria e estéril, e eu não encontrava abrigo. Oh, terra! Com que frequência roguei pragas por causa de meu ser! A delicadeza de minha natureza havia sumido, e tudo em mim fora transformado em rancor e amargura. Quanto mais me aproximava de sua habitação, mais sentia profundamente o espírito de vingança aceso em meu coração. A neve caía e as águas estavam endurecidas, mas eu não descansava. Alguns acidentes aqui e ali me orientaram, e eu possuía um mapa do país; mas fre-

---

52. A expressão ecoa, mais uma vez, o *Paraíso perdido*, de Milton (ver nota 48), aqui na passagem em que Adão e Eva são expulsos do Éden: "O mundo estava inteiro diante deles, para escolherem/ onde repousar..." (canto XII).

quentemente me afastava de meu caminho. A agonia de meus sentimentos não me dava trégua: tudo servia de alimento para a raiva e tristeza; mas uma circunstância que aconteceu quando cheguei aos confins da Suíça, quando o sol já havia recobrado seu calor e a terra novamente começava a parecer verde, confirmou de uma forma especial o amargor e o horror de meus sentimentos.

"Em geral, eu descansava durante o dia e viajava apenas à noite, quando estava protegido da vista do homem. Uma manhã, porém, percebendo que meu caminho passava por um bosque profundo, aventurei-me a continuar minha jornada depois que o sol havia nascido; o dia, que era um dos primeiros da primavera, animou até a mim pelo encanto da luz do sol e a tranquilidade do ar. Eu sentia revivendo em mim emoções de gentileza e prazer, que havia muito pareciam mortas. Meio surpreso pela novidade dessas sensações, deixei-me levar por elas e, esquecendo minha solidão e deformidade, ousei ser feliz. Lágrimas suaves novamente orvalhavam minhas bochechas, e até ergui os olhos úmidos em gratidão ao sol abençoado, que me conferiu tanto prazer.

"Continuei a seguir os caminhos do bosque, até chegar à sua fronteira, que era delimitada por um profundo e rápido rio sobre o qual muitas das árvores dobravam seus galhos, agora desabrochando com o início da primavera. Ali fiz uma pausa, não sabendo exatamente que caminho seguir, e então escutei o som de vozes que me induziram a me ocultar sob a sombra de um cipreste. Mal me escondera, quando uma jovem menina veio correndo em direção ao ponto em que eu estava, rindo como se corresse de alguém por brincadeira. Ela continuou o curso pela margem do rio, quando de repente seu pé deslizou e ela caiu na rápida correnteza. Saí em disparada de meu esconderijo e, com muita dificuldade por causa da força da água, salvei-a e arrastei-a para a margem. Estava inconsciente; e fiz o possível para reanimá-la, quando fui de repente interrompido pela aproximação de um camponês, que era provavelmente a pessoa de quem ela fugia, travessa. Ao me ver, ele voou em minha direção e, arrancando a jovem de meus braços, apressou-se rumo às partes mais profundas do bosque. Segui-o rapidamente, mal sabia por quê; mas quando o homem viu eu me aproximando, apontou-me a arma que carregava e disparou. Desabei no chão, e meu agressor escapou em velocidade pelo bosque.

“Esse era o prêmio por minha benevolência! Havia salvado um ser humano da destruição, e como recompensa agora me retorcia sob a dor miserável de um ferimento que estraçalhara pele e osso. Os sentimentos de bondade e gentileza que eu havia contemplado poucos momentos antes deram lugar a uma raiva infernal e ranger de dentes. Inflamado pela dor, jurei ódio eterno e vingança a toda a humanidade. Mas a agonia de meu ferimento se apoderou de mim, minha pulsação parou e desmaiei.

“Por algumas semanas, levei uma vida miserável nos bosques, esforçando-me para me curar do ferimento. A bala havia penetrado em meu ombro, e eu não sabia se permanecia lá ou se o atravessara; de toda forma, não tinha meios de extraí-la. Meu sofrimento era ressaltado pela sensação opressora de injustiça e ingratidão da reação deles. Meus votos diários eram por vingança – uma vingança profunda e mortal, que por si só compensaria os ultrajes e a angústia pelos quais eu havia passado.

“Após algumas semanas, meu ferimento sarou, e continuei minha viagem. Meus esforços não iriam mais ser aliviados pelo sol brilhante ou a brisa gentil da primavera; toda a alegria era apenas uma zombaria que insultava meu estado desolado e me fazia sentir mais dolorosamente que eu não era feito para aproveitar o prazer.

“Mas minhas dificuldades agora se aproximavam do fim, e em dois meses alcancei os arredores de Genebra.

“Era noite quando cheguei, e me recolhi a um esconderijo entre os campos que cercavam a cidade, para refletir de que maneira encontraria você. Estava oprimido pela fadiga e pela fome e infeliz demais para aproveitar as brisas gentis da noite ou a ideia do sol se pondo atrás das estupendas montanhas do Jura.

“Um leve sono me aliviou da dor da reflexão, mas foi perturbado pela aproximação de uma bela criança, que veio correndo até onde eu estava escondido, com toda a graça da infância. De repente, quando olhei para ela, fui tomado pela ideia de que aquela pequena criatura não tinha preconceitos e vivera demasiadamente pouco para ter sido incutida com o horror à deformidade. Se então eu pudesse pegá-la e educá-la como meu companheiro e amigo, eu não seria tão desolado nesta povoada terra.

"Levado por esse impulso, peguei o menino enquanto ele passava e o puxei em direção a mim. Logo que contemplou minha figura, ele cobriu os olhos e deu um grito agudo; afastei suas mãos à força e disse:

"– Menino, por que isso? Não pretendo machucá-lo, me escute.

"Ele lutou violentamente.

"– Deixe-me ir, monstro! – gritava. – Desgraçado feio! Você quer me comer e me fazer em pedacinhos; você é um ogro; deixe-me ir, ou conto pro papai.

"– Menino, você nunca mais vai ver seu pai; você vai vir comigo.

"– Monstro horrendo! Deixe-me ir. Meu pai é um conselheiro... é o sr. Frankenstein... ele vai castigar você. Não ouse me prender.

"– Frankenstein! Você então pertence ao meu inimigo, a quem jurei eterna vingança; você será minha primeira vítima!

"A criança lutou e me encheu de nomes que levaram desespero ao meu coração; agarrei sua garganta para silenciá-la, e, num instante, ela estava morta aos meus pés.

"Olhei para minha vítima, e meu coração se inflou de exaltação e de um triunfo infernal; batendo as mãos, exclamei:

"– Também posso criar desolação; meu inimigo não é invulnerável. Essa morte vai carregar desespero a ele, e milhares de outras tristezas vão atormentá-lo e destruí-lo.

"Ao fixar os olhos na criança, vi algo reluzindo em seu peito, e peguei; era um retrato de uma mulher muito bonita. Apesar de minha malignidade, aquilo me amaciou e me atraiu. Por alguns momentos, fitei com deleite seus olhos escuros, ornados com cílios compridos, mas naquele instante minha raiva retornou: lembrei que estava eternamente privado dos prazeres que tais belas criaturas podiam conceder, e que aquela que eu contemplava, se me contemplasse, teria mudado o ar de benignidade divina para uma expressão de nojo e medo.

"Pode você se admirar que tais pensamentos tenham me enchido de raiva? A única coisa que me espanta é que, naquele momento, em vez de arejar minhas sensações com exclamações e agonia, eu não tenha corrido entre a humanidade e perecido na tentativa de destruí-la.

"Enquanto era tomado por esses sentimentos, deixei o local onde havia cometido o assassinato e busquei um esconderijo mais recluso. Entrei num celeiro que parecia vazio. Uma mulher dormia num monte de palha; era jovem, não tão bela quanto a do retrato que eu segurava, mas de um aspecto agradável e desabrochando nas belezas da juventude e da saúde. Aqui, pensei, está uma dessas cujos sorrisos contagiantes são destinados a todos menos a mim. Então me inclinei sobre ela e sussurrei:

"– Acorda, bela, teu amado está próximo, ele que daria a vida para obter um olhar de afeto de teus olhos; minha amada, desperta!

"A adormecida se remexeu; um arrepio de terror me percorreu. Ela iria de fato acordar e me ver e me amaldiçoar e denunciar o assassino? Certamente agiria assim, se seus olhos escurecidos se abrissem e ela me contemplasse. O pensamento era uma loucura, revolvia o demônio dentro de mim – não eu, mas ela deveria sofrer; o assassinato que cometi, porque sou eternamente privado de tudo o que ela poderia me dar, que ela pague por ele. O crime tinha sua fonte nela, e nela a punição! Graças às lições de Felix e às leis sanguinárias do homem, aprendi como agir com injúria. Inclinei-me sobre ela e coloquei o retrato em segurança numa das dobras do vestido. Ela se remexeu novamente, e fugi.

"Por alguns dias, assombrei o local onde essas cenas ocorreram; às vezes desejando ver você, às vezes decidido a abandonar o mundo e seu sofrimento para sempre. Finalmente, vaguei em direção a estas montanhas e tenho perambulado por estes imensos recessos, consumido por uma paixão ardente que só você pode satisfazer. Não podemos nos separar até você ter prometido cumprir o que peço. Estou sozinho e miserável; o homem não vai se associar comigo – mas alguém tão deformado e horrível quanto eu não iria se negar a mim. Minha companhia deve ser da mesma espécie e ter os mesmos defeitos. Você deve criar esse ser."

CAPÍTULO 9

O ser terminou de falar e fixou o olhar sobre mim, na expectativa de uma resposta. Mas eu estava estupefato, perplexo e incapaz de arranjar as ideias o suficiente para compreender a extensão completa de sua proposta. Ele continuou:

– Você deve criar uma fêmea para mim, com quem eu possa viver na interação daquelas solidariedades necessárias para o meu ser. Isso só você pode fazer, e exijo-o como um direito que você não pode se recusar a conceder.

A última parte de sua história havia acendido novamente em mim a raiva que morrera enquanto ele narrava sua pacífica vida entre os camponeses, e quando ele disse isso, não pude mais suprimir a ira que queimava dentro de mim.

– Eu me recuso – respondi –, e tal tortura nunca teria meu consentimento. Você pode me tornar o homem mais miserável, mas nunca me rebaixará a meus próprios olhos. Poderia eu criar outro como você, cuja maldade poderia desolar o mundo? Vá! Já respondi; pode me torturar, mas jamais consentirei.

– Você cometeu um erro – respondeu o demônio –, e, em vez de ameaçar, estou disposto a argumentar com você. Sou maldoso porque sou miserável. Não sou evitado e odiado por toda a humanidade? Você, meu criador, iria me partir em pedaços e triunfar; lembre-se disso e me diga por que eu deveria ter pena do homem mais do que ele tem pena de mim? Você não chamaria de assassinato, se me jogasse numa dessas fendas do gelo e destruísse minha constituição, eu, a obra de suas próprias mãos. Devo respeitar o homem quando ele me despreza? Deixe que ele viva comigo numa troca de gentilezas, e, em vez de injúria, eu concederia cada benefício a ele com lágrimas de gratidão por sua aceitação. Mas isso não pode ser; os sentidos humanos são barreiras insuperáveis para nossa união. Ainda assim minha submissão não deve ser de abjeta escravidão. Vou vingar minhas feridas; se não puder inspirar amor, vou causar medo, e principalmente em relação a você, meu arqui-inimigo, porque é meu criador, juro ódio inextinguível. Tome cuidado: vou trabalhar para a sua destruição, e não vou parar até seu coração estar tão desolado que você vai amaldiçoar a hora em que nasceu.

Dizia isso possuído por uma raiva demoníaca; o rosto estava desfigurado em contorções terríveis demais para olhos humanos contemplarem; mas logo ele se acalmou e continuou:

– Pretendo ser racional. Essa paixão é prejudicial a mim, pois você não percebe que *você* é a causa desse excesso. Se qualquer ser sentisse emoções de benevolência em relação a mim, eu lhe retribuiria cem mais cem vezes; pelo bem dessa única criatura, faria as pazes com toda a humanidade! Mas agora me permito sonhos de prazer que não podem ser realizados. O que peço a você é razoável e moderado; exijo uma criatura de outro sexo, mas tão horrenda quanto eu mesmo; a gratificação é pequena, mas é tudo o que posso receber, e irá me contentar. É verdade, seremos monstros, isolados do mundo; mas por esse motivo deveremos ser mais ligados um ao outro. Nossas vidas não serão felizes, mas serão inofensivas e livres da tristeza que agora sinto. Oh! Meu criador, faça-me feliz; deixe-me ser-lhe grato por uma bondade! Deixe que eu desperte a simpatia de alguma coisa existente; não negue meu pedido!

Estava emocionado. Estremeci ao pensar nas possíveis consequências de meu consentimento, mas senti que havia alguma justiça em seu argumento. Sua narrativa e os sentimentos que ele agora expressava provavam que era uma criatura de belas sensações; e eu, como seu criador, não devia a ele toda a porção de felicidade que estivesse em meu poder conferir? Ele percebeu minha mudança e continuou:

– Se você consentir, nem você nem nenhum outro ser humano nos verá novamente: eu iria às vastas florestas selvagens da América do Sul. Minha comida não é a do homem; não destruo a ovelha e o cabrito para saciar meu apetite; bolotas e amoras me dão nutrição suficiente.[53] Minha companheira deve ser da mesma natureza que eu, e ficará satisfeita com o mesmo

53. Mary e Percy Shelley eram vegetarianos. Percy publicou em 1813 um livro chamado *A Vindication of Natural Diet*, sobre vegetarianismo e direitos dos animais. Mary Shelley, ao fazer do monstro um ser naturalmente vegetariano, reforça a inclinação dele à bondade e sua inerente incapacidade de ferir os seres vivos.

sustento. Faremos nossa cama de folhas secas; o sol vai brilhar sobre nós e sobre o homem, e vamos colher nosso alimento. O retrato que apresento a você é pacífico e humano, e você tem de perceber que não pode negar só pela sordidez do poder e da crueldade. Impiedoso como foi em relação a mim, agora vejo compaixão em seus olhos; deixe-me aproveitar o momento e persuadi-lo a prometer o que eu ardentemente desejo.

– Você propõe – respondi – fugir das habitações do homem para morar na natureza, onde as feras do campo serão sua única companhia. Como poderá você, que anseia pelo amor e solidariedade do homem, perseverar nesse exílio? Você vai retornar e novamente buscar a bondade dele, e vai ser recebido com ódio, suas paixões malignas serão renovadas, e então você terá uma companheira para ajudá-lo nessa tarefa de destruição. Isso não pode ser; não insista na questão, porque não posso consentir.

– Quão inconstantes são seus sentimentos! Um momento atrás você estava emocionado por meus argumentos, então por que novamente se endurece às minhas queixas? Juro a você, pela terra que habito e por você que me fez, que, com a companhia que me conceder, deixarei a vizinhança do homem e morarei nos mais selvagens dos lugares. Minhas paixões malignas terão desaparecido, porque deverei ter solidariedade! Minha vida irá transcorrer calmamente, à distância, e, na hora da minha morte, não vou amaldiçoar meu criador.

As palavras tiveram um estranho efeito sobre mim. Compadeci-me dele e, por um instante, tive vontade de consolá-lo, mas quando olhava para ele, quando via aquela massa suja que se movia e falava, meu coração se enojava e meus sentimentos passavam ao horror e ao ódio. Tentei conter essas sensações; eu pensava, ainda que não pudesse me solidarizar com ele, que não tinha o direito de privá-lo da pequena porção de felicidade que ainda estava em meu poder conceder.

– Você jura – disse eu – ser inofensivo; mas já não demonstrou um grau de malícia que deveria me fazer desconfiar de você? Não pode ser isso um estratagema para aumentar seu triunfo ao permitir um alcance maior para sua vingança?

– O que vai ser? Não aceito brincadeiras e exijo uma resposta. Se eu não tiver laços e afeição, meu destino será o ódio e a maldade; o amor de outro ser destruirá a causa de meus crimes, e eu me tornarei algo cuja existência será ignorada por todos. Minhas maldades são filhas de uma solidão forçada que abomino. Minhas virtudes vão necessariamente surgir quando eu viver em comunhão com uma igual. Devo sentir o afeto de um ser sensível e me tornar ligado à cadeia de existência e eventos dos quais agora estou excluído.

Parei por um tempo para refletir sobre tudo o que ele havia relatado e nos vários argumentos que empregara. Pensei nas promessas de virtude que ele havia demonstrado ao iniciar sua existência e a subsequente aniquilação de todos os sentimentos bondosos pelo pavor e reprovação que seus protetores manifestaram em relação a ele. Não deixei de considerar seu poder e as ameaças: uma criatura que poderia existir nas cavernas frias das geleiras e se esconder entre os cumes de precipícios inacessíveis era um ser que possuía faculdades com as quais não se podia competir. Após uma longa pausa para reflexão, concluí que a justiça a ser feita tanto a ele quanto aos meus semelhantes exigia que eu aceitasse cumprir seu pedido. Virando-me para ele, disse então:

– Consinto com sua exigência, em seu próprio voto solene de abandonar a Europa para sempre e qualquer outro lugar vizinho do homem, desde que eu entregue em suas mãos uma fêmea que o acompanhe em seu exílio.

– Eu juro – exclamou ele –, pelo sol e pelo céu azul do Paraíso e pelo fogo do amor que queima em meu coração, que se você atender ao meu rogo, enquanto eu existir, nunca mais vai me ver! Deixe seu lar e inicie seus trabalhos; observarei seu progresso com uma ansiedade inexprimível; e não tema, pois quando você estiver pronto, irei aparecer.

Dizendo isso, ele de repente me abandonou, temendo, talvez, que eu mudasse de ideia. Vi-o descer a montanha mais rápido que uma águia e logo o perdi entre as ondulações do mar de gelo.

Sua história havia tomado o dia todo, e o sol estava no limite do horizonte quando ele partiu. Eu sabia que deveria apressar minha descida em direção ao vale, já que logo seria envolvido pelas trevas; mas meu coração estava pesado e meus passos, lentos. O esforço de costurar entre as trilhas estreitas da montanha e firmar o pé em meu caminho me atordoava, ocupado como estava pelas emoções que os acontecimentos do dia haviam instigado. A noite estava bem avançada quando cheguei ao abrigo da metade do caminho e me sentei ao lado da fonte. As estrelas brilhavam em intervalos, por causa das nuvens que as encobriam; os pinheiros escuros erguiam-se diante de mim, e aqui e ali havia uma árvore quebrada no chão: era uma cena de maravilhosa solenidade e remexia pensamentos estranhos dentro de mim. Chorei amargamente e, apertando minhas mãos em agonia, exclamei:

– Oh! Estrelas, nuvens e ventos, vocês todos estão prestes a zombar de mim: se realmente se apiedassem de mim, esmagariam minha sensação e memória; deixem-me tornar-me um nada; mas se não, partam, partam, e me deixem na escuridão.

Eram pensamentos loucos e miseráveis; mas não posso descrever como o brilho eterno das estrelas pesava sobre mim e como eu escutava cada sopro de vento como se fosse um horrendo siroco[54] poeirento a caminho de me consumir.

Amanheceu antes que eu chegasse à vila de Chamonix; não descansei, mas voltei imediatamente a Genebra. Nem em meu próprio coração podia dar expressão às minhas sensações – elas me oprimiam com o peso de uma montanha, e seus excessos destruíam minha agonia sobre eles. Assim voltei para casa e, chegando lá, apresentei-me a minha família. Minha aparência esfarrapada e louca despertou intenso alarde, mas não respondi a pergunta alguma, mal falei. Sentia-me como se tivesse sido banido, como se não tivesse o direito de pedir a solidariedade deles, como se nunca mais pudesse aproveitar de sua companhia. Ainda assim, mesmo os amando com adoração, para salvá-los resolvi me dedicar à minha abominável tarefa. A ideia de tal ocupação fez cada circunstância da existência passar diante de mim como um sonho, e só esse pensamento tinha para mim a realidade da vida.

54. Vento quente que sopra do norte da África pelo Mediterrâneo até partes do sul da Europa.

VOLUME TRÊS

CAPÍTULO I

Dia após dia, semana após semana foram se passando do meu retorno a Genebra, e não conseguia reunir coragem para recomeçar meu trabalho. Temia a vingança de meu demônio decepcionado, ainda assim era incapaz de superar minha repugnância à tarefa que me fora imposta. Descobri que não podia compor uma fêmea sem novamente me dedicar a vários meses de profundo estudo e pesquisa trabalhosa. Havia ouvido sobre algumas descobertas feitas por um filósofo inglês cujo conhecimento era importante para meu sucesso, e às vezes pensava em obter o consentimento de meu pai para visitar a Inglaterra com esse propósito; mas agarrava-me a qualquer pretexto de atraso e evitava dar o primeiro passo numa empreitada cuja necessidade imediata começava a parecer menos absoluta para mim. Uma mudança de fato me acontecera: minha saúde, que até então havia declinado, estava já bem restaurada; e meu humor, quando não diante da lembrança de minha infeliz promessa, melhorava proporcionalmente. Meu pai viu essa mudança com prazer e concentrou-se em tentar encontrar o melhor método para erradicar os resquícios de minha melancolia, que de tempos em tempos voltava em surtos e encobria o sol com uma escuridão devoradora. Nesses momentos, eu me refugiava na mais perfeita solidão. Passava dias inteiros sozinho no lago, num pequeno barco, vendo as nuvens e escutando o quebrar das ondas, silencioso e indiferente. Mas o ar fresco e o sol claro raramente deixavam de me restaurar algum grau de compostura, e, na minha volta, eu encontrava as saudações de meus amigos com um sorriso imediato e um coração mais animado.

Foi depois de meu retorno de um desses passeios que meu pai, me chamando de lado, se dirigiu a mim:

– Fico feliz em notar, meu querido filho, que tenha retomado seus antigos prazeres e pareça estar voltando a si mesmo. E ainda assim permanece infeliz e evita nossa companhia. Por algum tempo, perdi-me em conjecturas sobre a causa disso, mas ontem uma ideia me ocorreu e, se for bem fundada, peço que a reconheça. Reservas em tal questão seriam não apenas inúteis, mas trariam uma tripla infelicidade a todos nós.

Estremeci violentamente com esse preâmbulo, e meu pai continuou:

– Confesso a você, meu filho, que sempre aguardei ansioso o seu casamento com nossa querida Elizabeth como a consolidação de nosso conforto doméstico e a segurança de meus anos de declínio. Vocês estão presos um ao outro desde a mais tenra infância; estudaram juntos e parecem, em disposição e gostos, totalmente feitos um para o outro. Mas tão cega é a experiência de um homem que o que concebi como a melhor ajuda ao meu plano pode tê-lo destruído inteiramente. Você talvez a veja como uma irmã e não deseje que se torne sua esposa. Ou quem sabe pode ter conhecido outra a quem ame e, considerando-se preso em honra a Elizabeth, encontre-se numa luta que pode estar provocando a infelicidade pungente que parece sentir.

– Meu querido pai, assegure-se. Amo minha prima com ternura e sinceridade. Nunca vi uma mulher que despertasse como Elizabeth minha mais calorosa admiração e afeto. Minhas esperanças futuras e perspectivas estão inteiramente presas à expectativa de nossa união.

– A expressão de seus sentimentos sobre esse assunto, meu querido Victor, me dá mais prazer do que sinto há algum tempo. Se pensa assim, devemos certamente ser felizes, mesmo que acontecimentos presentes lancem uma sombra sobre nós. Mas é essa sombra que parece ter se apoderado tão forte de sua mente que quero dissipar. Diga-me então se você é contra uma oficialização imediata do casamento. Nós temos sido infelizes, e acontecimentos recentes nos afastaram daquela tranquilidade diária adequada aos meus anos e enfermidades. Você é mais jovem, ainda assim não suponho que, de posse de uma razoável fortuna, um casamento precoce iria interferir em qualquer plano futuro de honra e utilidade que você possa ter feito. Porém não pense que desejo ditar sua felicidade ou que um adiamento de sua parte iria me causar algum desconforto sério. Interprete minhas palavras com candor e responda-me, eu lhe peço, com confiança e sinceridade.

Escutei meu pai em silêncio e permaneci por algum tempo incapaz de oferecer uma resposta. Revirei rapidamente em minha mente uma série de pensamentos e me esforcei para chegar a alguma conclusão. Ai de mim! A ideia de uma união imediata com minha Elizabeth era de horror e tristeza. Estava preso a uma promessa solene, que ainda não havia cumprido e que não ousava quebrar; caso o fizesse, que múltiplas desgraças poderiam recair sobre mim e minha dedicada família! Poderia eu celebrar com esse peso mortal pendurado no pescoço, fazendo-me curvar até o chão? Tinha de cumprir meu compromisso e deixar o monstro partir com sua parceira antes que me permitisse desfrutar o deleite de uma união da qual eu esperava paz.

Lembrei-me da necessidade de ou viajar pela Inglaterra ou dar início a uma longa correspondência com os filósofos daquele país, cujo conhecimento e descobertas eram de uso indispensável na minha atual empreitada. O segundo método para obter esse conhecimento desejado era demorado e insatisfatório; além do mais, eu tinha uma aversão intransponível à ideia de me ocupar de minha pavorosa tarefa na casa de meu pai, enquanto convivia com aqueles que amava. Sabia que poderiam acontecer milhares de acidentes temíveis, e o menor deles talvez revelasse uma história que instigaria o horror em todos aqueles conectados a mim. Estava ciente também de que logo perderia todo o autocontrole, toda a capacidade de esconder as sensações angustiantes que me possuiriam durante o progresso de minha ocupação sobrenatural. Tinha de me ausentar de todos que amava enquanto isso acontecia. Depois de começado, meu objetivo seria rapidamente alcançado, e eu poderia voltar à minha família em paz e felicidade. Com minha promessa cumprida, o monstro partiria para sempre. Ou (como eu imaginava com prazer) algum acidente poderia ocorrer enquanto isso, para destruí-lo e colocar um fim à minha escravidão.

Esses sentimentos ditaram minha resposta a meu pai. Expressei a ele a vontade de visitar a Inglaterra, mas escondendo os verdadeiros motivos desse pedido: vesti meus desejos sob um disfarce que não provocava suspeitas, enquanto mostrava meu interesse com uma sinceridade que facilmente induziu meu pai a aceitar. Após um período tão longo de uma melancolia absorta que se assemelhava à loucura em sua intensidade e efeitos, ele ficou feliz de eu ser capaz de ter prazer na ideia de tal viagem, e esperava que a mudança de cenário e os divertimentos variados pudessem, antes de meu retorno, ter me restaurado inteiramente a mim mesmo.

A duração de minha ausência foi deixada à minha própria escolha; alguns meses ou, no máximo, um ano foi o período contemplado. Uma precaução paternal que ele tomou foi garantir que eu tivesse companhia. Sem me avisar, havia, junto com Elizabeth, arranjado para que Clerval se juntasse a mim em Estrasburgo. Isso interferia com a solidão que eu buscava para a execução de minha tarefa; ainda assim, no início da viagem, a presença de um amigo não poderia de forma alguma ser um impedimento, e realmente apreciei ser assim salvo das muitas horas de louca reflexão solitária. Mais do que isso, Henry poderia interpor-se entre mim e a intromissão de meu inimigo. Se eu estivesse sozinho, ele não iria de vez em quando me impor sua presença abominável, para me lembrar de minha tarefa ou contemplar meu progresso?

Assim, para a Inglaterra eu me destinava. E ficou decidido que minha união com Elizabeth aconteceria imediatamente após meu retorno. A idade de meu pai o deixava extremamente avesso a adiamentos. Para mim mesmo, era uma recompensa que me prometi após meus odiosos trabalhos – um consolo para meus sofrimentos sem paralelo; era a ideia daquele dia em que, liberto de minha miserável escravidão, pudesse tomar Elizabeth e esquecer o passado na união com ela.

Eu agora fazia arranjos para a viagem; mas um sentimento me assombrava, enchendo-me de medo e agitação. Durante minha ausência, iria deixar meus amigos ignorantes da existência de seu inimigo e despreparados para seus ataques, exasperado como ele poderia ficar com minha partida. Mas ele havia prometido me seguir para onde quer que eu fosse; não iria me acompanhar para a Inglaterra? Essa ideia era horrenda em si, mas tranquilizadora na medida em que supunha a segurança de meus amigos. Estava agoniado com a possibilidade de que o reverso disso pudesse acontecer. Mas por todo esse período durante o qual era escravo da criatura, permiti-me ser governado pelos impulsos do momento; e minhas presentes sensações fortemente sugeriam que o demônio iria me seguir e isentar minha família dos perigos de suas maquinações.

Era final de agosto quando novamente deixei meu país natal. A viagem fora ideia minha, e assim Elizabeth a aceitou, mas estava tomada de inquietação com a ideia de que eu pudesse sofrer, longe dela, as investidas da tristeza e da dor. Fora ela quem tomara o cuidado de me fornecer a companhia de Clerval – e ainda assim um homem é cego aos milhares de circunstâncias minuciosas que despertam a atenção meticulosa de uma mulher. Ela queria que eu apressasse minha volta – milhares de emoções conflitantes a deixaram muda, enquanto ela me dava um silencioso adeus em lágrimas.

Lancei-me na carruagem que iria me levar, mal sabendo para onde ia e desatento ao que se passava ao redor. Lembrei-me apenas – e foi com uma angústia amarga que refleti sobre isso – de pedir que meus instrumentos químicos fossem embalados para viajar comigo. Tomado de ideias sombrias, passei por muitas paisagens belas e majestosas, mas meus olhos estavam fixos e vagos. Só podia pensar no objetivo da viagem e no trabalho que iria me ocupar enquanto ela durasse.

Após alguns dias passados numa indolência apática, durante os quais atravessei muitas léguas, cheguei a Estrasburgo, onde esperei dois dias por Clerval. Ele veio. Ai, como era grande o contraste entre nós! Ele estava desperto para todas as paisagens; contente diante das belezas do pôr do sol e mais feliz quando o contemplava se erguer e recomeçar um novo dia. Apontava para a mudança de cores da paisagem e o aspecto do céu.

– Isso que é viver – exclamava –, agora aproveito a existência! Mas você, meu querido Frankenstein, por que está entristecido e pesaroso?

Na verdade, eu estava ocupado por pensamentos soturnos e não via nem a descida da estrela vespertina nem o sol dourado refletido no Reno. E você, meu amigo, ficaria muito mais entretido pelo diário de Clerval, que observava o cenário com um olhar de emoção e deleite, do que ouvindo minhas reflexões. Eu, uma desgraça miserável, assombrado por uma maldição que calava todas as vias de prazer.

Concordamos em descer o Reno de barco de Estrasburgo até Roterdã, de onde poderíamos pegar um navio para Londres. Durante essa viagem, passamos por muitas ilhas graciosas e vimos várias belas cidades. Ficamos um dia em Mannheim e, no quinto dia de nossa partida de Estrasburgo, chegamos a Mainz. O curso do Reno a partir de Mainz se torna mais pitoresco. O rio desce rapidamente e serpenteia entre morros, não altos, mas íngremes e de belas formas. Vimos muitos castelos em ruínas à beira de precipícios, cercados por bosques negros, altos e inacessíveis. Essa parte do Reno, de fato, apresenta uma paisagem singularmente variada. Num ponto, você vê morros pontudos, castelos arruinados dando para precipícios tremendos, com o Reno escuro correndo abaixo; e, numa curva repentina de um promontório, vinhedos florescendo com grandes encostas verdes e um rio mirrado e cidades populosas ocupando a cena.

Viajamos na época da vindima e ouvimos a música dos trabalhadores enquanto deslizávamos correnteza abaixo. Mesmo eu, deprimido como estava, e com meu espírito continuamente agitado por sentimentos soturnos, mesmo eu fiquei satisfeito. Deitei-me no fundo do barco e, enquanto olhava o céu azul sem nuvens, parecia sorver uma tranquilidade que há muito não conhecia. E se essas eram minhas sensações, quem pode descrever as de Henry? Ele sentia-se como se tivesse sido transportado para uma terra de conto de fadas e aproveitava uma felicidade raramente provada pelo homem.

– Já vi – disse ele – as paisagens mais belas de meu país; visitei os lagos de Lucerna e Uri, onde as montanhas nevadas descem quase perpendiculares à água, produzindo sombras negras e impenetráveis que seriam uma visão soturna e enlutada não fosse pelas mais verdejantes ilhas que aliviam o olho por sua aparência alegre; vi esse lago agitado por uma tempestade, quando o vento arranca redemoinhos da água e dá a você uma ideia do que deve ser uma tromba-d'água num grande oceano; vi as ondas acertarem com fúria a base das montanhas, onde um padre e sua amante foram esmagados por uma avalanche e onde dizem que vozes moribundas ainda podem ser ouvidas entre as pausas do vento noturno; vi as montanhas de Valais e o Pays de Vaud; mas este país, Victor, me agrada mais do que todas aquelas maravilhas. As montanhas da Suíça são as mais majestosas e estranhas, mas há um charme nas margens deste divino rio que nunca antes vi igualado. Olhe para aquele castelo que se pendura num precipício; e também aquela ilha, quase escondida entre a folhagem daquelas adoráveis árvores; e agora aquele grupo de trabalhadores vindo de entre as vinhas; e aquela vila semiescondida nos recessos da montanha. Oh, com certeza o espírito que habita e guarda este local tem uma alma mais em harmonia com o homem do que aqueles que erguem as geleiras ou se retiram para os picos inacessíveis das montanhas de nosso país.

Clerval! Amado amigo! Mesmo agora me deleita registrar suas palavras e reforçar o elogio que você tão eminentemente merece. Ele era um ser formado pela "própria poesia da natureza".[55] Sua imaginação louca e entusiasmada era repreendida pela sensibilidade de seu coração. Sua alma transbordava com afetos ardentes e sua amizade era da natureza cálida e assombrosa que os conhecedores do mundo nos ensinam a procurar apenas na imaginação. Mas mesmo solidariedades humanas não eram suficientes para satisfazer minha mente ávida. O cenário da natureza externa, que outros contemplam apenas com admiração, ele amava com ardor:

A sonora catarata
Assombrava-o como paixão: a rocha elevada,
A montanha e o profundo bosque sombrio
Suas cores, suas formas eram assim para ele
Um apetite; um sentimento, uma paixão
Que não necessitava de um encantamento distante,
Trazidos do pensamento ou de qualquer interesse
Não revelados pelos olhos.[56]

E onde ele existe agora? Esse ser gentil e adorável se perdeu para sempre? Sua mente, tão repleta de ideias, imaginações fantasiosas e magníficas, que formou um mundo, cuja existência dependia da vida de seu criador – esse mundo pereceu? Existe agora apenas em minha memória? Não, não é assim; sua forma tão divinamente tecida e sorrindo com beleza se degradou, mas seu espírito ainda visita e consola seu infeliz amigo.

Perdão por esse jorro de tristeza; essas palavras inúteis são um tributo pequeno ao valor sem precedentes de Henry, mas acalmam meu coração, que transborda de angústia por sua lembrança. Vou seguir com meu relato.

---

55. Citação de *The Story of Rimini* (1816), do escritor e crítico britânico Leigh Hunt.
56. "Tintern Abbey", de Wordsworth. (Nota da Autora) [Tradução livre dos seguintes versos originais de "Tintern Abbey" (A abadia de Tintern, 1798), do poeta inglês William Wordsworth: "*The sounding cataract/ Haunted him like a passion: the tall rock,/ The mountain, and the deep and gloomy wood/ Their colours and their forms, were then to him/ An appetite; a feeling, and a love,/ That had no need of a remoter charm,/ By thought supplied, or any interest/ Unborrow'd from the eye.*"]

Além de Colônia, descemos para as planícies da Holanda; e resolvemos adiar o restante da viagem, pois o vento estava contrário e a correnteza do rio suave demais para nos ajudar.

Nossa jornada ali perdeu o interesse que vinha das belas paisagens, mas chegamos em poucos dias a Roterdã, de onde seguimos para o mar da Inglaterra. Era uma manhã clara, nos últimos dias de setembro, quando vi os penhascos brancos da Grã-Bretanha. As margens do Tâmisa apresentaram uma nova cena; eram planas, mas férteis, e quase todas as cidades eram marcadas pela lembrança de alguma história. Vimos Tilbury Fort, e lembramos da Armada Espanhola;[57] Gravesend, Woolwich e Greenwich – lugares de que eu já tinha ouvido falar até em meu país.

Finalmente avistamos as numerosas torres das igrejas de Londres, a da catedral de St. Paul sobressaindo a todas elas, e a Torre, famosa na história inglesa.[58]

---

57. A fortaleza militar Tilbury Fort, às margens do rio Tâmisa, foi reforçada em 1588 para enfrentar o ataque da Armada Espanhola, uma frota de 130 navios sob o comando do duque de Medina Sidonia, que pretendia derrubar a rainha Elizabeth I. Nela a rainha fez seu discurso mais famoso, que motivou as tropas britânicas a vencerem o combate.

58. A catedral de St. Paul existe no mesmo local desde o séc.VII, embora tenha sido reconstruída algumas vezes; a atual foi concluída em 1710, substituindo a que foi destruída no grande incêndio de Londres de 1666, e chega a 111 metros. A Torre de Londres, palácio real e fortaleza da cidade, já não era mais residência real quando Victor Frankenstein chegou, mas manteve a função de presídio até a década de 1950.

CAPÍTULO 2

Londres foi nosso local de descanso; decidimos ficar vários meses nessa maravilhosa e celebrada cidade. Clerval desejava relacionar-se com os intelectuais e homens de talento que floresciam naquela época; mas, para mim, esse era um objetivo secundário, ocupava-me principalmente com os meios de obter a informação necessária para completar minha promessa e rapidamente fiz uso das cartas de apresentação que havia trazido comigo, endereçadas ao filósofo natural mais distinto.

Se essa viagem tivesse acontecido durante meus dias de estudo e felicidade, teria me dado um prazer indescritível. Mas uma maldição se abatera sobre minha existência, e eu só visitava aquelas pessoas pela informação que podiam me dar sobre o assunto que tão profundamente me interessava. Ter companhia me irritava; sozinho, eu podia ocupar a mente com as visões do céu e da terra; a voz de Henry me acalmava, e assim eu podia me enganar com uma paz transitória. Mas rostos ocupados, desinteressantes e felizes traziam o desespero de volta ao meu coração. Eu via uma barreira intransponível entre mim e meus semelhantes; essa barreira era selada com o sangue de William e Justine, e refletir sobre os acontecimentos ligados a eles enchia minha alma de angústia.

Mas em Clerval eu via a imagem de meu antigo eu; era questionador e ansioso em obter experiência e instrução. A diferença dos costumes que observava era uma fonte inesgotável de aprendizado e diversão para ele. Também buscava um objetivo que há muito tinha em vista. Era visitar a Índia, na crença de que, com seu conhecimento das várias línguas do país e as visões que tinha de sua sociedade, possuía os meios para ajudar materialmente o progresso da colonização europeia e seu comércio. Na Inglaterra, ele só podia melhorar a execução desse plano. Estava sempre ocupado; e o único senão para sua alegria era minha mente triste e desalentada. Tentei esconder isso o máximo possível, para não o impedir de ter os prazeres que lhe eram naturais, a ele que estava entrando numa nova cena da vida, imperturbado por problemas ou lembranças amargas. Eu frequentemente me recusava a acompanhá-lo, alegando outros compromissos para que pudesse ficar sozinho. Agora também começava a coletar os materiais necessários para minha criação, e isso era para mim como a tortura de pingos d'água continuamente caindo na cabeça. Cada pensamento dedicado era uma angústia extrema, e cada palavra que eu falava em alusão a isso fazia meus lábios tremerem e meu coração palpitar.

Após passar alguns meses em Londres, recebemos uma carta de uma pessoa na Escócia que fora nosso visitante em Genebra. Ele mencionou as belezas de sua terra natal e perguntou se essas não eram atrações suficientes para nos induzir a estender nossa viagem até Perth, onde ele residia. Clerval desejava avidamente aceitar o convite; e eu, apesar de abominar a sociedade, quis ver de novo montanhas, córregos e todas essas obras maravilhosas com as quais a natureza adorna as moradas que escolhe.

Chegáramos à Inglaterra no começo de outubro, e agora era fevereiro. Assim, decidimos começar nossa jornada em direção ao norte no final do mês seguinte. Nessa expedição, não pretendíamos seguir a grande estrada para Edimburgo, mas visitar Windsor, Oxford, Matlock e os lagos de Cumberland, resolvidos a chegar ao nosso destino por volta do final de julho. Empacotei meus instrumentos químicos e materiais que havia coletado, decidindo terminar meus trabalhos em algum canto obscuro do planalto norte da Escócia.

Deixamos Londres em 27 de março e permanecemos alguns dias em Windsor, passeando em sua bela floresta. Aquela era uma paisagem diferente para nós, montanheses; os carvalhos majestosos, a abundância de animais de caça e os rebanhos do magnífico cervo eram todos novidade para nós.

De lá seguimos para Oxford. Quando entramos na cidade, nossas mentes foram tomadas pela lembrança dos acontecimentos ocorridos fazia mais de um século e meio. Foi lá que Carlos I recobrou suas forças. A cidade permanecera fiel a ele, após a nação toda ter esquecido sua causa para se juntar ao estandarte do parlamento e da liberdade. A memória do infeliz monarca e seus companheiros, o amável Falkland, o insolente

Goring e sua rainha e filho me despertaram um interesse peculiar por cada parte da cidade que supostamente eles teriam habitado.[59] O espírito de dias ancestrais residia ali, e nos deleitávamos traçando seus passos. Se esses sentimentos não tivessem encontrado uma gratificação imaginária, a aparição da cidade ainda tinha em si suficiente beleza para obter nossa admiração. As faculdades são antigas e pitorescas; as árvores são quase magníficas; e o adorável Isis,[60] que flui ao longo da cidade através de prados de intenso verde, espalha-se numa expansão plácida de águas, que refletem sua majestosa reunião de torres, pináculos e domos envolvidos por árvores antigas.

Eu apreciava a paisagem; e ainda assim meu prazer era amargurado tanto pela memória do passado quanto pela antecipação do futuro. Fui formado para uma felicidade pacífica. Durante meus dias de juventude, o descontentamento nunca visitava minha mente; e se eu era alguma vez tomado por *ennui*,[61] a visão do que é belo na natureza ou o estudo do que é excelente e sublime nas produções do homem podia sempre interessar meu coração e atenuar meus humores. Mas sou uma árvore partida, o raio penetrou minha alma; e sinto então que devo sobreviver para exibir o que logo deixarei de ser – um espetáculo miserável de humanidade desgraçada, de dar pena aos outros, e intolerável a mim mesmo.

Estivemos um período considerável em Oxford, passeando por seus arredores e nos esforçando para identificar cada ponto que poderia se relacionar com a época mais animada da história inglesa. Nossas pequenas viagens de descoberta eram frequentemente prolongadas pelos sucessivos objetos que se apresentavam. Visitamos a tumba do ilustre Hampden e o campo em que

---

59. Carlos I: rei de Inglaterra, Escócia e Irlanda de 1625 a 1649, quando foi executado. Estabeleceu sua corte em Oxford, em 1642, no início da Primeira Guerra Civil Inglesa, de parlamentaristas contra a monarquia. Lucius Cary, segundo visconde de Falkland: foi o secretário de Estado que lutou lealmente pelo rei, sendo morto em combate em 1643; inspirou o personagem Falkland no romance *Caleb Williams*, de William Godwin, pai de Mary Shelley. Lorde George Goring: general membro da corte que oscilou o apoio entre o rei e os parlamentaristas, de acordo com seus próprios interesses. Quando a monarquia foi restabelecida em 1660, Carlos II, filho de Carlos I, assumiu o trono.
60. Nome pelo qual o Tâmisa é conhecido na região de Oxford.
61. Em francês no original: tédio, fastio.

esse patriota caiu.[62] Por um momento, minha alma elevou-se de seu debate e seus medos miseráveis para contemplar as ideias divinas de liberdade e abnegação das quais esses locais eram monumentos e padrões. Por um instante, ousei soltar minhas correntes e olhar ao redor com um espírito livre e sublime; mas o ferro marcara minha pele, e afundei novamente, tremendo e perdido, no meu miserável ser.

Deixamos Oxford com pesar e seguimos para Matlock, que era nosso próximo local de descanso. O campo nos arredores dessa vila lembrava, num maior grau, o cenário da Suíça, mas tudo numa escala menor, e os morros verdes sem as coroas dos distantes Alpes brancos, que sempre estavam presentes nas montanhas de pinheiro de minha terra natal. Visitamos a maravilhosa caverna e as pequenas coleções de história natural, onde as curiosidades estão dispostas da mesma maneira que nas coleções de Servox e Chamounix. O último nome me fez estremecer quando pronunciado por Henry; e apressei-me em deixar Matlock, com a qual aquela terrível cena era associada.

De Derby, ainda viajando em direção ao norte, passamos dois meses em Cumberland e em Westmorland. Podia agora quase me imaginar entre as montanhas suíças. As pequenas áreas de neve que ainda perduravam na face norte das montanhas, os lagos e a força dos riachos pedregosos eram visões familiares e estimadas por mim. Ali fizemos também alguns conhecidos que quase conseguiram me enganar que era feliz. O deleite de Clerval era proporcionalmente maior do que o meu; sua mente se expandia na companhia de homens de talento, e ele encontrava em sua própria natureza maiores capacidades de recursos do que imaginava ter possuído enquanto se associava com seus inferiores.

– Eu poderia passar a vida aqui – disse ele a mim –, entre essas montanhas. Raramente me lamentaria pela Suíça e o Reno.

Mas ele descobriu que a vida de viajante inclui muita dor entre seus contentamentos. Suas emoções estão sempre em exercício; e quando começa a repousar, ele se vê obrigado a abandonar o que proporciona prazer por algo

62. John Hampden (1595-1643), político inglês parlamentarista que desafiou a autoridade do rei Carlos I. Morreu em decorrência de ferimentos provocados no campo de Chalgrove, cerca de 16 quilômetros a sudoeste de Oxford.

novo, que novamente toma sua atenção e que, por sua vez, é abandonado por outras novidades.

Mal tínhamos visitado os vários lagos de Cumberland e Westmorland e nos afeiçoado a alguns de seus habitantes, quando o período do compromisso com nosso amigo escocês se aproximou, e os deixamos para seguir viagem. De minha parte, não me lamentei. Negligenciava agora minha promessa havia algum tempo e temia pelos efeitos da decepção do demônio. Ele poderia permanecer na Suíça e deflagrar sua vingança sobre meus parentes. A ideia me perseguia e me atormentava em todos os momentos que, de outro modo, eu teria empregado para obter repouso e paz. Esperava por minhas cartas com uma impaciência fervorosa: se elas se atrasavam, eu ficava arrasado e tomado por milhares de medos; e quando chegavam e eu via o sobrescrito de Elizabeth ou de meu pai, mal ousava ler para me assegurar de meu destino. Às vezes, pensava que o demônio me seguia e que pudesse corrigir minha negligência matando meu companheiro. Quando esses pensamentos me tomavam, não abandonava Henry nem por um momento, seguindo-o como uma sombra para protegê-lo da imaginada ira de meu destruidor. Sentia-me como se tivesse cometido algum grande crime, cuja consciência me assombrava. Eu não tinha culpa, mas havia de fato atraído uma maldição terrível sobre minha cabeça, tão mortal quanto a de um crime.

Visitei Edimburgo com olhos e mente lânguidos; e ainda assim a cidade poderia ter interessado o mais desafortunado dos seres. Clerval não gostou tanto quanto de Oxford: a antiguidade desta lhe agradava mais. Porém a beleza e a irregularidade da nova cidade de Edimburgo, seu castelo romântico e os arredores, os mais deliciosos do mundo, Arthur's Seat, o poço de são Bernardo e Pentland Hills,[63] compensavam pela mudança e o enchiam de jovialidade e admiração. Mas fiquei impaciente em terminar minha jornada.

---

63. O Castelo de Edimburgo é uma fortaleza que ainda hoje possui estruturas que datam do séc.XII; é um símbolo da Escócia e um dos pontos turísticos mais visitados do país. Arthur's Seat é o maior pico do grupo de colinas da paisagem de Edimburgo. O poço de são Bernardo é um poço de água mineral, atualmente no bairro de Stockbridge. As Pentland Hills são montanhas a sudoeste da cidade; sua ocupação remete à pré-história.

Deixamos Edimburgo numa semana, passando por Coupar, St. Andrews e pelas margens do Tay, até Perth, onde nosso amigo nos esperava. Mas eu não estava no clima para rir e conversar com estranhos ou partilhar seus sentimentos ou planos com o bom humor esperado de um hóspede, assim, falei a Clerval que desejava fazer uma turnê pela Escócia sozinho:

– Aproveite e deixe que essa seja nossa despedida. Posso ficar ausente um mês ou dois, mas não interfira em meus movimentos, eu imploro: deixe-me em paz e solidão por um curto tempo, e, quando eu retornar, deverei estar com o coração mais leve, mais de acordo com seu temperamento.

Henry quis me dissuadir, mas vendo-me firme nesse plano deixou de protestar. Ele me implorou para que eu escrevesse com frequência:

– Eu preferia estar com você – disse – em seus passeios solitários a estar com esses escoceses que não conheço; apresse-se então, querido amigo, para voltar, para que eu novamente me sinta de certa forma em casa, o que não posso fazer em sua ausência.

Tendo me afastado de meu amigo, determinei-me a visitar alguma parte remota da Escócia e terminar meu trabalho em solidão. Não duvidava que o monstro me seguia e iria se revelar a mim quando eu tivesse terminado, para que pudesse receber sua companheira.

Com essa resolução viajei pelo planalto norte e me fixei em uma das ilhas Órcades[64] mais remotas, como cenário de minhas tarefas. Era um lugar propício a tal trabalho, sendo pouco mais do que uma rocha cujas altas escarpas eram continuamente castigadas pelas ondas. O solo era árido, mal permitindo pasto para algumas vacas miseráveis e aveia para seus habitantes, que somavam cinco pessoas cujos membros magrelos e ossudos davam mostras de sua ração miserável. Vegetais e pão, quando se permitiam esses luxos, e mesmo água fresca, deviam ser buscados na ilha principal do arquipélago, que ficava cerca de oito quilômetros de distância.

Na ilha toda havia apenas três miseráveis cabanas, e uma dessas estava vaga quando cheguei. Aluguei-a. Continha dois quartos, e eles exibiam a esqualidez da mais completa penúria. A palha do telhado havia caído, as

64. Arquipélago no mar do Norte, na Escócia.

paredes estavam nuas e a porta fora de suas dobradiças. Pedi que fosse reparada, comprei alguma mobília e instalei-me; um incidente que sem dúvida teria ocasionado alguma surpresa, se os sentidos de todos os camponeses não tivessem sido anestesiados por carência e pobreza esquálida. Vivia, por assim dizer, sem ser observado ou molestado, raramente me agradeciam a comida mirrada e as roupas que fornecia; o sofrimento entorpece assim até os sentimentos mais elementares do homem.

Nesse retiro, dedicava as manhãs ao trabalho; mas de noite, quando o tempo permitia, caminhava na praia de seixos para escutar as ondas do mar rugindo e avançando sobre meus pés. Era uma cena monótona, mas sempre encantadora. Pensava na Suíça; era muito diferente desse cenário pavoroso. Seus morros são cobertos de vinhedos e seus chalés espalhados densamente pelas planícies. Seus belos lagos refletem o céu azul e gentil; e seu tumulto, quando incomodados pelos ventos, é uma brincadeira de criança, se comparado com os rugidos do oceano gigante.

Assim distribuía minhas ocupações quando cheguei; mas à medida que progredia em meu trabalho, ele se tornava cada dia mais horrível e irritante para mim. Às vezes, não conseguia me fazer entrar no laboratório por vários dias; em outras, dedicava-me dia e noite para completar a tarefa. Era de fato um processo sujo no qual estava metido. No primeiro experimento, um tipo de frenesi entusiasmado me levara ao horror de meu empreendimento; minha mente estava atentamente fixada em consumar o projeto e meus olhos, fechados à repugnância dos procedimentos. Mas agora ia a ele com sangue-frio, e meu coração adoecia com o exercício de minhas mãos.

Situado assim, dedicado à ocupação mais detestável, imerso numa solidão em que nada poderia por um instante desviar minha atenção da verdadeira cena na qual estava metido, meu espírito se tornou instável; eu ficava agitado e nervoso. A todo momento temia encontrar meu perseguidor. Às vezes, sentava-me com os olhos fixos no chão, com medo de erguê-los e deparar com o objeto que tanto odiava contemplar. Receava sair da vista de meus semelhantes e que, estando sozinho, ele viesse reivindicar sua companheira.

Nesse meio-tempo, segui trabalhando, e minha tarefa já estava consideravelmente avançada. Encarava sua conclusão com uma esperança trêmula e ávida que não ousava questionar, mas que se misturava com os obscuros presságios do mal que faziam meu coração adoecer no peito.

CAPÍTULO 3

Certa noite, estava em meu laboratório; o sol havia se posto e a lua apenas se erguia do mar; eu não tinha luz suficiente para meu empreendimento e permanecia ocioso, considerando se deveria abandonar o trabalho aquela noite ou me dedicar continuamente para apressar sua conclusão. Sentado ali, uma linha de reflexão me levou a considerar os efeitos do que estava fazendo agora. Três anos antes, estava empenhado da mesma maneira e havia criado um demônio cuja barbaridade sem paralelos havia desolado meu coração e o preenchido eternamente com o mais amargo remorso. Estava agora prestes a formar outro ser, cujas disposições eu igualmente ignorava; ela poderia se tornar dez mil vezes mais maligna do que seu parceiro e se deleitar, por si mesma, em assassinar e destruir. Ele havia jurado abandonar a vizinhança do homem e se esconder em desertos, mas ela não, e ela, que provavelmente se tornaria um animal pensante e racional, poderia se recusar a cumprir um acordo feito antes de sua criação. Eles podiam mesmo odiar um ao outro; a criatura que já vivia tinha pavor de sua própria deformidade, não poderia abominá-la mais quando a visse diante de seus olhos em forma feminina? Também a nova criatura podia se afastar dele enojada, preferindo a beleza superior do homem; poderia abandoná-lo, e ele estaria sozinho novamente, exasperado pela nova afronta de ser desertado por alguém da própria espécie.

Mesmo que deixassem a Europa e habitassem os desertos do novo mundo, um dos primeiros resultados da vida em comum que o demônio cobiçava seriam filhos, e se propagaria pela Terra uma raça de diabos capaz de tornar a existência do homem algo precário e cheio de terror. Teria eu o direito de, para meu próprio benefício, impingir essa maldição sobre infinitas gerações? Anteriormente, já fora movido pelos sofismas do ser que eu tinha criado; suas ameaças demoníacas haviam me deixado incapaz de raciocinar. Mas agora, pela primeira vez, a malignidade de minha promessa irrompia em mim; eu estremecia ao pensar que eras futuras poderiam me amaldiçoar como sua peste, cujo egoísmo não havia hesitado em comprar a própria paz pelo preço talvez da existência de toda a raça humana.

Tremi, e meu coração fraquejou, quando, ao levantar o olhar, vi, à luz da lua, o demônio na janela. Um sorriso apavorante enrugava seus lábios enquanto olhava para mim, sentado ali, prosseguindo na tarefa com a qual ele me incumbira. Sim, ele havia me seguido em minhas viagens, vagado pelas florestas, escondido nas cavernas ou se refugiando em amplos e desertos matagais; e agora vinha verificar meu progresso e exigir o cumprimento de minha promessa.

Enquanto o olhava, sua expressão demonstrou a mais completa extensão da malícia e da traição. Com uma sensação de loucura, pensei na promessa de criar outro como ele e, tremendo com paixão, destrocei a coisa à qual estava me dedicando. O desgraçado me viu destruir a criatura de cuja futura existência sua felicidade dependia e, com um uivo de desespero diabólico e vingança, retirou-se.

Deixei o quarto e, trancando a porta, fiz um voto solene em meu coração de nunca mais retomar o trabalho; então, com passos trêmulos, busquei meu quarto. Estava sozinho; ninguém estava perto de mim para dissipar a escuridão e me aliviar da opressão doentia da mais terrível condição.

Várias horas se passaram, e permaneci perto da janela, olhando o mar; ele estava quase sem movimento, pois os ventos eram abafados e toda a natureza repousava sob o olhar da lua silenciosa. Apenas algumas embarcações de pesca manchavam a água, e, de tempos em tempos, a gentil brisa soprava o som de vozes quando os pescadores chamavam uns aos outros. Eu sentia o silêncio, embora pouco consciente de sua profundidade, até que meu ouvido foi tomado pelo som de remos perto da praia e uma pessoa atracou próximo de minha casa.

Poucos minutos depois, escutei minha porta ranger, como se alguém tentasse abri-la suavemente. Estremeci da cabeça aos pés; pressenti quem era e desejei acordar um dos camponeses que morava num chalé não muito longe do meu; mas fui tomado pela sensação de inutilidade que tão frequentemente sentia em meus sonhos temerosos, quando você em vão empenha-se em fugir de um perigo iminente, sem conseguir sair do lugar.

Naquele instante ouvi o som de passos no corredor, a porta se abriu e o desgraçado que eu temia apareceu. Fechando a porta, ele se aproximou de mim e disse numa voz abafada:

– Você destruiu o trabalho que começou; o que pretende? Ousa quebrar sua promessa? Passei por penas e miséria; deixei a Suíça com você; rastejei pelas margens do Reno, por entre as ilhas de salgueiros e subi os picos de seus morros. Habitei por muitos meses as florestas da Inglaterra e os desertos da Escócia. Passei por um cansaço incalculável, frio e fome; como ousa destruir minhas esperanças?

– Vá! Quebro minha promessa; nunca vou criar outro como você, com igual deformação e malignidade.

– Escravo, argumentei antes com você, mas você se provou indigno de minha condescendência. Lembre-se de que tenho poder; você está miserável, mas posso desgraçá-lo tanto que a luz do dia lhe será odiosa. Você é meu criador, mas eu sou seu mestre; obedeça!

– A hora de minha irresolução já passou e o fim de seu poder chegou. Suas ameaças não me farão realizar um ato de maldade, e sim confirmam minha determinação de não criar sua companheira de perversidades. Poderia eu, a sangue-frio, soltar na terra um demônio cujo prazer está na morte e na desgraça? Vá! Estou firme, e suas palavras só irão exacerbar minha ira.

O monstro viu a determinação em meu rosto e rangeu os dentes na impotência da raiva.

– Pode todo homem encontrar uma esposa para seu peito e cada fera ter sua parceira e eu ficar sozinho? – gritou ele. – Tenho sentimentos de afeto, e eles são recebidos com repulsa e rejeição. Homem! Você pode me detestar, mas cuidado! Seu tempo será de medo e tragédia, e logo cairá o raio que sequestrará sua felicidade para sempre. Pode você ser feliz, enquanto eu rastejo na intensidade de minha desgraça? Pode destruir minhas outras paixões, mas a vingança permanece, vingança de agora em diante mais estimada do que luz ou comida! Posso morrer, mas antes você, meu tirano e torturador, vai amaldiçoar o sol que contempla sua miséria. Cuidado: não tenho medo e por isso sou poderoso. Observarei com a astúcia de uma cobra, para mordê-lo com o mesmo veneno. Você, homem, vai se arrepender das injúrias que provoca.

– Desista, Demônio; e não envenene o ar com seus sons de maldade. Já lhe declarei minha decisão, e não sou covarde para me curvar sob palavras. Deixe-me; serei inflexível.

– Tudo bem, eu vou. Mas lembre: estarei com você na sua noite de núpcias.

Avancei à frente e exclamei:

– Vilão! Antes de assinar minha sentença de morte, certifique-se de que você mesmo está seguro!

Eu o teria agarrado, mas ele me escapou e precipitou-se para fora da casa. Em poucos instantes, vi-o em seu barco, que cruzou as águas com uma velocidade de flecha e se perdeu entre as ondas.

Tudo ficou em silêncio novamente; mas suas palavras ressoavam em meus ouvidos. Eu queimava de raiva para perseguir o assassino de minha paz e jogá-lo no oceano. Caminhei de um lado para outro no quarto, depressa, perturbado, enquanto minha imaginação conjurava milhares de imagens para me atormentar. Por que não o segui e acabei com ele num conflito mortal? Mas eu o havia feito partir, e ele agora traçava seu caminho de volta. Estremeci ao pensar quem poderia ser a próxima vítima sacrificada à sua vingança insaciável. Em seguida pensei novamente em suas palavras: *Estarei com você na sua noite de núpcias.* Então era esse o período fixado para o meu destino se cumprir. Naquela hora, eu morreria e ao mesmo tempo satisfaria e extinguiria sua maldade. A ideia não me provocou medo; ainda assim, quando pensava em minha Elizabeth – em suas lágrimas e na tristeza infinita quando encontrasse seu amado tão barbaramente arrancado dela –, lágrimas, as primeiras que derramei em muitos meses, correram de meus olhos, e resolvi não cair diante de meu inimigo sem uma luta amarga.

A noite passou, e o sol se ergueu do oceano; meus sentimentos se acalmaram, se é que aquilo se podia chamar de calma, quando a violência da raiva mergulha nas profundezas do desespero. Deixei a casa, a horrenda cena da discussão da noite anterior, e caminhei pela praia, ao longo do mar, que eu quase via como uma barreira intransponível entre mim e meus semelhantes;

sim, um sentimento de que aquilo se provasse verdade se apoderou de mim. Desejei poder passar a vida naquela rocha árida, desgastado, é verdade, mas sem ser interrompido por nenhum choque de tristeza. Se retornasse, seria para ser sacrificado ou para ver quem eu mais amava morrer sob as garras de um demônio que eu mesmo havia criado.

Caminhei pela ilha como um espectro incansável, separado de tudo o que eu amava e miserável por essa separação. Quando chegou o meio-dia e o sol se ergueu mais alto, deitei-me na grama e fui tomado por um sono profundo. Passara toda a noite anterior desperto, os nervos agitados e os olhos inflamados por vigília e desolação. O sono no qual agora afundava me refrescava, e, quando despertei, senti novamente como se pertencesse a uma raça de seres humanos iguais a mim e comecei a refletir com maior compostura sobre o que havia se passado; ainda assim, as palavras do demônio ressoavam em meus ouvidos como um dobre de finados; pareciam um sonho, ainda que tão distinto e opressor como a realidade.

O sol baixara bastante, e eu continuava sentado na praia, satisfazendo meu apetite, que havia se tornado voraz, com um bolo de aveia, quando vi um barco de pesca atracar perto de mim e um dos homens trazer um pacote; continha cartas de Genebra e uma de Clerval, pedindo que eu me unisse a ele. Disse que gastava seu tempo à toa onde estava; que cartas dos amigos que havia feito em Londres pediam seu retorno, para completar a negociação que ele fizera em função de sua empreitada indiana. Ele não podia mais adiar sua partida; mas como sua viagem para Londres poderia ser seguida, mais cedo do que ele imaginara, por uma viagem mais longa, pedia que eu lhe concedesse minha companhia o quanto antes. Suplicava-me então que eu deixasse minha ilha solitária e o encontrasse em Perth, a fim de que pudéssemos seguir para o sul juntos. Essa carta de certa forma me chamou à vida, e determinei-me a deixar a ilha em dois dias.

Ainda assim, antes de partir, havia uma tarefa a desempenhar e que me fazia estremecer só de pensar: precisava guardar meus instrumentos químicos e, para esse propósito, teria de entrar no quarto que fora o cenário de meu trabalho odioso e lidar com aqueles utensílios, cuja visão me deixava doente. Na manhã seguinte, ao nascer do dia, reuni coragem o suficiente e destranquei a porta de meu laboratório. Os despojos da criatura semiacabada que eu havia destruído estavam espalhados pelo chão, e quase senti como se tivesse mutilado a carne viva de um ser humano. Parei para me recompor, então entrei no cômodo. Com a mão trêmula, tirei os instrumentos do quarto; mas refleti que não deveria deixar os restos de meu trabalho para despertar os horrores e a suspeita dos camponeses, e assim coloquei-os numa cesta, junto com uma grande quantidade de pedras, determinado a jogá-los no mar naquela mesma noite. Nesse meio-tempo, sentei-me na praia, ocupado em limpar e arrumar meu aparato químico.

Nada poderia ser mais completo do que a alteração que ocorrera em meus sentimentos desde a noite da aparição do demônio. Com um desespero soturno, eu havia contemplado minha promessa como algo que, quaisquer que fossem as consequências, deveria ser cumprido; mas agora sentia como se um véu tivesse sido tirado de meus olhos e eu enxergasse claramente pela primeira vez. A ideia de retomar o trabalho não me ocorreu por nenhum instante; a ameaça que eu ouvira pesava sobre meus pensamentos, mas eu não julgava que um ato voluntário de minha parte poderia tê-la evitado. Em minha mente, eu tinha a certeza de que criar outro como o primeiro demônio seria um ato de baixeza e egoísmo dos mais atrozes, e bani cada pensamento que poderia conduzir a uma conclusão diferente.

Entre as duas e as três da manhã, a lua se ergueu; e então coloquei meu cesto a bordo de um pequeno esquife[65] e naveguei para cerca de seis quilômetros da praia. A cena era perfeitamente solitária: alguns barcos voltavam em direção à terra, mas afastei-me deles. Sentia como se estivesse prestes a cometer um crime horrendo, e evitei com uma ansiedade trêmula qualquer encontro com meus semelhantes. Em certo ponto, a lua, que até então estivera clara, foi repentinamente coberta por uma nuvem densa, e aproveitei o momento para jogar meu cesto no mar; escutei o som gorgolejante enquanto afundava, então me afastei daquele ponto. O céu se tornou nublado; mas o ar estava puro, apesar de esfriado por uma brisa nordeste que então se erguia. Mas ela me refrescou e me preencheu de sensações tão prazerosas que decidi prolongar minha estada na água e, fixando o leme numa posição direta, deitei no fundo do barco. Nuvens esconderam a lua, tudo estava

65. Pequena embarcação para pesca ou auxílio de embarcações maiores.

escuro, e ouvia apenas o som das ondas; o murmúrio me embalava e, em pouco tempo, adormeci profundamente.

Não sei quanto tempo permaneci nessa situação, mas, quando acordei, descobri que o sol já havia subido consideravelmente. O vento estava alto, e as ondas ameaçavam continuamente a segurança de meu pequeno esquife. Descobri que o vento era nordeste e que eu devia ter sido levado para longe da costa na qual embarcara. Esforcei-me para mudar de curso, mas rapidamente percebi que se o fizesse o barco ficaria instantaneamente tomado de água.

Desse modo, minha única saída era seguir com o vento. Confesso que senti certa sensação de terror. Não tinha bússola comigo e era tão pouco familiarizado com a geografia dessa parte do mundo que o sol pouco me ajudava. Eu poderia ser levado para o amplo Atlântico e sentir a tortura de morrer de fome ou ser engolido pelas imensuráveis águas que rugiam e batiam ao meu redor. Já estava fora havia muitas horas e uma sede ardente me atormentava, um prelúdio para meus outros sofrimentos. Olhei para o céu, coberto de nuvens que voavam com o vento apenas para serem substituídas por outras; olhei para o mar, seria meu túmulo.

– Demônio – exclamei –, sua tarefa já foi cumprida!

Pensei em Elizabeth, em meu pai, em Clerval; deixados para trás, todos eles, com quem o monstro poderia satisfazer suas paixões sanguinárias e impiedosas. A ideia me mergulhou em devaneios, tão desesperadores e temerosos que, mesmo agora, quando a cena está prestes a se fechar diante de mim para sempre, estremeço ao me lembrar.

Algumas horas se passaram assim; mas, gradualmente, conforme o sol declinava no horizonte, o vento se esvaiu numa brisa suave e o mar se livrou da rebentação. Mas isso deu lugar a uma ondulação pesada; fiquei enjoado e mal conseguia segurar o leme, quando de repente vi uma linha de terra alta no sul.

Quase exaurido pela fadiga e o temeroso suspense pelo qual passava havia várias horas, essa certeza repentina da vida correu como um jorro de prazer caloroso ao meu coração, e lágrimas saltaram de meus olhos.

Quão mutáveis são nossos sentimentos, e quão estranho é esse amor apegado que temos pela vida mesmo no auge da tristeza! Fiz outra vela com parte da minha roupa e avidamente me conduzi em direção à terra.

Tinha uma aparência selvagem e rochosa, mas, conforme eu me aproximava, percebi nítidos traços de agricultura. Vi embarcações perto da praia e me encontrei de repente transportado de volta à vizinhança do homem civilizado. Cuidadosamente, contornei a terra e saudei uma torre que via saindo longamente de trás de um pequeno promontório. Eu estava num estado de extrema debilidade; decidi navegar em direção ao povoado, onde poderia mais facilmente encontrar nutrição. Felizmente, tinha dinheiro comigo. Conforme contornava o promontório, notei uma cidadezinha asseada e um bom porto, no qual entrei com o coração pulando de alegria por minha inesperada escapatória.

Enquanto estava ocupado arrumando o barco e ajeitando as velas, várias pessoas se juntaram no local. Pareciam muito surpresas com minha aparência, mas em vez de oferecer ajuda, cochichavam com gestos que, em qualquer outra ocasião, poderiam ter produzido em mim uma leve sensação de suspeita. Do jeito que estava, simplesmente notei que falavam inglês, então me dirigi a elas nessa língua:

– Meus bons amigos, vocês teriam a gentileza de me dizer o nome desta cidade e me informar onde estou?

– Você logo saberá – respondeu um homem, com uma voz áspera. – Talvez tenha chegado a um local que não será muito de seu gosto; mas prometo que não será consultado sobre seus aposentos.

Fiquei extremamente surpreso em receber uma resposta tão rude de um estranho e também desconcertado ao perceber os semblantes fechados e bravos de seus companheiros.

– Por que me responde tão bruscamente? Com certeza não é costume dos ingleses receber um estranho de maneira tão pouco hospitaleira.

– Não sei quais são os costumes dos ingleses – disse o homem –; mas é costume dos irlandeses detestar vilões.

Enquanto o estranho diálogo continuava, notei que a multidão rapidamente aumentava. Seus rostos eram uma mistura de curiosidade e raiva que me irritava e até certo ponto me alarmava. Perguntei a direção da estalagem, mas ninguém respondeu. Então dei um passo à frente, e um murmúrio se ergueu da multidão enquanto seguiam e me cercavam, quando um homem de aparência hostil se aproximou, bateu no meu ombro e disse:

– Venha, senhor, deve me seguir até o sr. Kirwin, para depor sobre você.

– Quem é o sr. Kirwin? Por que devo depor? Este não é um país livre?

– Sim, senhor, livre o suficiente para sujeitos honestos. O sr. Kirwin é um magistrado, e você deve depor sobre a morte do cavalheiro que foi encontrado assassinado aqui na noite passada.

A resposta me espantou, mas me recuperei na mesma hora. Eu era inocente; isso poderia ser facilmente provado. Assim, segui meu condutor em silêncio e fui levado a uma das melhores casas da cidade. Estava prestes a desmaiar de cansaço e fome, mas, cercado por uma multidão, considerei político buscar todas as minhas forças, para que nenhuma debilidade física pudesse ser transformada em apreensão ou culpa consciente. Mal podia imaginar a calamidade que logo iria me oprimir e extinguir em horror e desespero todo o medo da ignomínia ou da morte.

Devo fazer uma pausa aqui, pois lembrar os medonhos acontecimentos que estou prestes a relatar nos devidos detalhes requer toda a minha força.

CAPÍTULO 4

Logo fui apresentado ao magistrado, um velho benevolente de modos calmos e suaves. Ele, porém, me olhou com alguma severidade, então, voltando-se para os meus condutores, perguntou quem era testemunha nessa ocasião.

Cerca de meia dúzia de homens se apresentou e, sendo um selecionado pelo magistrado, este testemunhou que estivera pescando na noite anterior com seu filho e o cunhado, Daniel Nugent, quando, cerca das dez da noite, observaram uma forte ventania vinda do norte e se dirigiram ao porto. Era uma noite muito escura, pois a lua ainda não havia surgido; não atracaram no porto, e sim, como estavam acostumados, num riacho cerca de duas milhas abaixo. Ele foi na frente, carregando uma parte do equipamento de pesca, e seus companheiros o seguiram a certa distância. Enquanto ele prosseguia pelas areias, bateu o pé contra algo e caiu. Seus companheiros vieram ajudá-lo e, com a luz de sua lanterna, descobriram que ele havia caído sobre o corpo de um homem aparentemente morto. A suposição deles foi que era o cadáver de alguém que havia se afogado e fora jogado na praia pelas ondas, mas, ao examiná-lo, descobriram que as roupas não estavam molhadas e que o corpo não estava frio. Instantaneamente o carregaram para a cabana de uma velha perto do local e se esforçaram em vão para restaurar sua vida. Era um belo jovem, de cerca de vinte e cinco anos. Parecia ter sido estrangulado, pois não havia sinal de violência, exceto as marcas negras de dedos em seu pescoço.

A primeira parte desse testemunho não me interessou em nada; mas quando a marca dos dedos foi mencionada, lembrei-me do assassinato de meu irmão e fiquei extremamente agitado; meus membros tremiam e um véu turvou meus olhos, o que me obrigou a me apoiar numa cadeira. O magistrado me observou com olhos atentos e, claro, teve uma impressão desfavorável diante de meus modos.

O filho logo confirmou o relato de seu pai, mas quando Daniel Nugent foi chamado, jurou que pouco antes da queda de seu companheiro, ele vira um barco com apenas um homem dentro e a curta distância da praia e, até onde ele podia julgar pela luz das poucas estrelas, era o mesmo barco no qual eu havia acabado de atracar.

Uma mulher depôs que morava perto da praia e que, cerca de uma hora antes de ouvir sobre a descoberta do corpo, estava parada à porta de casa, aguardando o retorno dos pescadores, e viu um barco com apenas um homem se afastar da parte da praia em que o corpo depois foi encontrado.

Outra mulher confirmou o relato dos pescadores que haviam trazido o corpo para a casa: não estava frio. Eles o colocaram numa cama e o aqueceram; e Daniel foi à cidade em busca de um farmacêutico, mas a vida já tinha partido há muito.

Vários outros homens foram questionados sobre minha chegada, e todos concordaram que, com o forte vento do norte que chegara durante a noite, era provável que eu tivesse sido castigado por muitas horas e então obrigado a retornar quase para o mesmo ponto de onde havia partido. Além disso, observaram que eu parecia ter trazido o corpo de outro lugar, e era provável, como eu aparentava não conhecer a praia, que pudesse ter entrado no porto ignorando a distância entre a cidade de *** e o lugar onde eu havia depositado o cadáver.[66]

Ao ouvir essa evidência, o sr. Kirwin quis que eu fosse levado ao quarto onde o corpo estava confinado, para que fosse observado qual efeito a visão dele produziria em mim. A ideia provavelmente fora sugerida por minha extrema agitação quando descreveram o método de assassinato. Fui então conduzido pelo magistrado e por outras pessoas até a estalagem. Não pude evitar me impressionar com várias coincidências estranhas que aconteceram durante essa movimentada noite; mas, como eu havia conversado com diversas pessoas na minha ilha por volta da hora em que o corpo fora encontrado, estava perfeitamente tranquilo quanto às consequências do caso.

Entrei no quarto onde estava o corpo e fui conduzido até o caixão. Como posso descrever o que senti ao contemplá-lo? O horror ainda me exaure, e

66. Marcado assim com asteriscos no original.

não posso pensar naquele momento terrível sem tremores e agonia. O interrogatório e a presença do magistrado e das testemunhas sumiram como um sonho da minha memória, quando vi a forma sem vida de Henry Clerval estendida diante de mim. Perdi o fôlego e, me jogando sobre o corpo, exclamei:

– Minhas maquinações assassinas também o privaram de vida, meu querido Henry?! Já destruí dois; outras vítimas aguardam seu destino; mas você, Clerval, meu amigo, meu benfeitor...

A constituição humana não podia mais suportar as agonias que eu passava, e fui levado do quarto em fortes convulsões.

Uma febre se seguiu a isso. Fiquei por dois meses à beira da morte; meus delírios, como ouvi posteriormente, eram cheios de temor; eu me chamava de assassino de William, de Justine e de Clerval. Às vezes, implorava a meus cuidadores para me ajudarem na destruição do demônio pelo qual era atormentado, em outras, sentia os dedos do monstro já agarrando meu pescoço e gritava alto de agonia e terror. Felizmente, quando falava era em minha língua nativa, que apenas o sr. Kirwin compreendia; mas meus gestos e gritos amargos eram o suficiente para assustar as outras testemunhas.

Por que não morri? Mais miserável do que o homem já foi, por que não afundei em esquecimento e descanso? A morte leva embora muitas crianças na flor da idade, a única esperança de seus pais dedicados; quantas noivas e jovens amantes estiveram um dia no desabrochar da saúde e da esperança e no dia seguinte se tornaram presas para os vermes e a podridão do túmulo! De quais materiais eu era feito que resistia a tantos choques que, como no giro da roda,[67] continuavam a renovar a tortura?

Mas eu estava condenado a viver; e em dois meses encontrei-me despertando de um sonho, numa prisão, estendido num catre, cercado por guardas, carcereiros, ferrolhos e todo o aparato miserável de um calabouço. Era manhã, lembro-me, quando assim acordei para minha compreensão; havia me esquecido dos detalhes do que acontecera e sentia apenas como se um grande infortúnio tivesse de repente caído sobre mim; mas quando olhei ao

67. A tortura do giro da roda era feita com um instrumento também conhecido como roda de santa Catarina, utilizado em penas capitais desde a antiguidade clássica até o início da modernidade. O prisioneiro era fixado em uma grande roda de madeira e seus membros iam sendo quebrados a marteladas a cada giro.

redor e vi as janelas gradeadas e a esqualidez da cela em que estava, tudo voltou à minha memória e grunhi amargamente.

Esse som perturbou uma velha que dormia numa cadeira ao meu lado. Era uma enfermeira contratada, a esposa de um dos carcereiros, e sua expressão trazia todas as más qualidades que frequentemente caracterizam a classe. As linhas de seu rosto eram duras e rudes, como as das pessoas acostumadas a ver a miséria alheia sem se solidarizar. Seu tom expressava total indiferença; ela se dirigiu a mim em inglês, e me pareceu ter ouvido sua voz durante meu sofrimento:

– Está melhor agora, senhor? – perguntou.

Respondi na mesma língua, com uma voz fraca.

– Creio que sim, mas se é tudo verdade, se de fato não sonhei, lamento ainda estar vivo para sentir essa desgraça e horror.

– Quanto a essa questão – respondeu a velha –, se fala do cavalheiro que matou, creio que seria melhor para você que estivesse morto, pois imagino que sua sentença será pesada! Mas isso não é da minha conta; fui mandada aqui para cuidar de você para que melhore; cumpro meu dever com a consciência tranquila, seria bom se todos fizessem o mesmo.

Virei-me com asco da mulher que podia proferir discurso tão insensível para uma pessoa que acabara de escapar da morte; mas sentia-me lânguido e incapaz de refletir sobre tudo o que havia se passado. Toda a minha vida me pareceu como um sonho; às vezes, duvidava se de fato era tudo verdade, pois nunca se apresentava em minha mente com a força da realidade.

Conforme as imagens que flutuavam diante de mim se tornavam mais nítidas, tive febre; fui cercado pelas trevas; ninguém estava perto de mim para me acalmar com a voz gentil do amor; nenhuma mão querida me apoiava. O médico veio e prescreveu remédios, e a velha os preparou para mim; mas era visível o descuido dele, e a brutalidade marcava fortemente o semblante dela. Quem poderia se interessar pelo destino de um assassino, além do carrasco que receberia seu pagamento?

Essas foram minhas primeiras reflexões; mas logo soube que o sr. Kirwin demonstrara extrema bondade comigo. Havia ordenado que a melhor cela da prisão fosse preparada para mim (abominável, porém era a melhor); e foi ele quem arrumou um médico e uma enfermeira. É verdade que raramente vinha me ver, pois apesar de desejar ardentemente aliviar os sofrimentos de cada criatura humana, não queria testemunhar as agonias e devaneios miseráveis de um assassino. Veio, assim, algumas vezes ver que eu não fosse negligenciado; mas suas visitas eram curtas e a longos intervalos.

Um dia, enquanto me recuperava gradualmente, encontrava-me sentado numa cadeira, os olhos semiabertos e as faces lívidas como na morte. Estava tomado pela melancolia e a miséria e frequentemente refletia que preferia buscar a morte a desejar permanecer num mundo que para mim estava repleto de desgraças. Em certo momento, considerei se não devia me declarar culpado e sofrer a penalidade da lei, menos inocente do que a pobre Justine fora. Tais eram meus pensamentos quando a porta da cela abriu e o sr. Kirwin entrou. Seu semblante expressava solidariedade e compaixão. Ele puxou uma cadeira para perto da minha e se dirigiu a mim em francês:

– Temo que este lugar seja muito assustador para você; posso fazer algo para deixá-lo mais confortável?

– Agradeço, mas isso a que se refere não é nada para mim; em toda a terra não há conforto que eu seja capaz de receber.

– Sei que a solidariedade de um estranho pode ser de pouco alívio para alguém oprimido como você por um infortúnio tão estranho. Mas você logo vai abandonar essa melancólica morada, espero, pois sem dúvida pode-se facilmente arrumar provas para libertá-lo das acusações.

– Essa é a menor das minhas preocupações. Por um curso de estranhos acontecimentos, tornei-me o mais miserável dos mortais. Perseguido e torturado como fui, pode a morte ser algum mal para mim?

– Nada de fato pode ser mais infeliz e agonizante do que os estranhos acontecimentos que ocorreram recentemente. Você foi jogado por algum acidente surpreendente nesta praia, renomada por sua hospitalidade; capturado imediatamente e acusado de assassinato. A primeira visão que se apresentou aos seus olhos foi o corpo de seu amigo, morto de maneira inexplicável e como que colocado por algum demônio em seu caminho.

Quando o sr. Kirwin disse isso, apesar da agitação pelo retrospecto de meus sofrimentos, também me surpreendi com o conhecimento que ele parecia ter em relação a mim. Suponho que tal espanto tenha transparecido em minha expressão, pois o sr. Kirwin se apressou em dizer:

– Imediatamente após adoecer, todos os papéis que estavam em sua posse foram trazidos a mim, e examinei-os para tentar descobrir algum indício que pudesse usar para enviar aos seus parentes um relato de seu infortúnio e doença. Encontrei várias cartas e, entre elas, uma de seu pai, conforme descobri pelas linhas iniciais. Escrevi na mesma hora para Genebra; já se passaram quase dois meses desde o envio da carta. Mas você está doente, mesmo agora treme. Não está apto a agitações de nenhum tipo.

– Esse suspense é mil vezes pior que o acontecimento mais terrível. Diga-me, que nova cena de morte se armou, e quem devo agora chorar?

– Sua família está perfeitamente bem – respondeu o sr. Kirwin com gentileza –; e alguém, um amigo, veio visitá-lo.

Não sei de qual linha de raciocínio surgiu a ideia, mas instantaneamente achei que o assassino viera zombar da minha miséria e me provocar com a morte de Clerval, como um novo incentivo para que eu obedecesse a seus desejos infernais. Cobri os olhos com as mãos e gritei em agonia:

– Oh! Leve-o embora! Não posso vê-lo; pelo amor de Deus, não o deixe entrar!

O sr. Kirwin me observou com uma expressão perturbada. Não pôde deixar de ver minha exclamação como suposição da minha culpa e disse, num tom bem severo:

– Meu jovem, pensei que a presença de seu pai seria bem-vinda, em vez de inspirar tamanha repugnância.

– Meu pai! – gritei, enquanto cada traço e cada músculo relaxaram, passando da angústia ao prazer. – Meu pai de fato veio? Que bondoso, que bondoso! Mas onde está, por que não se apressou em me ver?

Minha mudança de maneiras surpreendeu e agradou ao magistrado; talvez tenha pensado que minha exclamação anterior fosse um momento de retorno ao delírio e agora voltava instantaneamente à antiga benevolência. Levantou-se e deixou a cela com a enfermeira e, num instante, meu pai entrou.

Nada naquele momento poderia ter me dado maior prazer do que a chegada de meu pai. Estendi a mão para ele e gritei:

– Então você está a salvo, e Elizabeth e Ernest?

Meu pai me acalmou, garantindo o bem-estar deles, e se esforçou, demorando-se nesses assuntos tão caros ao meu coração, para levantar meu espírito entristecido; mas logo sentiu que uma prisão não poderia ser morada de alegria.

– Que lugar é este que você habita, meu filho! – disse, olhando pesarosamente para as janelas gradeadas e a aparência arruinada da cela. – Você viajou para buscar a felicidade, mas uma fatalidade parece persegui-lo. E pobre Clerval...

O nome de meu infeliz amigo assassinado foi uma agitação grande demais para ser suportada no meu fraco estado; chorei.

– Ai! Sim, meu pai – respondi –, um destino dos mais horríveis se abate sobre mim, e devo viver para satisfazê-lo, ou certamente teria morrido junto ao caixão de Henry.

Não tivemos permissão de conversar longamente, pois o estado precário de minha saúde exigia todas as precauções necessárias para garantir tranquilidade. O sr. Kirwin veio e insistiu que minhas energias não deveriam ser exauridas por esforços demasiados. Mas a aparição do meu pai foi para mim como a de um bom anjo, e, gradualmente, recuperei a saúde.

À medida que minha doença me deixava, fui tomado por uma melancolia sombria que nada poderia dissipar. A imagem de Clerval estava eternamente diante de mim, pálido e assassinado. Mais de uma vez, a agitação na qual essas reflexões me jogaram fez com que temessem uma perigosa recaída. Ai! Por que preservaram vida tão miserável e detestada? Decerto para que eu cumprisse meu destino, que está agora chegando ao fim. Breve, muito em breve, a morte extinguirá essas pulsões e me libertará do poderoso peso da angústia que me transforma em pó; e, executando a decisão da justiça, mergulharei no descanso. A morte parecia distante então, embora estivesse sempre presente em meus pensamentos e eu frequentemente me sentasse por horas sem movimento ou fala, desejando alguma poderosa revolução que enterrasse a mim e a meu destruidor em suas ruínas.

O julgamento se aproximava. Eu já estava há três meses na prisão; e, apesar de ainda fraco e num perigo constante de recaída, fui obrigado a viajar quase cem milhas para a sede do município, onde ficava a corte. O sr. Kirwin se encarregou pessoalmente, com todo o cuidado, de reunir as testemunhas e arranjar minha defesa. Fui poupado da desgraça de aparecer publicamente como criminoso, já que o caso não foi trazido diante da corte que decide vida e morte. O grande júri recusou a acusação, sendo provado que eu estava nas ilhas Órcades na hora em que o corpo de meu amigo foi encontrado; e, duas semanas após ser transferido, fui libertado da prisão.

Meu pai ficou extasiado em me ver livre das vexações da acusação criminal, podendo eu novamente respirar a atmosfera fresca e retornar ao meu país natal. Eu não compartilhava esses sentimentos, pois para mim as paredes de um calabouço ou de um palácio eram igualmente odiosas. O cálice da vida estava envenenado para sempre; e apesar de o sol brilhar sobre mim, como brilhava sobre os alegres e felizes de coração, eu não via nada ao meu redor além de uma densa e tenebrosa escuridão, penetrada por nenhuma luz além do brilho de dois olhos que me encaravam. Às vezes, eram os olhos expressivos de Henry, debilitados na morte, as órbitas escuras quase cobrindo as pestanas e os longos cílios negros que os emolduravam; às vezes, eram os olhos aguados e nublados do monstro, como os vi pela primeira vez em meu apartamento em Ingolstadt.

Meu pai tentava me despertar sentimentos de afeto. Falava de Genebra, que eu logo deveria visitar, de Elizabeth e Ernest; mas essas palavras só me traziam grunhidos. Às vezes, de fato sentia uma pontada de felicidade e pensava com deleite melancólico na minha amada prima ou ansiava com uma devoradora *maladie du pays*[68] ver novamente o lago azul e o veloz Ródano, que foram tão queridos para mim na minha tenra infância; mas meu estado geral era de um torpor no qual a prisão era uma residência tão bem-vinda quanto o mais divino cenário da natureza; e esses ataques eram raramente interrompidos senão por paroxismos de angústia e desespero. Nesses momentos, eu frequentemente me esforçava para colocar um fim à existência que deplorava; e era necessário um incessante cuidado e vigilância para me impedir de cometer algum medonho ato de violência.

Mas restava-me um dever cuja lembrança por fim triunfou sobre meu desespero egoísta. Eu precisava voltar sem demora a Genebra, para vigiar

---

68. Em francês no original: uma espécie de "saudades da terra natal".

as vidas daqueles que tanto amava e ficar à espera do assassino, para que, se qualquer oportunidade me conduzisse ao seu esconderijo ou se ele ousasse novamente irromper com sua presença, eu pudesse, com mira infalível, dar cabo da existência da monstruosa figura em que eu havia incutido o arremedo de uma alma mais monstruosa. Meu pai desejava adiar nossa partida, temeroso de que eu não conseguisse suportar o cansaço da jornada, pois eu era uma ruína despedaçada – a sombra de um ser humano. Minhas forças haviam se esvaído. Eu era um mero esqueleto, e uma febre assolava noite e dia minha constituição desgastada.

Ainda assim, apressei nossa saída da Irlanda com tal inquietude e impaciência que meu pai achou melhor ceder. Pegamos uma embarcação destinada a Havre-de-Grâce[69] e navegamos com um bom vento da costa irlandesa. Era meia-noite. Deitei-me no convés, olhando para as estrelas, ouvindo o bater das ondas. Saudei a escuridão que encobria a Irlanda de minha vista; e meu coração bateu com um prazer febril quando refleti que logo estaria em Genebra. O passado me parecia a luz de um temeroso sonho; ainda assim, a embarcação na qual estava, o vento da detestável costa da Irlanda que soprava sobre mim e o mar que me cercava me diziam que eu não era enganado por nenhuma visão e que Clerval, meu amigo e mais querido companheiro, fora uma vítima minha e do monstro que eu criara. Repassei na memória minha vida toda – a felicidade silenciosa enquanto residia com a família em Genebra, a morte de minha mãe e a partida para Ingolstadt. Estremeci me lembrando do louco entusiasmo que me apressou à criação do horrendo inimigo e evoquei a noite na qual ele ganhou vida. Não consegui mais seguir a linha de raciocínio; milhares de sentimentos me pressionavam, e chorei amargamente.

Desde que me recuperara da febre, adotei o costume de tomar toda noite uma pequena quantidade de láudano,[70] pois apenas através dessa droga eu era capaz de ter o descanso necessário para preservar a vida. Oprimido pela lembrança de meus diversos infortúnios, eu então engoli o dobro da

69. Atual Le Havre, cidade e porto na Normandia, na costa do canal da Mancha. Era apenas uma vila de pescadores até 1517, quando Francisco I de França mandou construir lá um porto com o nome Havre-de-Grâce.
70. Antigo analgésico à base de ópio.

quantidade usual e logo dormi profundamente. Mas o sono não me ofereceu refresco dos pensamentos e da tristeza; meus sonhos apresentaram um milhão de objetos que me assustaram. Perto da manhã, estava possuído por um tipo de pesadelo; sentia o demônio apertando meu pescoço e não conseguia me libertar dele; grunhidos e gritos ecoavam em meus ouvidos. Meu pai, que estava de olho em mim, percebeu minha agitação e me despertou; ondas batiam ao redor, o céu estava nublado; o demônio não estava ali: uma sensação de segurança, um sentimento de que se estabelecera uma trégua entre o momento presente e o inevitável e desastroso futuro me transmitiu uma espécie de calmo esquecimento, ao qual a mente humana, por sua estrutura, é peculiarmente suscetível.

CAPÍTULO 5

A travessia chegou ao fim. Nós atracamos e seguimos para Paris. Logo descobri que havia me sobrecarregado e deveria repousar antes de continuar viagem. O cuidado e as atenções de meu pai foram incansáveis; mas ele desconhecia a origem de meus sofrimentos e buscou métodos errôneos para remediar o mal incurável. Desejava que eu buscasse diversão na sociedade. Eu abominava a face do homem. Oh, não abominava! Eram meus irmãos, meus semelhantes, e eu me sentia atraído até pelo mais repulsivo deles, como criaturas de natureza angelical e mecanismo celestial. Mas sentia que não tinha direito de compartilhar esse relacionamento. Eu havia lançado entre eles um inimigo cujo prazer era derramar sangue e regozijar-se em seus grunhidos. Como eles iriam me abominar e me caçar pelo mundo, cada um deles, se conhecessem meus atos profanos e os crimes cuja fonte era eu!

Meu pai acabou cedendo ao meu desejo de evitar a sociedade e se esforçou com vários argumentos para banir meu desespero. Às vezes, pensava que eu sentia profundamente a degradação de ser obrigado a responder à acusação de assassinato e se esforçava para me provar a futilidade do orgulho.

– Ai de mim, meu pai! Quão pouco você sabe sobre mim. Seres humanos, seus sentimentos e paixões iriam de fato ser degradados se um desgraçado como eu tivesse orgulho. Justine, a pobre Justine, era tão inocente quanto eu e sofreu as mesmas acusações; ela morreu por isso; e sou a causa... Eu a matei. William, Justine e Henry, todos morreram por minhas mãos.

Durante meu aprisionamento, meu pai frequentemente me ouviu fazer a mesma afirmação; quando eu assim me acusava, ele às vezes parecia desejar uma explicação e em outras parecia considerar que aquilo era fruto de meu delírio e que, durante minha doença, alguma ideia desse tipo havia se apresentado à minha imaginação, e eu preservara essa lembrança em minha convalescença. Evitei explicações e mantive um contínuo silêncio em relação ao desgraçado que eu criara. Havia me convencido de que seria tomado por louco; e isso em si teria me calado para sempre. Mas, além disso, não podia revelar um segredo que iria encher meu ouvinte de consternação e fazer do medo e do horror sobrenatural habitantes de seu peito. Contive portanto minha sede impaciente por solidariedade e fiquei em silêncio, quando teria dado o mundo para confidenciar meu segredo fatal. Ainda assim, não conseguia conter palavras como essas que registrei. Eu não podia oferecer explicação para elas; mas a verdade aliviava parcialmente o fardo de minha misteriosa desgraça.

Nessa ocasião, meu pai disse com uma expressão de espanto descontrolado:

– Querido Victor, que paixão é essa? Meu amado filho, suplico que nunca mais faça tal afirmação.

– Não estou louco – gritei energicamente. – O sol e os céus, que viram minhas operações, são testemunhas de minha verdade. Sou o assassino dessas vítimas inocentes; elas morreram por minhas maquinações. Eu teria derramado meu próprio sangue mil vezes, gota por gota, para salvar suas vidas; mas não poderia, meu pai, não poderia sacrificar toda a raça humana.

A conclusão desse discurso convenceu-o de que minhas ideias eram dementes, e ele instantaneamente mudou o assunto de nossa conversa e se esforçou para alterar o curso de meus pensamentos. Ele desejava apagar da memória as cenas que haviam acontecido na Irlanda e nunca mencioná-las nem me fazer sofrer falando de meus infortúnios.

Conforme o tempo passava, tornei-me mais calmo; a tristeza morava em meu coração, mas eu não falava mais da mesma maneira incoerente sobre meus crimes; bastava-me a consciência deles. Com o máximo de autocontrole, contive a voz imperiosa de minha desgraça, que às vezes desejava se declarar para o mundo todo; e passei a me comportar do modo mais calmo e composto desde o início de minha jornada ao mar de gelo.

Alguns dias antes de deixarmos Paris a caminho da Suíça, recebi a seguinte carta de Elizabeth:

Meu querido amigo,

Tive o maior dos prazeres em receber uma carta de meu tio datada de Paris; vocês não estão mais a uma distância intransponível, e posso esperar vê-lo em menos de quinze dias. Meu pobre primo, quanto você deve ter sofrido! Imagino que esteja com uma aparência mais doente do que quando deixou Genebra. Esse inverno foi mais triste, torturada como estive por um suspense ansioso; contudo, torço que eu possa ver paz em seu semblante e descobrir que seu coração não está totalmente desprovido de conforto e tranquilidade.

Ainda assim, temo que os mesmos sentimentos que o fizeram tão infeliz há um ano persistam, talvez ainda ampliados pelo tempo. Eu não o incomodaria nesse período, quando tantos infortúnios pesam sobre você; mas uma conversa que tive com seu tio antes da partida dele requer certa explicação antes de nos encontrarmos.

Explicação! Você pode perguntar: o que Elizabeth teria a explicar? Se realmente pensa isso, minhas perguntas estão respondidas e todas as minhas dúvidas satisfeitas. Mas você está distante de mim, e pode ser que tema essa explicação, mas ainda assim fique feliz com ela; e, sendo possível que assim seja, não ouso mais adiar escrever a você o que frequentemente desejei expressar durante sua ausência, mas nunca tive coragem de começar.

Você sabe bem, Victor, que nossa união era o plano favorito de seus pais desde nossa infância. Ouvimos isso quando éramos jovens e fomos ensinados a esperar por isso como um acontecimento que certamente se daria. Fomos ternos colegas de brincadeiras durante a infância e, creio eu, amigos valiosos e queridos um ao outro conforme crescíamos. Mas como irmão e irmã frequentemente nutrem um afeto vívido um pelo outro, sem desejar uma união mais íntima, não poderia ser esse também o nosso caso? Diga-me, querido Victor, responda-me, eu lhe peço, por nossa felicidade mútua, com a verdade simples: você não ama outra?

Você viajou, passou vários anos em Ingolstadt; e confesso, meu amigo, que quando o vi outono passado tão infeliz, fugindo da sociedade de todas as criaturas para a solidão, não pude evitar supor que você poderia estar se arrependendo de nossa conexão e se acreditava preso por honra a satisfazer os desejos de seus pais, apesar de serem opostos às suas inclinações. Mas isso é uma argumentação falsa, confesso a você, meu querido amigo, que o amo, e que em minhas ideias sonhadoras de futuro você é meu constante amigo e companheiro. Mas é a sua felicidade que desejo como a minha própria, quando declaro que nosso casamento me tornaria eternamente triste a não ser que fosse ditado por sua própria escolha. Mesmo agora, choro ao pensar que, oprimido como está pelos mais cruéis infortúnios, você possa, em nome da palavra "honra", sufocar toda a esperança de amor e felicidade que o restaurariam de forma única a si mesmo. Eu, que tenho um afeto tão abnegado por você, poderia aumentar sua tristeza grandemente sendo um obstáculo a seus desejos. Ah! Victor, assegure-se de que sua prima e colega de brincadeiras tem um amor sincero demais por você para que não se sinta arrasada com essa suposição. Seja feliz, meu amigo; e se me obedecer nesse pedido, saiba que nada na terra terá o poder de interromper minha tranquilidade.

Não deixe que esta carta o perturbe; não responda amanhã ou no dia seguinte ou mesmo até você vir, se isso provocar dor. Meu tio vai enviar notícias da sua saúde, e se eu vir apenas um sorriso em seus lábios quando nos encontrarmos, provocado por esta ou qualquer outra manifestação minha, não precisarei de outra felicidade.

Elizabeth Lavenza
Genebra, 18 de maio de 17–

A carta reviveu em minha lembrança o que eu havia esquecido: a ameaça do demônio. "*Estarei com você na sua noite de núpcias!*" Essa era minha sentença, e, nessa noite, o demônio iria empregar todos os artifícios para me destruir e me arrancar do vislumbre de felicidade que prometia consolar parcialmente meus sofrimentos. Ele determinou consumar seus crimes nessa noite com a minha morte. Bem, que seja; uma luta mortal certamente ocorreria, na qual, se ele fosse vitorioso, eu ficaria em paz e seu poder sobre mim cessaria. Se ele fosse derrotado, eu seria um homem livre! Ai de mim! Que liberdade? Como a do camponês quando a família foi massacrada diante de seus olhos, seu chalé queimado, suas terras desoladas e ele está perdido, sem teto, sem dinheiro, sozinho, mas livre. Essa seria minha liberdade, exceto que em minha Elizabeth eu possuía um tesouro; ai! Um tesouro sopesado pelos horrores do remorso e da culpa, que iriam me perseguir até a morte.

Doce e amada Elizabeth! Li e reli sua carta, e alguns sentimentos suaves tomaram meu coração; ousei suspirar com sonhos paradisíacos de amor e prazer; mas a maçã já havia sido comida e o braço do anjo revelado para me afastar de qualquer esperança. Ainda assim, eu morreria para torná-la feliz. Se o monstro executasse sua ameaça, a morte seria inevitável; mas considerei se meu casamento iria apressar meu destino. Minha destruição deveria de fato chegar alguns meses antes; mas se meu torturador suspeitasse que eu o adiara, influenciado por suas ameaças, certamente encontraria outras formas talvez mais horrendas de vingança. Ele havia jurado *estar comigo na minha noite de núpcias*, mas não considerou que isso o prendia à paz no meio-tempo, pois, para me mostrar que ainda não estava satisfeito de sangue, assassinou Clerval logo após enunciar suas ameaças. Decidi então que, se meu enlace imediato com minha prima traria felicidade a ela ou a meu pai, os desígnios de meu adversário contra minha vida não deveriam retardá-lo uma hora que fosse.

Nesse estado mental, escrevi a Elizabeth. Minha carta foi calma e afetiva: "Temo, minha amada garota", disse eu, "que pouca felicidade nos resta na terra; ainda assim, tudo que algum dia puder me proporcionar prazer está centrado em você. Afaste seus medos inúteis; apenas a você dedico minha vida e meus esforços para a felicidade. Tenho um segredo, Elizabeth, um segredo horrendo; quando revelado a você, vai arrepiá-la de horror, e então, longe de ficar surpresa por minha tristeza, você vai apenas se perguntar como sobrevivi. Vou confiar essa história de miséria e terror para você um dia depois que nosso casamento tiver ocorrido, pois, minha doce prima, deve haver uma confiança perfeita entre nós. Mas até lá, rogo, não faça menção a isso. Suplico com sinceridade, e sei que vai cumprir."

Cerca de uma semana após a chegada da carta de Elizabeth, nós retornamos a Genebra. A doce menina me recebeu com afeto caloroso, ainda assim, havia lágrimas em seus olhos enquanto contemplava minha constituição emagrecida e as faces febris. Também vi uma mudança nela. Estava mais magra e havia perdido muito da vivacidade celestial que outrora me encantava; mas sua gentileza e olhares suaves de compaixão a tornaram uma companhia mais adequada para alguém destruído e miserável como eu.

A tranquilidade que eu agora aproveitava não durou. A memória trouxe de volta a loucura, e quando eu pensava no que havia se passado, uma verdadeira insanidade me possuía; às vezes, me enfurecia e queimava de raiva; às vezes ficava deprimido e desanimado. Não falava nem olhava para ninguém; sentava-me inerte, aturdido pela multidão de tristezas que me oprimiam.

Apenas Elizabeth tinha o poder de me tirar dessas crises; sua voz gentil me acalmava quando transportado pela paixão e me inspirava com sentimentos humanos quando eu afundava no torpor. Ela chorava comigo e por mim. Quando a razão retornava, ela me reprovava e se esforçava para me transmitir resignação. Ah! É bom que o infeliz seja resignado, mas para o culpado não há paz. As agonias do remorso envenenam o conforto que às vezes encontramos ao nos permitirmos o excesso de dor.

Logo após minha chegada, meu pai falou do casamento imediato com Elizabeth. Permaneci em silêncio.

– Você tem então outro compromisso?

– Nenhum. Amo Elizabeth e espero com deleite nossa união. Marquemos então o dia; e irei me concentrar, na vida ou na morte, na felicidade de minha prima.

– Meu querido Victor, não fale assim. Infortúnios pesados recaíram sobre nós, mas vamos nos ater ao que permanece e transferir nosso amor por aqueles que perdemos àqueles que ainda vivem. Nosso círculo será pequeno, mas preso firme pelas amarras do afeto e dos infortúnios mútuos. E quando o tempo tiver suavizado nosso desespero, novos e estimados objetos de cuidado substituirão aqueles de que fomos tão cruelmente privados.

Tais foram os ensinamentos de meu pai. Mas para mim a lembrança da ameaça retornou; onipotente como o demônio havia sido em seus feitos de sangue, pode-se imaginar que eu o considerava quase invencível; e que, quando ele pronunciou as palavras "*estarei com você na sua noite de núpcias*", julguei a ameaça inevitável. Mas a morte não era um mal para mim, se com ela eu pudesse evitar a perda de Elizabeth; e, assim, com uma expressão satisfeita e até animada, concordei com meu pai que, se minha prima consentisse, a cerimônia aconteceria em dez dias. Isso, imaginei, selaria meu destino.

Grande Deus! Se por um instante eu tivesse pensado em qual poderia ser a intenção infernal do meu adversário demoníaco, preferiria ter banido a mim mesmo para sempre de meu país natal e vagado como um pária sem amigos pela Terra a ter consentido com esse casamento miserável. Mas, como se dotado de poderes mágicos, o monstro havia me cegado para suas reais intenções; e quando pensei que tinha preparado apenas minha própria morte, apressei a de uma vítima mais estimada.

Conforme o momento de nosso casamento se aproximava, fosse por covardia ou por uma sensação profética, senti meu coração afundar. Mas escondi meus sentimentos sob uma aparência de bom humor que trouxe sorrisos e alegria à expressão de meu pai, mas dificilmente enganava o olho sempre atento e mais benigno de Elizabeth. Ela estava ansiosa por nossa união com um contentamento plácido, não sem um pouco de medo, intensificado por infortúnios passados, de que o que agora parecia a felicidade certa e tangível poderia se dissipar num sonho etéreo e deixar apenas um profundo e eterno arrependimento.

Foram feitos os preparativos para o evento, recebemos visitas com votos de parabéns, e todos sorriam. Calei em meu coração a ansiedade que me assolava, o máximo que pude e abracei com aparente seriedade os planos de meu pai, apesar de eles talvez servirem apenas como ornamentos de minha tragédia. Por meio do empenho de meu pai, uma parte da herança de Elizabeth havia sido restaurada a ela pelo governo austríaco. Ela possuía uma pequena propriedade às margens do lago de Como. Foi acordado que, imediatamente após nossa união, seguiríamos para a Villa Lavenza e passaríamos nossos primeiros dias de felicidade ao lado do belo lago.

Nesse meio-tempo, tomei toda a precaução para me defender caso o demônio me atacasse abertamente. Carregava pistolas e uma adaga e estava sempre alerta para evitar surpresas, e com isso fiquei mais tranquilo. De fato, conforme a data se aproximava, a ameaça parecia mais uma ilusão que não era digna de perturbar minha paz, enquanto a felicidade que eu esperava ter em meu casamento ganhava uma aparência maior de certeza à medida que o dia da oficialização se avizinhava e eu ouvia as pessoas se referirem continuamente a ele como algo que nenhum acidente poderia evitar.

Elizabeth parecia feliz; meu semblante tranquilo contribuiu muito para acalmar sua mente. Mas, no dia em que meus desejos e meu destino se cumpririam, ela estava melancólica, e um pressentimento de maldade a invadia; talvez também pensasse no horrendo segredo que eu havia prometido revelar no dia seguinte. Meu pai, por sua vez, estava extasiado e, na agitação dos preparativos, viu na melancolia de sua sobrinha apenas a timidez de uma noiva.

Após a cerimônia, realizou-se uma grande festa na casa de meu pai; mas ficou combinado que Elizabeth e eu deveríamos começar nossa jornada por água, dormindo naquela noite em Evian e continuando a viagem no dia seguinte. O dia estava bonito, o vento favorável, todos sorriam em nossa embarcação nupcial.

Esses foram os últimos momentos de minha vida nos quais desfrutei uma sensação de felicidade. Viajamos depressa; o sol estava quente, mas éramos abrigados de seus raios por uma espécie de pátio, enquanto aproveitávamos a beleza da paisagem, às vezes de um lado do lago, onde víamos o monte Salève, as prazerosas margens de Montalègre e, ao longe, encimando tudo, o belo Mont Blanc e o conjunto de montanhas nevadas que em vão se esforçavam para imitá-lo; outras vezes, costeando as margens opostas, onde víamos o poderoso Jura oferecendo sua face escura à ambição de abandonar seu país natal e uma barreira quase intransponível para o invasor que quisesse escravizá-lo.

Peguei a mão de Elizabeth.

– Você está pesarosa, meu amor. Ah! Se soubesse o que sofri e pelo que ainda posso passar, se esforçaria para me deixar aproveitar a calma e a sensação de estar livre do desespero que esse único dia me permite.

– Seja feliz, meu querido Victor – respondeu Elizabeth –, não há, espero eu, nada a perturbá-lo; e assegure-se de que, se um prazer vivo não está pintado em meu rosto, meu coração está satisfeito. Algo sussurra a mim para não depender demais da perspectiva que se abre diante de nós, mas não darei ouvidos a essa voz sinistra. Observe quão rápido seguimos e como as nuvens, que às vezes sombreiam e às vezes se erguem acima do topo do Mont Blanc, tornam essa bela cena ainda mais interessante. Olhe também para os inúmeros peixes que estão nadando nas águas claras, onde podemos distinguir cada seixo que se deposita no fundo. Que dia divino! Quão feliz e serena a natureza parece!

Assim Elizabeth se esforçou para afastar os seus e os meus pensamentos de qualquer reflexão sobre assuntos melancólicos. Mas seu temperamento estava instável; um prazer brilhava por alguns instantes em seus olhos, mas dava continuamente lugar a distração e devaneios.

O sol desceu mais nos céus; passamos pelo rio Dranse e observamos seu caminho através dos abismos dos morros maiores e os vales dos menores. Os Alpes aqui se acercavam do lago, e nós nos aproximamos do anfiteatro de montanhas que forma sua fronteira oriental. O pico de Evian brilhava por trás dos bosques que o cercavam e da cordilheira de montanhas e mais montanhas que o encimavam.

O vento, que até então havia nos carregado com rapidez impressionante, com o pôr do sol caiu para uma leve brisa; o ar suave apenas farfalhava sobre a água e gerava um movimento prazeroso entre as árvores conforme nos aproximávamos da costa, da qual vinha a mais deliciosa fragrância de flores e feno. O sol descia no horizonte enquanto atracávamos, e, quando toquei o solo, senti as cautelas e os medos reviverem; logo iriam me agarrar e se prender a mim para sempre.

CAPÍTULO 6

Eram oito da noite quando chegamos; caminhamos por um curto período pela praia, aproveitando a luz fugaz, então nos retiramos para a pousada e contemplamos a adorável paisagem de águas, bosques e montanhas, obscurecidos pelas trevas, ainda mostrando seus contornos negros.

O vento, que tinha diminuído no sul, agora se erguia com maior violência no oeste. A lua tinha chegado ao seu cume no céu e começava a descer; as nuvens corriam mais rápido do que o voo do abutre e encobriam seus raios, enquanto o lago refletia o céu movimentado, tornado ainda mais agitado pelas incansáveis ondas que começavam a se erguer. De repente, uma tempestade pesada caiu.

Eu havia passado o dia calmo; mas tão logo a noite obscureceu as formas dos objetos, milhares de medos despertaram em minha mente. Eu estava ansioso e alerta, e minha mão direita agarrava uma pistola que escondera junto ao peito; qualquer som me aterrorizava; mas decidi que daria a vida de bom grado e não fugiria do conflito até que minha vida ou a do adversário estivesse extinta.

Elizabeth observou minha agitação por algum tempo com timidez e um silêncio temeroso, mas havia algo em meu olhar que comunicava terror e, tremendo, ela perguntou:

– O que é que o agita, meu querido Victor? Qual é seu medo?

– Oh! Paz, paz, meu amor – respondi. – Após esta noite, tudo estará seguro; mas esta noite é apavorante, muito apavorante.

Passei uma hora nesse estado mental, quando, de repente, refleti sobre quão assustador aquele combate seria para minha esposa e pedi com seriedade que se retirasse, decidindo não me juntar a ela até ter obtido alguma informação sobre a situação de meu inimigo.

Ela me deixou, e continuei por algum tempo caminhando de um lado para outro na entrada da casa, inspecionando cada canto que pudesse servir de esconderijo para meu adversário. Mas não descobri sinal dele e começava a supor que algum feliz acaso tivesse intervindo para evitar a execução de suas ameaças; quando, de repente, escutei um grito penetrante e pavoroso. Vinha do quarto em que Elizabeth havia se retirado. Quando o ouvi, toda a verdade correu à minha mente, meus braços penderam, o movimento de cada músculo e fibra foi suspenso; eu podia sentir o sangue correndo em minhas veias e formigando nas extremidades de meus membros. Esse estado durou por um instante; o grito se repetiu, e corri para o quarto.

Meu bom Deus! Por que não faleci ali?! Por que estou aqui para relatar a destruição da maior esperança e da mais pura criatura da terra? Ela estava lá, sem vida, inanimada, jogada na cama, a cabeça descaída, os traços pálidos e deformados encobertos pelo cabelo. Para onde quer que eu me vire, vejo a mesma imagem – os braços exangues e a forma sem vida jogada pelo assassino em meu esquife nupcial. Como eu poderia contemplar isso e viver? Ai de mim! A vida é obstinada e se agarra mais firmemente onde é mais odiada. Por um momento perdi os sentidos: caí apagado no chão.

Quando me recuperei, encontrei-me cercado de pessoas da pousada; suas expressões traziam um terror sem fôlego, mas o horror dos outros parecia apenas uma zombaria, uma sombra dos sentimentos que me oprimiam. Escapei deles para o quarto onde estava o corpo de Elizabeth, meu amor, minha esposa, até há pouco viva, tão querida, tão digna. Havia sido movida da posição em que eu a contemplara, e, agora, estava deitada com a cabeça sobre o braço, um lenço jogado sobre o rosto e o pescoço, e eu poderia pensar que estava adormecida. Corri em direção a ela e a abracei com ardor; mas o langor mortal e a frialdade de seus membros me disseram que o que eu tinha nos braços deixara de ser a Elizabeth a quem eu tanto amava. A marca assassina do toque do demônio estava em seu pescoço e a respiração não mais saía de seus lábios.

Ainda debruçado sobre ela, na agonia do desespero, levantei o olhar por acaso. As janelas do quarto estavam antes escuras, e senti uma espécie de pânico ao ver a luz amarela e pálida da lua iluminando o cômodo. As venezianas haviam sido abertas, e, com uma sensação de horror indescritível, vi na janela a figura mais abominável e horrenda. Havia um sorriso no rosto do monstro; ele parecia caçoar, como se apontasse com o dedo demoníaco o corpo de minha esposa. Corri até a janela e, tirando a pistola do peito, disparei. Mas ele me escapou, saltou e, correndo com a rapidez de um raio, jogou-se no lago.

O ruído do tiro trouxe uma multidão ao quarto. Apontei para onde ele havia desaparecido, e seguimos o rastro com barcos. Redes foram jogadas, mas em vão. Após várias horas, voltamos desesperançados, a maioria de meus companheiros acreditando ter sido uma figura formada por minha imaginação. Após atracarmos, continuaram a procurar no campo, com grupos indo em diferentes direções entre bosques e vinhas.

Tentei acompanhá-los e segui a uma curta distância da casa; mas minha cabeça girava, meus passos eram como os de um bêbado, e finalmente caí num estado de completa exaustão; um véu cobriu meus olhos e minha pele foi tomada pelo calor da febre. Nesse estado, fui carregado de volta e colocado na cama, pouco consciente do que havia se passado; meus olhos vagaram pelo quarto como se procurando algo que eu tivesse perdido.

Um tempo depois, levantei-me e, como por instinto, cambaleei até o cômodo onde estava o corpo de minha amada. Havia mulheres chorando – debrucei-me sobre ele e juntei minhas tristes lágrimas às delas; durante todo esse tempo, nenhuma ideia nítida se apresentou à minha mente, mas meus pensamentos vagaram por vários assuntos, refletindo confusamente meus infortúnios e a causa deles. Estava atônito, numa nuvem de espanto e horror. A morte de William, a execução de Justine, o assassinato de Clerval e, finalmente, o de minha esposa; naquele momento, não sabia mesmo se os únicos entes queridos que me restavam permaneciam a salvo da malignidade do demônio; meu pai agora poderia estar se contorcendo sob suas mãos, e Ernest poderia estar morto aos seus pés. Essa ideia me fez estremecer e agir. Levantei-me e decidi voltar a Genebra o mais rápido possível.

Não havia cavalos disponíveis, e eu tinha de voltar pelo lago; mas o vento era desfavorável e a chuva caía em torrentes. Porém mal amanhecera, e eu podia esperar estar em Genebra à noite. Contratei homens para remar e peguei um remo eu mesmo, pois sempre obtivera alívio para os tormentos mentais com exercícios físicos. Mas a tristeza transbordante que agora sentia e o excesso de agitação me deixaram incapaz de qualquer esforço. Larguei o remo e, apoiando a cabeça entre as mãos, dei lugar a todas as ideias soturnas que surgiam. Se levantava o olhar, via cenas que me eram familiares em tempos mais felizes e que contemplara ainda no dia anterior, na companhia dela, que agora era uma sombra e uma lembrança. Lágrimas escorreram de meus olhos. A chuva cessou por um momento, e vi os peixes brincarem nas águas como poucas horas antes; eles haviam sido observados por Elizabeth. Nada é mais doloroso para a mente humana do que uma grande e repentina mudança. O sol poderia brilhar ou as nuvens poderiam baixar, porém nada me pareceria como tinha sido no dia anterior. Um demônio arrancara de mim qualquer esperança de felicidade; nenhuma criatura jamais foi tão desolada quanto eu; tal acontecimento tão temeroso é único na história do homem.

Mas por que remoer os incidentes que se seguiram a esse último evento que me esmagava? Minha história é uma sequência de horrores; atingi o *ápice* deles, e o que devo relatar agora pode ser tedioso para você. Saiba que, um a um, meus entes queridos foram levados; fiquei desolado. Minhas forças se exauriram, e devo contar em poucas palavras o que resta de minha horrenda narrativa.

Cheguei a Genebra. Meu pai e Ernest ainda viviam; mas o primeiro sucumbiu com as notícias que eu trouxe. Vejo-o agora, um excelente e venerável senhor! Seus olhos vagando vazios, pois perderam o encanto e o deleite – sua Elizabeth era mais do que uma filha a quem ele dedicava toda a afeição que um homem pode sentir, um homem que, no declínio da vida, tendo poucos afetos, se agarra mais firmemente àqueles que permaneceram. Maldito, maldito seja o demônio que trouxe a tragédia a seus cabelos brancos! Que ele seja condenado a acabar em desgraça! Meu pai não pôde viver sob os horrores que se acumularam ao seu redor; as engrenagens da existência de repente cederam; ele se tornou incapaz de se levantar da cama e, em poucos dias, morreu em meus braços.

O que então foi feito de mim? Não sei; perdi os sentidos, e correntes e trevas eram as únicas coisas que me oprimiam. Às vezes, de fato, sonhava que vagava em campos floridos e vales prazerosos com os amigos de minha juventude, mas despertava e me encontrava num calabouço. A melancolia se seguia, mas, em certo grau, formei uma concepção mais clara de minha tristeza e situação, e fui então libertado de minha prisão. Pois eles me chamaram de louco; e, durante muitos meses, pelo que entendi, uma cela solitária havia sido minha habitação.

A liberdade, porém, seria um presente inútil se eu não tivesse despertado para a razão ao mesmo tempo em que despertei para a vingança. Conforme a lembrança de meus infortúnios passados me oprimia, comecei a refletir sobre sua causa – o monstro que eu havia criado, o demônio miserável que eu havia soltado no mundo para minha destruição. Era tomado por uma raiva enlouquecedora quando pensava nele e rezava ardentemente para que pudesse tê-lo em minhas garras, para deflagrar uma grande e extraordinária vingança sobre sua maldita cabeça.

Minha raiva não se restringia a desejos inúteis; comecei a refletir sobre as melhores maneiras de pegá-lo, e, com esse intuito, cerca de um mês após minha libertação, recorri a um juiz criminal na cidade e contei a ele que tinha uma acusação a fazer; que conhecia o destruidor de minha família; e que necessitava que ele exercesse toda a sua autoridade para capturar o assassino.

O magistrado olhou para mim com atenção e bondade:

– Tenha certeza, senhor – disse ele –, de que não pouparei dor ou esforço para descobrir o vilão.

– Eu lhe agradeço – respondi. – Escute, então, o depoimento que tenho a fazer. É de fato uma história tão estranha que temo que não daria crédito se não houvesse algo de fato que, por mais espantoso, force a convicção. A história é coerente demais para ser confundida com um sonho, e não tenho motivos para usar de falsidade.

Meus modos ao me dirigir a ele eram impressionantes, mas calmos; em meu coração eu estava decidido a perseguir meu destruidor até a morte; esse propósito aquietava minha agonia e, por um instante, reconciliou-me com a vida. Relatei então minha história brevemente, mas com firmeza e convicção, marcando as datas com precisão e nunca me desviando em invectivas ou exclamações.

De início o magistrado pareceu totalmente incrédulo, mas conforme eu continuava tornou-se mais atento e interessado; vi-o às vezes estremecer de horror, em outras, uma surpresa vívida, seu traço de descrença, surgia em seu semblante.

Quando concluí minha narrativa, disse:

– Esse é o ser que acuso e em cuja prisão e punição peço que se empenhe com todo o seu poder. É seu dever como magistrado, e acredito e espero que seus sentimentos como homem não o desviem da execução dessas funções neste caso.

Esse tratamento causou uma mudança considerável na fisionomia do meu ouvinte. Ele havia escutado a história com aquele tipo de quase descrença dispensado a contos de espíritos e acontecimentos sobrenaturais, mas quando foi chamado a agir oficialmente, toda a força de sua incredulidade retornou. Respondeu suavemente, porém:

– Estaria disposto a oferecer toda a ajuda em sua busca; mas a criatura de quem você fala parece ter poderes que desafiariam todos os meus esforços. Quem pode seguir um animal capaz de atravessar o mar de gelo e habitar cavernas e tocas que nenhum homem poderia se aventurar a invadir? Além do mais, alguns meses se passaram desde que ele cometeu seus crimes, e ninguém pode imaginar para onde vagou ou qual região habita agora.

– Não duvido que ronde por perto de onde agora habito; e se de fato se refugiou nos Alpes, pode ser caçado como as camurças e destruído como uma fera predadora. Mas sei o que está pensando: você não dá crédito à minha narrativa e não pretende perseguir meu inimigo com a punição que cabe a ele.

Enquanto eu falava, a raiva brilhava em meus olhos; o magistrado ficou intimidado:

– Você se engana – disse ele. – Vou me esforçar, e, se estiver ao meu alcance pegar o monstro, assegure-se de que ele sofrerá punição proporcional a seus crimes. Mas temo, pelo que você mesmo descreveu serem as propriedades dele, que isso vai se provar impraticável, e assim, mesmo que todas as medidas adequadas sejam tomadas, você deve estar preparado para uma decepção.

– Não posso aceitar isso; mas nada que eu diga vai adiantar. Minha vingança não tem importância para você; ainda assim, embora eu reconheça que se trata de um vício, confesso que é a única paixão de minha alma, e a devora. É indizível a ira que sinto quando penso que o assassino que soltei na sociedade ainda existe. Você recusa meu justo pedido; eu tenho então só um recurso e me dedicarei, seja em vida ou na morte, à destruição dele.

Disse isso trêmulo com o excesso de agitação; havia um frenesi nos meus modos e algo, não duvido, daquela soberba ferocidade que dizem que os mártires de antigamente possuíam. Mas, para um magistrado de Genebra, cuja mente era ocupada por ideias bem diferentes das de devoção e heroísmo, essa elevação mental tinha muito a aparência de loucura. Ele se esforçou para me acalmar como uma enfermeira faz com uma criança, e voltou à minha história como aos efeitos de um delírio.

– Homem – gritei –, quão ignorante és no orgulho de tua sabedoria! Deixa; não sabes o que diz.

Irrompi da casa perturbado e furioso, e me retirei para refletir sobre outro modo de ação.

CAPÍTULO 7

Minha situação naquele momento era tal que todos os pensamentos voluntários foram engolidos e perdidos. Fui apressado pela fúria; a vingança em si me deu força e autocontrole, moldou meus sentimentos e permitiu que eu fosse calculista e calmo, em períodos quando, de outra forma, o delírio ou a morte teriam sido meu destino.

Minha primeira resolução foi abandonar Genebra para sempre; meu país, que, quando eu estava feliz e era amado, estimava tanto; agora, em minha adversidade, ele se tornava odioso. Provi-me de dinheiro, além de algumas joias que pertenceram à minha mãe, e parti.

E assim começaram minhas perambulações, e só cessarão junto com minha vida. Atravessei uma vasta porção de terra e suportei todas as dificuldades que viajantes em desertos e países bárbaros estão acostumados a encontrar. Como vivi, mal sei; muitas vezes estendi meus membros falhos sobre a planície arenosa e rezei pela morte. Mas a vingança me manteve vivo; não ousei morrer e deixar meu adversário com vida.

Quando saí de Genebra, meu primeiro trabalho foi arrumar alguma pista que pudesse me dar os rastros de meu inimigo demoníaco. Mas meu plano era incerto, e vaguei por muitas horas pelos confins da cidade, inseguro de qual caminho seguir. Conforme a noite se aproximava, encontrei-me na entrada do cemitério onde William, Elizabeth e meu pai repousavam. Entrei e me aproximei da campa que marcava seus túmulos. Tudo estava silencioso, exceto as folhas das árvores, que eram gentilmente agitadas pelo vento; a noite estava quase escura, e o cenário teria sido solene e comovente até para um observador desinteressado. Os espíritos dos falecidos pareciam adejar e projetar uma sombra, que era sentida mas não vista, ao redor da cabeça do enlutado.

A profunda dor que essa cena inicialmente despertou logo deu lugar à raiva e ao desespero. Estavam todos mortos e eu vivia; o assassino também vivia, e, para destruí-lo, eu deveria conduzir minha existência cansada. Ajoelhei-me na grama, beijei a terra e, com lábios trêmulos, exclamei:

– Pela terra sagrada na qual me ajoelho, pelas sombras que vagam junto a mim, pela dor profunda e eterna que sinto, eu juro; e por ti, oh, noite, e pelos espíritos que presidem sobre ti, juro perseguir o demônio que causou essa tristeza até que ele ou eu pereça no conflito mortal! Para esse propósito preservarei minha vida; para executar essa estimada vingança, contemplarei novamente o sol e atravessarei a vegetação verde da terra, que de outra forma deveria desaparecer de meus olhos para sempre. E eu os chamo, espíritos dos mortos, e a vocês, ministros errantes da vingança, para me ajudar a realizar meu trabalho. Que o maldito monstro infernal beba da agonia profunda; deixem que ele sinta o desespero que agora me atormenta.

Havia começado minha súplica com solenidade e um temor que quase me garantiam que as sombras de meus parentes assassinados ouviam e aprovavam minha devoção; mas a fúria me possuiu quando concluí, e a raiva me fez engasgar em meu discurso.

Na quietude da noite, uma risada alta e demoníaca foi a minha resposta. Ecoou em meus ouvidos longa e pesadamente; as montanhas a repetiram, e senti como se o inferno tivesse me cercado com zombaria e risadas. Sem dúvida, naquele momento, eu teria sido possuído por um frenesi e destruído minha existência miserável, se meu voto não tivesse sido ouvido e eu não tivesse jurado vingança. A risada morreu, e uma voz bem conhecida e abominada, aparentemente próxima ao meu ouvido, dirigiu-se a mim num sussurro audível:

– Estou satisfeito, desgraçado miserável! Você se determinou a viver, e estou satisfeito.

Avancei na direção de onde vinha o som, mas o diabo me escapou. De repente, o amplo disco da lua surgiu e brilhou sobre sua forma medonha e deformada, enquanto ele fugia com uma velocidade além dos mortais.

Eu o persegui, e, por muitos meses, essa tem sido minha tarefa. Guiado por uma leve pista, segui as curvas do Ródano, mas em vão. O Mediterrâneo azul apareceu, e, por um estranho acaso, vi o demônio entrar na noite e se esconder numa embarcação destinada ao mar Negro. Embarquei no mesmo navio, mas ele escapou, não sei como.

Em meio à natureza selvagem da Tartária[71] e da Rússia, apesar de ele ainda me escapar, continuei seguindo seu rastro. Às vezes os camponeses, assustados por sua horrenda aparição, me informavam de seu caminho; às vezes ele mesmo, temendo que, se eu perdesse seu rastro, pudesse me desesperar e morrer, deixava alguma evidência para me guiar. A neve caía sobre minha cabeça, e vi a marca de sua enorme pegada na planície branca. Para vocês que entram agora na vida, a quem o cuidado é novo e a agonia, desconhecida, como podem entender o que senti e ainda sinto? Frio, privação e fadiga eram as últimas dores que estava destinado a suportar; eu era amaldiçoado por algum diabo e carregava comigo meu inferno perpétuo; ainda assim, um bom espírito me seguia e direcionava meus passos e, quando eu mais murmurava, de repente me livrava de dificuldades aparentemente intransponíveis. Às vezes, quando, vencido pela fome, eu caía de exaustão, um repasto era preparado para mim no deserto, me restaurando e me estimulando. A refeição era de fato grosseira, como a dos camponeses, mas não duvido que era colocada lá pelos espíritos que eu havia invocado para me ajudar. Frequentemente, quando tudo estava seco, o céu límpido e eu árido de sede, uma leve nuvem obscurecia o céu, derramava algumas gotas que me reviviam e desaparecia.

Eu seguia, quando podia, o curso dos rios, mas o demônio geralmente os evitava, por ser onde a população do campo mais se reunia. Em outros lugares, quase não se viam seres humanos, e eu subsistia em geral de animais selvagens que cruzavam meu caminho. Tinha dinheiro e obtive a amizade dos aldeões distribuindo-o; ou trazia comigo algum animal que havia matado e, após separar uma pequena parte para mim, sempre o oferecia àqueles que me cediam fogo e utensílios para cozinhar.

Essa vida me era de fato odiosa, e somente durante o sono eu podia aproveitar algum prazer. Oh, sono abençoado! Frequentemente, quando mais miserável, eu afundava em repouso, e meus sonhos me embalavam até o êxtase. Os espíritos que me guardavam me forneciam esses momentos, ou

71. Antigo nome para designar uma grande extensão de terra que vai do mar Cáspio e dos montes Urais até o oceano Pacífico, onde atualmente ficam a Mongólia, a Sibéria e o norte da China (Manchúria).

melhor, horas de felicidade, para que eu pudesse recuperar as forças para cumprir minha peregrinação. Privado desse respiro, teria sucumbido diante de minhas dificuldades. Durante o dia, eu era sustentado e encorajado pela esperança da noite; pois, no sono, via meus amigos, minha esposa e meu amado país; enxergava novamente a expressão benevolente de meu pai, ouvia os tons límpidos da voz de Elizabeth e contemplava Clerval com saúde e juventude. Frequentemente, quando cansado por uma marcha desgastante, convencia-me de que estava dormindo e que, quando a noite chegasse, eu poderia aproveitar a realidade nos braços de meus entes queridos. Que estima agonizante sentia por eles! Como me apegava às suas queridas formas quando, às vezes, assombravam até minhas horas despertas e me convenciam de que ainda viviam! Em tais momentos, a vingança, que queimava dentro de mim, morria em meu coração, e eu seguia meu caminho em direção à destruição do demônio mais como uma tarefa enviada pelos céus, como um impulso mecânico de algum poder do qual estava inconsciente, do que um desejo ardente da minha alma.

Quais eram os sentimentos daquele que eu perseguia, não posso saber. Às vezes, deixava de fato marcas escritas nas cascas de árvores ou cortadas na pedra, que me guiavam e instigavam minha fúria. "Meu reino ainda não acabou", lia-se em uma dessas inscrições. "Você vive, e meu poder é completo. Siga-me; busco as neves eternas do norte, onde você sentirá a miséria do frio e do gelo, à qual sou indiferente. Perto daqui, se não tardar muito, encontrará uma lebre morta; coma e reanime-se. Venha, meu inimigo; ainda temos de lutar por nossas vidas, mas muitas horas duras e miseráveis devem se passar até que esse momento chegue."

Diabo zombeteiro! Novamente juro vingança; novamente dedico a ti, miserável demônio, tortura e morte. Nunca vou desistir de minha busca, até ele ou eu perecer; então, com êxtase, me unirei à minha Elizabeth e meus amigos falecidos, que mesmo agora me preparam para a recompensa de meu tedioso esforço e terrível peregrinação!

À medida que prosseguia em direção ao norte, a neve se adensou e o frio aumentou tanto que era quase severo demais para se suportar. Os camponeses estavam trancados em suas cabanas, e apenas uns poucos entre os mais resistentes se aventuravam a caçar os animais que a fome forçava para fora de seus esconderijos em busca de presas. Os rios estavam cobertos de gelo, e não se encontrava nenhum peixe; e assim fui privado de meu principal sustento.

O triunfo de meu inimigo aumentava com minhas dificuldades. Ele deixou uma inscrição que dizia: "Prepare-se! Seus esforços apenas começaram; envolva-se em peles e arrume comida, porque logo entraremos numa jornada em que seus sofrimentos satisfarão meu ódio eterno."

Minha coragem e perseverança foram revigoradas por essas palavras de zombaria; decidi não fracassar em meu propósito e, evocando o céu para me apoiar, continuei com fervor inabalável a atravessar imensos desertos, até que o oceano apareceu ao longe, formando com o horizonte o limite derradeiro. Oh! Que diferente das estações azuis do sul! Coberto com gelo, o mar só se distinguia da terra por sua selvageria superior e sua aspereza. Os gregos choraram de prazer quando contemplaram o Mediterrâneo dos morros da Ásia, e saudaram com êxtase os limites de seus esforços.[72] Não chorei, mas me ajoelhei e, com o coração repleto, agradeci meu espírito guia por me conduzir em segurança para um lugar onde esperava, mesmo com o desprezo do meu adversário, me encontrar e lutar com ele.

Algumas semanas antes, eu havia arranjado um trenó e cães, e assim atravessei a neve com velocidade inconcebível. Não sei se o demônio possuía a mesma vantagem; mas descobri que, se antes eu perdia diariamente terreno na busca, agora recuperava, tanto que, quando vi pela primeira vez o oceano, ele só estava um dia na frente, e eu esperava interceptá-lo antes que chegasse à praia. Assim, com coragem renovada, segui e, em dois dias, cheguei a um vilarejo desolado na costa. Sondei os habitantes sobre o demônio e obtive informações precisas. Um monstro gigantesco, disseram, havia chegado na noite anterior, armado com armas e pistolas, fazendo com que os habitantes de um chalé solitário fugissem por medo de sua aparência terrível. Ele havia levado o estoque de comida de inverno deles e o colocado num trenó arrastado por numerosos cães treinados, que arreou e, na mesma noite, para

72. Referência à retirada de 10 mil mercenários gregos que tentaram derrubar o rei Artaxerxes II do trono da Pérsia em 401 a.C., sem sucesso. Ao voltarem, marchando 1.500 quilômetros por terrenos hostis, os soldados se depararam com o mar Negro, por uma passagem entre as montanhas da Turquia, e comemoraram como se avistassem o Mediterrâneo. A história foi registrada por Xenofonte.

alegria dos aldeões apavorados, seguiu viagem pelo mar em direção a terra alguma; e eles supuseram que seria velozmente destruído se o gelo se partisse, ou congelado pelas nevascas eternas.

Ao ouvir essa informação, sofri um acesso temporário de desespero. Ele havia me escapado, e eu precisava começar uma jornada destrutiva e quase infinita pelos gelos montanhosos do oceano – enfrentando um frio que poucos habitantes poderiam suportar por muito tempo e ao qual eu, nativo de um clima afável e ensolarado, não podia esperar sobreviver. Ainda assim, diante da ideia de que o diabo pudesse viver e triunfar, minha raiva e vingança retornaram e, como uma maré poderosa, sobrepujaram qualquer outro sentimento. Após um leve repouso, durante o qual os espíritos dos mortos pairaram ao redor e me instigaram a trabalhar duro e à vingança, preparei-me para a viagem.

Troquei meu trenó de terra por um adequado às desigualdades do oceano congelado; e, comprando um amplo estoque de provisões, parti.

Não posso dizer quantos dias decorreram desde então; mas passei por maus bocados, que nada poderia ter me feito suportar senão o eterno sentimento de uma justa retribuição queimando em meu coração. Montanhas imensas e irregulares de gelo muitas vezes bloqueavam minha passagem, e eu ouvia com frequência o trovão do mar estalando, que ameaçava me destruir. Mas novamente o gelo endurecia e tornava seguros os caminhos do mar.

Pela quantidade de provisões que consumira, imagino que havia passado três semanas nessa jornada; e o contínuo protelar da esperança em meu coração arrancava de meus olhos lágrimas amargas de desânimo e pesar. O desespero de fato quase conseguira alcançar sua presa, e eu teria em breve afundado sob essa tristeza. Um dia, depois que os pobres animais que me conduziam conseguiram, com incrível esforço, ganhar o cume de uma íngreme montanha gelada, e um, sucumbindo à fadiga, morreu, mirei angustiado a vastidão à minha frente quando de repente meus olhos captaram um brilho negro sobre a planície crepuscular. Forcei a vista para descobrir o que poderia ser e dei um grito selvagem de êxtase quando distingui um trenó e dentro dele as proporções distorcidas de uma forma bem conhecida. Oh! Com que jorro flamejante a esperança revisitou meu coração! Lágrimas quentes tomaram meus olhos, que eu rapidamente limpei para que não interferissem na visão que eu tinha do demônio; mas minha vista foi ainda prejudicada pelas gotas que queimavam, até que, cedendo às emoções que me oprimiam, chorei alto.

Mas não era hora para atrasos; liberei os cães de seu companheiro morto, dei a eles uma generosa porção de comida e, após uma hora de descanso que foi absolutamente necessária e ainda assim amargamente irritante para mim, continuei minha rota. O trenó ainda estava visível; não tirei mais os olhos dele, exceto nos momentos em que, por um curto período de tempo, alguma rocha gelada o escondia com seus penhascos intervenientes. Eu de fato estava ganhando dele, e quando, após quase dois dias de jornada, contemplei meu inimigo a menos de dois quilômetros de distância, meu coração saltou em meu peito.

Mas então, quando parecia que estava prestes a alcançar meu inimigo, minhas esperanças foram repentinamente extintas, e perdi seu rastro como jamais havia acontecido antes. Ouvi um estalo no mar; o rugido que se estendeu, enquanto as águas rolavam e ondulavam abaixo de mim, tornava-se a cada momento mais ameaçador e terrível. Segui em frente, mas em vão. O vento se ergueu; o mar rugiu e, como o choque poderoso de um terremoto, rachou e se quebrou com um som tremendo e esmagador. Logo tudo estava acabado; em poucos minutos, um mar tumultuoso se colocou entre mim e meu inimigo, e fiquei à deriva num pedaço disperso de gelo, que diminuía continuamente, e assim me preparava uma morte horrenda. Muitas horas pavorosas se passaram, vários dos cachorros morreram; e eu mesmo estava prestes a soçobrar sob tanta aflição quando vi sua embarcação ancorada e me oferecendo esperanças de socorro e vida. Não imaginava que embarcações vinham tão longe ao norte e fiquei espantado ante essa visão. Rapidamente, destruí parte de meu trenó para construir remos e, desse modo, fui capaz, com cansaço infinito, de mover minha jangada de gelo na direção de seu navio. Eu estava determinado, se você rumasse para o sul, a ainda me confiar à mercê dos mares em vez de abandonar meu propósito. Esperava induzi-lo a me conceder um barco com o qual pudesse perseguir meu inimigo. Mas sua direção era para o norte. Você me pôs a bordo quando meu vigor se exauria, e eu logo teria sucumbido sob minhas múltiplas provações numa morte que ainda temo – porque minha tarefa não foi cumprida.

Oh! Quando meu espírito guia vai me conduzir ao demônio e me permitir o descanso que tanto desejo? Ou devo morrer e ele permanecer vivo? Se assim for, jure para mim, Walton, que ele não escapará; que você vai procurá-lo e cumprir minha vingança matando-o. E ouso pedir que siga com minha peregrinação, que suporte as provações pelas quais passei? Não; não sou tão egoísta. Ainda assim, quando eu estiver morto, se ele aparecer, se os ministros da vingança o conduzirem a você, jure que ele não ficará vivo – jure que ele não triunfará sobre o aglomerado de minhas desgraças e sobreviverá para acrescentar outros à lista de seus crimes sombrios. Ele é eloquente e persuasivo e suas palavras chegaram a influenciar meu coração, mas não confie nele. Sua alma é tão infernal quanto sua forma, cheia de traição e malícia demoníaca. Não dê ouvidos a ele, evoque os *manes*[73] de William, Justine, Clerval, Elizabeth, meu pai e do arruinado Victor, e crave sua espada no coração dele. Estarei pairando por perto para garantir que o aço tome a direção correta.

WALTON, *continuando.*

26 de agosto de 17–

Você leu esse estranho e aterrorizante relato, Margaret; sentiu o sangue congelar com o mesmo horror que ainda agora talha o meu próprio sangue? Às vezes, tomado por uma agonia repentina, ele não conseguia continuar a história; em outras, sua voz abatida, mas ainda penetrante, proferia com dificuldade as palavras tão repletas de angústia. Seus belos e adoráveis olhos ora se iluminavam de indignação, ora se reduziam a uma tristeza abatida e sufocada com a infinita desgraça. Às vezes ele controlava as feições e o tom e relatava os mais horríveis incidentes com uma voz tranquila, suprimindo qualquer marca de agitação; então, como um vulcão irrompendo, seu rosto

73. Espíritos dos entes queridos, na antiga mitologia romana. Era um eufemismo, significando "os benévolos", usado para propiciá-los. Os *manes* eram cultuados com oferendas de vinho, mel e leite; celebravam-se em seu louvor as festas chamadas *rosaria* (ou *violoria*), quando se enfeitavam as sepulturas com rosas (ou violetas), e *parentalia*.

de repente mudava para uma expressão da mais selvagem raiva, enquanto maldizia seu perseguidor.

Sua história tem nexo e parece transmitir a mais pura verdade; mesmo assim, devo admitir que as cartas de Felix e Safie, as quais ele me mostrou, e a aparição do monstro, que avistamos de nosso navio, me deixaram mais convencido da verdade de sua narrativa do que suas declarações, ainda que sinceras e coerentes. Tal criatura então existe de fato! Não posso duvidar disso; ainda assim, a surpresa e o assombro me deixam perdido. Às vezes, esforço-me para conseguir de Frankenstein as particularidades da criação desse monstro; mas nesse ponto ele é impenetrável.

– Está louco, meu amigo? – disse ele. – Para onde sua curiosidade insensata o conduz? Você também criaria para si e para o mundo um inimigo demoníaco? Paz, paz! Aprenda com meus sofrimentos e não busque aumentar os seus.

Frankenstein descobriu que fiz anotações sobre sua história; pediu para vê-las, e então ele mesmo as corrigiu e ampliou em vários pontos; mas principalmente dando vida e espírito às conversas que teve com seu inimigo.

– Já que você preservou minha narrativa – disse –, eu não deixaria que ficasse mutilada para a posteridade.

Uma semana se passou enquanto eu ouvia a história mais estranha que a imaginação já engendrou. Meus pensamentos e cada sentimento de minha alma ficaram absortos diante do interesse despertado por meu hóspede e por essa narrativa, assim como por suas maneiras gentis e elevadas. Desejo acalmá-lo; mas como posso aconselhar alguém tão infinitamente triste, tão destituído de esperança e consolo, a viver? Oh, não! O único prazer que ele poderá conhecer agora será quando entregar seu espírito despedaçado à paz e à morte. Ainda assim, ele tem algo que o conforta, cria da solidão e do delírio: quando conversa nos sonhos com seus amigos, encontrando nessa comunhão consolo para a infelicidade ou estímulo para sua vingança, acredita que eles são não obra de sua imaginação, mas os próprios seres que o visitam, vindos de um mundo remoto. Essa crença confere uma solenidade aos seus pensamentos que os torna quase tão imponentes e interessantes quanto a verdade.

Nossas conversas não estão sempre limitadas à sua própria história e infortúnios. Ele demonstra um conhecimento irrestrito sobre diversos pontos da literatura em geral e um discernimento rápido e penetrante. Sua eloquência é impetuosa e tocante; e quando relata um acidente digno de pena ou se esforça para transmitir paixões e amor, não posso ouvi-lo sem chorar. Que criatura gloriosa deve ter sido em seus dias de prosperidade, se na ruína é nobre e divino assim! Parece sentir seu próprio valor e a extensão de sua queda.

– Quando jovem – disse ele –, acreditava-me destinado a um grande feito. Meus sentimentos são profundos, mas possuo uma frieza de julgamento que me predispõe a conquistas ilustres. Essa consciência do valor de minha natureza me sustentou, quando outros teriam sido oprimidos; pois considerei criminoso desperdiçar em dores vãs talentos que poderiam ser úteis aos meus semelhantes. Quando reflito sobre o trabalho que completei, nada menos do que a criação de um animal sensível e racional, não consigo me colocar com o rebanho de empreendedores comuns. Mas esse pensamento, que me serviu de apoio no início de minha carreira, agora serve apenas para me afundar mais na poeira. Todas as especulações e esperanças não são nada e, como o arcanjo que aspira à Onipotência,[74] estou preso num inferno perpétuo. Minha imaginação era vívida, ainda assim meus poderes de análise e aplicação eram intensos; com a união dessas qualidades, concebi a ideia e executei a criação de um homem. Mesmo agora não posso me lembrar sem paixão de meus devaneios enquanto o trabalho estava incompleto. Atravessei o céu em meus pensamentos, ora exultando com meus poderes, ora ardendo ao imaginar seus efeitos. Desde a infância, fui dotado de grandes esperanças e uma ambição desmedida; mas como me afundei! Oh! Meu amigo, se você tivesse me conhecido como outrora fui, não me reconheceria nesse estado de degradação. O desânimo raramente visitava meu coração; um destino elevado parecia me conduzir em frente, até que eu decaí, para nunca, nunca mais me levantar.

Devo então perder esse ser admirável! Ansiei por um amigo; procurei alguém que se solidarizasse comigo e me amasse. Veja, nestes mares desertos, encontrei exatamente isso; mas temo que o tive apenas para conhecer seu valor e perdê-lo. Eu o reconciliaria com a vida, mas ele parece repelir a ideia.

---

74. Referência a Lúcifer, o anjo caído transformado em senhor do submundo.

– Eu lhe agradeço, Walton – disse ele –, por suas boas intenções em relação a um desgraçado tão miserável; mas, quando fala de novos laços e afetos, pensa que pode substituir aqueles que se foram? Pode algum homem ser como Clerval ou alguma mulher como Elizabeth? Mesmo quando os afetos não são tão fortemente nutridos por alguma qualidade superior, os companheiros de nossa infância possuem sempre certa ascendência sobre nossos pensamentos, que dificilmente um amigo tardio pode alcançar. Eles conhecem nossas disposições imaturas, que por mais que possam mudar nunca são erradicadas; e podem julgar nossas ações chegando a conclusões bem mais certeiras sobre a integridade de suas motivações. Uma irmã ou irmão nunca poderia suspeitar da mentira ou falsidade do outro, a não ser que esses sintomas tenham aparecido cedo, enquanto um amigo, por mais forte que seja sua ligação, pode apesar de tudo alimentar alguma desconfiança. Mas desfrutei de amigos que eram estimados não apenas pelo hábito e pela companhia, mas por seus méritos; e onde quer que eu esteja a voz doce de Elizabeth e a conversa de Clerval serão sussurradas em meus ouvidos. Estão mortos; e só um sentimento em meio a tal solidão pode me persuadir a preservar minha vida. Se eu estivesse empenhado numa nobre missão ou projeto, imbuído de utilidade aos meus semelhantes, então poderia viver para isso. Mas tal não é meu destino; devo perseguir e destruir o ser a quem dei vida, então meu papel na terra estará cumprido, e poderei morrer.

2 de setembro

Minha amada irmã,

Escrevo a você envolto em perigos e sem saber se estou condenado a nunca mais ver a querida Inglaterra e os caros amigos que a habitam. Estou cercado por montanhas de gelo que não oferecem escapatória e ameaçam a todo momento esmagar minha embarcação. Os bravos colegas que convenci a serem meus companheiros buscam a mim como auxílio, mas não tenho nada a oferecer. Há algo terrivelmente pavoroso em nossa situação, ainda assim minha coragem e esperanças não me abandonaram. É terrível refletir que as vidas de todos esses homens estão em perigo por minha causa. Se nos perdemos, a razão terá sido meus loucos esquemas.

E como ficará sua mente, Margaret? Você não vai saber de minha destruição e esperará ansiosamente meu retorno. Anos se passarão, o desespero baterá à sua porta mas ainda assim você será torturada pela esperança. Oh! Minha amada irmã, frustrar suas sinceras expectativas é para mim uma ideia ainda mais terrível do que minha morte. Mas você tem um marido e filhos adoráveis; você pode ser feliz. Que os céus a abençoem e a façam assim!

Meu infeliz hóspede me observa com a mais terna compaixão. Ele se esforça para me encher de esperança e fala como se a vida fosse algo que ele valorizasse. Ele me lembra de quão frequentemente os mesmos acidentes aconteceram com outros navegadores que experimentaram este mar, e, apesar de tudo, enche-me de presságios animados. Até os marinheiros sentem o poder de sua eloquência; quando fala, eles não se desesperam mais; ele eleva suas energias, e, enquanto escutam sua voz, acreditam que essas vastas montanhas de gelo são montículos que irão desaparecer mediante a resolução de um homem. Esses sentimentos são transitórios; cada dia de expectativa atrasada os enche de medo, e quase temo um motim causado por esse desespero.

5 de setembro

Acabou de se passar uma cena de interesse tão incomum que, apesar de ser altamente provável que esses papéis nunca cheguem a você, não posso deixar de registrar.

Ainda estamos cercados por montanhas de gelo, no perigo iminente de sermos esmagados por uma colisão entre elas. O frio é excessivo e muitos de meus infelizes camaradas já encontraram um túmulo nesta cena de desolação. A saúde de Frankenstein declina diariamente; um fogo febril ainda brilha em seus olhos, mas ele está exausto, e quando se ergue de repente para algum esforço, logo afunda novamente numa aparente inatividade.

Mencionei em minha última carta os medos que tinha de um motim. Essa manhã, enquanto observava a expressão lívida de meu amigo – seus olhos semicerrados e os membros caídos indiferentes –, fui despertado por meia dúzia de marinheiros que exigiram admissão na cabine. Eles entraram, e seu líder se dirigiu a mim. Disse-me que ele e seus companheiros foram escolhidos por outros marinheiros para se apresentar a mim e fazer uma requisição que, com justiça, eu não poderia recusar. Estávamos amurados em gelo e provavelmente nunca escaparíamos; mas eles temiam que, se o gelo se dissipasse e uma passagem se abrisse, como era possível acontecer, eu seria imprudente o bastante para continuar a viagem e conduzi-los a novos perigos, após eles terem tido a felicidade de superar aquele. Insistiram, assim, que eu fizesse uma promessa solene de que, se a embarcação fosse liberada, iria instantaneamente voltar meu curso para o sul.

Esse discurso me incomodou. Eu não havia me desesperado, nem tinha ainda concebido a ideia de voltar, caso nos libertássemos. Ainda assim, poderia eu, com justiça, ou mesmo como conjectura, recusar a exigência? Hesitei antes de responder, quando Frankenstein, que inicialmente havia estado em silêncio e de fato parecia mal ter forças para participar, se levantou; seus olhos brilhavam, e suas faces coraram com um vigor momentâneo. Voltando-se para os homens, ele disse:

– O que querem dizer? O que exigem de seu capitão? Desviam-se tão facilmente de seus desejos? Não chamaram esta de uma gloriosa expedição? E por que era gloriosa? Não porque o caminho era fácil e plácido como um mar do sul, mas porque estava cheio de perigos e terror; porque em cada novo incidente sua força é requisitada e sua coragem, demonstrada; porque perigo e morte os cercam, e isso vocês devem desbravar e superar. Esta é a glória, pois esta é uma empreitada honrada. Vocês serão depois considerados benfeitores de sua espécie; seus nomes serão adorados como os de homens corajosos que encontraram a morte pela honra e o benefício da humanidade. E agora que primeiro imaginam o perigo ou, se preferirem, contemplam a primeira prova terrível de sua coragem, vocês se encolhem e se satisfazem em entrar para a história como homens que não tiveram força suficiente para suportar o frio e o perigo; então, pobres almas, eles estavam com frio e voltaram para suas lareiras quentinhas. Ora, isso não requer preparo; vocês não precisavam ter chegado tão longe e arrastado seu capitão para a vergonha de uma derrota meramente para se provarem covardes. Oh! Sejam homens. Ou sejam mais do que homens. Sejam firmes em seus propósitos, e firmes como uma rocha. Esse gelo não é feito da mesma substância que talvez forme seus corações; é mutável e não é páreo para vocês, se vocês disserem que não é. Não voltem para suas famílias com o estigma da desgraça marcado em suas frontes. Voltem como heróis que lutaram e conquistaram, que não sabem o que é virar as costas para o adversário.

Falava com uma voz tão modulada aos diferentes sentimentos expressos em seu discurso, com os olhos tão cheios de sublime propósito e heroísmo, que você pode se perguntar se os homens se comoveram. Entreolharam-se e foram incapazes de responder. Eu falei; pedi que se retirassem e considerassem o que tinha sido dito: que não iria conduzi-los mais ao norte se eles desejassem tão categoricamente o contrário, mas que esperava que, com reflexão, a coragem deles retornasse.

Eles se retiraram, e virei-me para meu amigo, mas ele estava afundado num langor e quase desprovido de vida.

Como tudo isso vai terminar, não sei, mas prefiro morrer a voltar envergonhado – com meu propósito não conquistado. Ainda assim, temo que tal seja meu destino; sem o apoio de ideias de glória e honra, os homens jamais continuarão voluntariamente a suportar as presentes provações.

7 de setembro

A sorte foi lançada; consenti com o retorno, se não formos destruídos. Assim minhas esperanças foram detonadas pela covardia e a indecisão: volto ignorante e decepcionado. É preciso mais serenidade do que possuo para suportar essa injustiça com paciência.

12 de setembro

Acabou; estou voltando à Inglaterra. Perdi as esperanças de serventia e glória – perdi meu amigo. Vou me esforçar para detalhar essas amargas circunstâncias a você, querida irmã; e, enquanto sou levado para a Inglaterra e para você, não vou desanimar.

Em 9 de setembro, o gelo começou a se mover, e rugidos como trovões foram ouvidos ao longe, conforme as ilhas se partiam e rachavam em todas as direções. O perigo era o mais iminente, mas como só podíamos permanecer passivos, minha principal atenção era dedicada ao meu infeliz hóspede, cuja enfermidade havia progredido de tal modo que ele estava totalmente confinado à sua cama. O gelo rachou atrás de nós e foi levado com força em direção ao norte; uma brisa soprou do oeste e, no dia 11, a passagem em direção ao sul se tornou inteiramente livre. Quando os marinheiros viram isso e que seu retorno ao país natal estava aparentemente garantido, um longo grito de prazer tumultuado irrompeu entre eles. Frankenstein, que estava cochilando, acordou e perguntou a causa do alvoroço.

– Eles gritam – respondi – porque logo vão retornar à Inglaterra.

– Então você realmente retorna?

– Ai de mim! Retorno, não posso rejeitar as exigências deles. Não posso conduzi-los involuntariamente ao perigo, portanto devo retornar.

– Então o faça, se deseja, mas não irei. Você pode desistir de seu propósito, mas o meu me foi atribuído pelos céus e não ousarei negá-lo. Estou fraco, mas certamente os espíritos que ajudam em minha vingança vão me dotar de força suficiente. – Dizendo isso, tentou saltar da cama, mas o esforço era grande demais, e ele caiu de volta e desmaiou.

Muito tempo se passou até ele se recuperar, e várias vezes pensei que sua vida tivesse terminado. Finalmente, ele abriu os olhos; respirava com dificuldade e estava incapaz de falar. O médico deu a ele um composto revigorante e nos mandou deixá-lo imperturbado. Nesse meio-tempo, ele me contou que meu amigo certamente não tinha muitas horas de vida.

Com sua sentença pronunciada, eu só podia lamentar e ser paciente. Sentei-me ao lado de sua cama, observando-o. Seus olhos estavam fechados e achei que dormia, mas nesse momento ele me chamou com uma voz fraca e, pedindo que me aproximasse, disse:

– Ai de mim! A força em que eu confiava se foi; sinto que logo morrerei e ele, meu inimigo, meu perseguidor, ainda pode estar vivo. Não pense, Walton, que em meus últimos momentos de existência sinto o ódio fervoroso e o ardente desejo de vingança que outrora expressei; mas me sinto justificado em desejar a morte de meu adversário. Durante esses últimos dias, ocupei-me em examinar minha conduta passada; não a considero culpável. Num surto louco de entusiasmo, dei vida a uma criatura racional e devia ter assegurado a ela, no que estivesse ao meu alcance, sua felicidade e bem-estar. Esse era meu dever; mas ainda havia outro superior a isso. Meus deveres em relação aos seres de minha espécie clamavam mais por minha atenção, porque incluíam uma proporção maior de felicidade ou tristeza. Estimulado por essa perspectiva, recusei-me, e fiz o certo ao recusar-me, a criar uma companheira para essa primeira criatura. Ele demonstrou uma malignidade e um egoísmo sem paralelo; aniquilou meus entes queridos; dedicou-se à destruição de seres que possuíam sensações delicadas, felicidade e sabedoria; nem sei onde sua sede por vingança pode terminar. Miserável ele próprio, que não torne mais ninguém desgraçado; ele deve morrer. A tarefa de sua destruição era minha, mas fracassei. Movido por egoísmo e razões vis, pedi que você cumprisse meu trabalho inacabado; e renovo esse pedido agora, impelido apenas por razão e virtude.

"Mas não posso pedir que renuncie a seu país e a seus amigos para cumprir essa tarefa; e agora que você está voltando à Inglaterra, terá pouca chance de se encontrar com ele. Mas deixo a você a consideração desses pontos e a apreciação justa do que você pode tomar como seus deveres; meu julgamento e ideias já estão perturbados pela aproximação da morte. Não ouso perguntar-lhe o que acha certo, porque posso ainda estar desviado pela paixão.

"Me perturba que ele possa continuar vivo para ser um instrumento de maldade; em outros aspectos, essa hora, em que espero minha libertação, é a única feliz que saboreio há vários anos. As formas dos meus amados mortos flutuam diante de mim, e me apresso para seus braços. Adeus, Walton! Busque alegria na tranquilidade e evite as ambições, mesmo que sob a aparente inocência de se distinguir na ciência e nas descobertas. Mas por que digo isso? Fui destruído por essas esperanças, mas outro pode ter sucesso."

Sua voz foi ficando fraca, e, por fim, exausto pelo esforço, ele mergulhou no silêncio. Cerca de meia hora depois, tentou falar de novo, mas foi incapaz; apertou debilmente minha mão e seus olhos se fecharam para sempre, enquanto a irradiação de seu sorriso falecia em seus lábios.

Margaret, o que posso dizer sobre a prematura extinção desse glorioso espírito? O que posso dizer que faça você compreender a profundidade de minha dor? Tudo o que posso expressar seria inadequado e frágil. Minhas lágrimas fluem, uma nuvem de decepção turva minha mente. Mas viajo em direção à Inglaterra e aí devo encontrar consolo.

Estou sendo interrompido. O que esses sons anunciam? É meia-noite; a brisa sopra levemente, e o vigia no convés mal se mexe. De novo o som de uma voz humana, porém mais rouca; vem da cabine onde os restos de Frankenstein ainda estão. Devo me levantar e examinar. Boa noite, minha irmã.

Meu bom Deus! Que cena acabou de acontecer! Ainda estou tonto com a lembrança dela. Não sei se conseguirei detalhar tudo, mas a história que registrei ficaria incompleta sem essa espantosa tragédia final.

Entrei na cabine onde estavam os restos de meu malfadado e admirável amigo. Sobre ele debruçava-se uma forma que não tenho palavras para descrever: gigantesco em estatura, ainda assim grosseiro e deformado nas proporções. Curvado sobre o caixão, seu rosto escondia-se atrás de longos cachos de cabelo emaranhado, mas via-se uma imensa mão estendida, com a cor e a textura semelhantes às de uma múmia. Quando ouviu que eu me aproximava, deixou de proferir exclamações de dor e horror e avançou em direção à janela. Nunca contemplei uma visão tão horrível quanto sua face, de feiura apavorante, ainda que incrível. Fechei os olhos involuntariamente e me esforcei para lembrar quais eram meus deveres em relação a esse destruidor. Pedi que ficasse.

Ele parou; olhando para mim com espanto e novamente se virando para a forma sem vida de seu criador, pareceu se esquecer da minha presença, e cada traço e gesto se mostraram instigados pela gama mais ampla de alguma paixão incontrolável.

– Esta também é uma vítima minha! – exclamou. – Seu assassinato consuma meus crimes; a trajetória miserável do meu ser se conclui! Oh, Frankenstein! Ser generoso e abnegado! De que serve agora que eu peça que me perdoe? Eu, que irremediavelmente te destruí destruindo todos que amaste. Ai! Ele está frio, não pode me responder.

Sua voz soou sufocada; e meus primeiros impulsos, que me sugeriam o dever de obedecer ao pedido de meu amigo em seu leito de morte para que destruísse seu rival, agora foram suspensos por uma mistura de curiosidade e compaixão. Aproximei-me desse ser imenso; não ousei novamente fitá-lo no rosto, havia algo tão assustador e sobrenatural em sua feiura. Tentei falar, mas as palavras morreram em meus lábios. O monstro continuou a proferir censuras loucas e incoerentes contra si mesmo. Finalmente consegui me convencer a me dirigir a ele, numa pausa da tempestade de suas paixões:

– Seu arrependimento agora é inútil. Se você tivesse ouvido a voz da consciência e prestado atenção às pontadas de remorso antes de ter levado sua vingança diabólica a esse extremo, Frankenstein ainda estaria vivo.

– Está sonhando? – perguntou o demônio. – Acha que eu não senti a agonia e o remorso? Ele – continuou, apontando para o corpo – oh, ele não sofreu, com a consumação de meus feitos, nem um décimo de milésimo da angústia que senti durante os arrastados pormenores de sua execução. Um egoísmo temeroso me levava, enquanto meu coração era envenenado pelo remorso. Pensa que os gemidos de Clerval foram música para meus ouvidos? Meu coração foi feito para ser suscetível ao amor e à solidariedade; e, quando arruinado pela infelicidade, a maldade e o ódio, não suportou a violência da mudança sem ser torturado de um modo que você nem pode imaginar.

"Após a morte de Clerval, retornei à Suíça com o coração partido e oprimido. Senti pena de Frankenstein, minha compaixão se tornou horror, abominei a mim mesmo. Mas quando descobri que ele, o autor de minha existência e de tormentos impronunciáveis, ousou ter esperança de ser feliz; que enquanto acumulava desgraças e desespero para mim, buscava seu próprio bem-estar em sentimentos e paixões cujo gozo me estava eternamente impedido, então uma inveja impotente e uma indignação amarga me tomaram com uma sede insaciável de vingança. Relembrei minha ameaça e decidi que ela deveria ser cumprida. Sabia que estava me preparando para uma tortura mortal, porém eu era escravo, e não o mestre, de um impulso que detestava, mas ainda assim não podia desobedecer. Mas, quando ela morreu, não! Naquele dia não fiquei triste. Abri mão de todos os sentimentos, reprimi toda a angústia, para me insurgir no excesso de meu desespero. O mal então se tornou o bem.[75] Levado assim, não tive escolha a não ser adaptar minha na-

75. Nova referência ao *Paraíso perdido* (ver nota 48): "Que o mal seja meu bem" (canto IV).

tureza a um elemento que escolhera voluntariamente. A satisfação de meus desejos demoníacos tornou-se uma paixão insaciável. E agora terminou; aqui está minha última vítima!"

De início, fiquei tocado pela expressão de sua tristeza; mas, quando relembrei o que Frankenstein dissera sobre seus poderes de eloquência e persuasão, e quando novamente pousei meus olhos na forma sem vida de meu amigo, a indignação reacendeu-se em mim.

– Desgraçado! Muito apropriado vir aqui se queixar sobre a desolação que causou. Você joga uma tocha sobre casas e, quando o fogo as consumiu, senta-se sobre as ruínas e lamenta que tenham ido ao chão. Demônio hipócrita! Se aquele que você vela ainda vivesse, ainda seria ele o objeto, novamente seria ele a presa de sua vingança maldita. Não é pena que sente; você só lamenta porque a vítima de sua malignidade não está mais sob seu poder.

– Oh, não é assim, não é assim – interrompeu o ser. – Mas deve ser essa a impressão transmitida a você pelo que parece ser o propósito de minhas ações. Contudo, não busco simpatia à minha infelicidade. Jamais encontrarei solidariedade. Quando a busquei inicialmente, desejava compartilhar do amor pela virtude, dos sentimentos de felicidade e afeto que transbordavam de meu ser. Mas agora que a virtude se tornou uma sombra para mim e felicidade e afeto se transformaram em amargura e num desespero pavoroso, a que devo recorrer para ter solidariedade? Eu me contento em sofrer sozinho, enquanto meus sofrimentos durarem; quando morrer, bastará que abominação e opróbrio pesem sobre minha memória. Outrora minha imaginação foi apaziguada com sonhos de virtude, de fama e felicidade. Outrora eu falsamente esperei encontrar seres que, relevando meu aspecto externo, iriam me amar pelas excelentes qualidades que eu era capaz de demonstrar. Nutri pensamentos elevados de honra e devoção. Mas agora o crime me degradou abaixo do mais vil dos animais. Nenhuma culpa, nenhuma injúria, nenhuma maldade, nenhuma tristeza pode ser comparada às minhas. Quando repasso o medonho catálogo de meus pecados não posso acreditar que sou a mesma criatura cujos pensamentos outrora foram tomados pelas visões sublimes e transcendentais de beleza e de grandeza da bondade. Mas é isso; o anjo caído se torna um diabo maligno. Mesmo assim, aquele inimigo de Deus e do homem tinha amigos e parceiros em sua desolação; eu estou sozinho.

"Você, que chama Frankenstein de amigo, parece ter conhecimento de meus crimes e dos infortúnios dele. Mas nos detalhes que ele lhe deu não poderia resumir as horas e os meses de sofrimento pelos quais passei desperdiçando paixões impotentes. Pois eu destruí as esperanças dele, mas não satisfiz meus desejos. Eles permaneceram ardentes e súplices; eu buscava amor e companheirismo, eu era afastado. Não há injustiça nisso? Devo eu ser considerado o único criminoso quando toda a humanidade pecou contra mim? Por que não odeia Felix, que expulsou seu amigo porta afora com insolência? Por que não execra o bruto que buscou destruir o salvador de sua filha? Não, esses são seres virtuosos e imaculados! Eu, o miserável e abandonado, um aborto, é que devo ser expulso, chutado e pisado. Mesmo agora meu sangue ferve ao me lembrar dessas injustiças.

"Mas é verdade que sou um desgraçado. Matei criaturas adoráveis e indefesas; estrangulei inocentes enquanto dormiam e apertei até a morte a garganta daquele que nunca feriu nem a mim nem a nenhum outro ser vivo. Consagrei meu criador, o espécime seleto de tudo o que é digno de amor e admiração entre os homens, à infelicidade; levei-o até a irremediável ruína. Aí está ele, branco e frio na morte. Você me odeia, sua repugnância não pode se igualar àquela com que me vejo. Olho para as mãos que executaram tais feitos; penso no coração que concebeu tal ideia; e anseio pelo momento quando essas mãos encontrarão meus olhos, quando essa ideia deixará de assombrar meus pensamentos.

"Não tema que eu seja instrumento de futuras injúrias. Meu trabalho está quase completo. A sua morte, a morte de homem algum, é necessária para consumar a trajetória de meu ser e alcançar o que ainda precisa ser feito; mas a minha, sim. Não pense que adiarei esse sacrifício. Abandonarei sua embarcação naquela jangada de gelo que me trouxe até aqui e buscarei a extremidade mais ao norte do globo; erguerei minha pira funerária e levarei às cinzas esta miserável forma, para que seus restos não iluminem nenhum desgraçado curioso e imoral que pudesse criar outro como eu. Devo morrer. Não sentirei mais a agonia que agora me consome nem serei presa de sentimentos insatisfeitos, insaciados. Quem me criou está morto; e, quando eu não mais existir, a própria lembrança de nós dois rapidamente desaparecerá. Não mais verei o sol ou as estrelas nem sentirei o vento brincar em minhas faces. Luz, sentimento e razão irão embora, e nessa condição encontrarei minha felicidade. Alguns anos atrás, quando as imagens que esse mundo permite se abriram diante de mim, quando eu sentia o calor animado do verão e ouvia o farfalhar das folhas e o canto dos pássaros, e isso era tudo para mim, eu teria chorado ante a ideia de morrer; agora é meu único consolo. Corrompido pelos crimes e lacerado pelo mais amargo remorso, onde posso encontrar descanso a não ser na morte?

"Adeus! Eu o deixo, e em você o último humano que esses olhos irão contemplar. Adeus, Frankenstein! Se tu ainda estivesses vivo e ainda nutrisses desejos de vingança contra mim, minha vida os satisfaria mais do que minha destruição. Mas não foi assim; procuraste aniquilar-me, que eu não pudesse causar maiores desgraças; e se ainda, de algum modo desconhecido para mim, tu não tiveres deixado de pensar e sentir, não me desejarias vingança maior do que isso que sinto. Destruído como foste, minha agonia ainda era superior à tua; pois a pontada amarga do remorso não deixará de ulcerar minhas feridas até que a morte as feche para sempre.

"Mas logo morrerei", exclamou ele, com triste e solene entusiasmo, "e o que sinto agora não será mais sentido! Logo esses incendidos sofrimentos serão extintos. Galgarei minha pira fúnebre em triunfo e me regozijarei nas chamas torturantes. A luz dessa conflagração irá se extinguir; minhas cinzas serão levadas para o mar pelos ventos. Meu espírito descansará em paz ou, se ainda pensar, certamente não será mais assim. Adeus."

Dizendo isso, saltou pela janela da cabine sobre a jangada de gelo que flutuava perto da embarcação. Logo foi levado pelas ondas, e perdeu-se na escuridão e na distância.

ANEXOS

PREFÁCIO À PRIMEIRA EDIÇÃO (1818)

O acontecimento que fundamenta esta ficção já não é considerado, segundo o dr. Darwin e alguns dos fisiologistas alemães, impossível. Não se deve presumir que eu atribua o mais remoto grau de fé e seriedade a tais devaneios; não obstante, ao aceitar que funcionam como argumento para um trabalho de fantasia, não julgo que apenas teço fios de horrores sobrenaturais. O acontecimento de que depende o interesse da história está isento das desvantagens de um conto qualquer de fantasmas e magia. Encontra lastro na novidade das situações que desenvolve; e, embora impossível como fato físico, oferece um ponto de vista a partir do qual a imaginação delineia as paixões humanas de maneira mais ampla e segura do que caberia nos limites de um elenco comum de fatos existentes.

Tentei, portanto, preservar a verdade dos princípios elementares da natureza humana; porém, não tive escrúpulos ao inovar em suas combinações. A *Ilíada*, a poesia trágica da Grécia; Shakespeare, em *A tempestade* e *Sonho de uma noite de verão*; e mais especialmente Milton, em *Paraíso perdido*, escrevem em consonância com essa regra; e o mais humilde romancista, que procura dar ou receber distração de seus esforços, pode, sem soberba, aplicar à prosa de ficção essa mesma licença, quiçá lei, a partir da qual tantas e tão singulares combinações de sentimentos humanos resultam nas mais elevadas realizações da poesia.

As circunstâncias sobre a quais minha história versa me foram sugeridas num colóquio casual. Ela foi iniciada, em parte, como uma forma de distração e em parte como expediente para o exercício de recursos da mente que porventura se encontrassem ociosos. Outros motivos se misturaram a estes à medida que o trabalho prosseguiu. Não trato com indiferença a maneira como quaisquer tendências morais presentes nas personagens e nos sentimentos na história representados afetem o leitor; entretanto, minha maior preocupação a este respeito limitou-se a evitar os melancólicos efeitos dos romances atuais e exibir a amabilidade da afeição familiar e a excelência da virtude universal. As opiniões que naturalmente decorrem do herói e sua situação são de modo algum concebidas como se tivessem existido desde sempre em minha consciência; tampouco se pode inferir com justiça das páginas seguintes qualquer preconceito sobre doutrinas filosóficas de qualquer tipo.

É também assunto de interesse para o autor que a escrita da história tenha tido início na belíssima região onde se passa grande parte de seus acontecimentos e de cuja boa sociedade não se pode deixar de sentir saudade. Passei o verão de 1816 na região de Genebra. Fazia frio e chovia muito; no cair da noite, reuníamo-nos ao redor de uma fogueira e, vez por outra, encontrávamos distração em algumas histórias alemãs de fantasmas que por acaso tínhamos em mãos. Esses contos despertaram em nós o desejo de imitá-los. Outros dois amigos (da pena de um deles, qualquer conto teria sido mais bem recebido pelo público do que qualquer coisa que eu conseguisse escrever) e eu mesmo concordamos em escrever cada qual uma história baseada em algum caso sobrenatural.

O tempo, contudo, logo se mostrou mais ameno; meus dois amigos abandonaram-me para fazer uma viagem pelos Alpes, e perderam, diante das magníficas paisagens que tiveram diante de si, toda a memória de suas visões fantasmagóricas. A história a seguir é a única que se completou.

Marlow
Setembro de 1817

INTRODUÇÃO À EDIÇÃO STANDARD (1831)

Quando escolheram *Frankenstein* para integrar sua coleção, os editores da *Standard Novels* declararam-me o desejo de que eu providenciasse um breve relato sobre a origem da história. É com alegria que lhes atendo a vontade, pois assim ofereço resposta geral a uma questão que muito frequentemente me fazem: como eu, na época apenas uma menina, pude conceber e desenvolver ideia tão pavorosa? Confesso que não me agrada dar-me a conhecer em forma impressa; no entanto, como meu relato aparecerá somente como apêndice a uma antiga criação, limitando-se a assuntos relacionados exclusivamente à minha escrita, eu não poderia acusar a mim mesma de invasão de privacidade.

Não chega a causar espanto que, na condição de filha de duas figuras de renome literário, eu pensasse desde muito cedo em escrever. Quando criança, eu rabiscava; e meu passatempo predileto nos momentos de diversão era "escrever histórias". Prazer ainda maior do que esse eu encontrava na construção de castelos no ar – nos sonhos que sonhava acordada –, no encadeamento de pensamentos que tinham por objetivo a formação de uma sucessão de incidentes imaginários. Meus sonhos eram mais fantásticos e agradáveis do que meus escritos. Nestes, eu me revelava simples imitadora: antes realizava o que outros já haviam feito do que colocava no papel as sugestões de meu próprio pensamento. Minha escrita destinava-se a pelo menos um outro olhar: o de minha companheira de infância e amiga. Meus sonhos, porém, eram todos meus. Eu os explicava ou justificava a ninguém. Eles eram meu refúgio quando aborrecida; meu mais caro prazer quando livre.

Vivi minha vida de menina sobretudo no campo e passei tempo considerável na Escócia. Realizei visitas ocasionais a suas mais belas regiões; mais comumente, porém, estabelecia residência nas desertas praias assustadoras do Tay, na região de Dundee. Apenas em retrospecto as digo desertas e assustadoras – na época, elas não me pareciam assim. Essas praias eram, sim, o elevado ninho de minha liberdade, o agradável lugar onde, distante dos olhares de outrem, podia entrar em comunhão com os seres de minha fantasia. Nessa época eu escrevia – meu estilo, no entanto, era o de qualquer um. Era sob as árvores do terreno de nossa casa ou na áspera rocha das encostas das montanhas próximas que minhas verdadeiras criações, os voos etéreos de minha imaginação, nasciam e eram cultivadas. Não me fiz heroína de minhas histórias. Minha vida me parecia assunto prosaico demais. Não passava por minha cabeça que me coubessem desesperados infortúnios românticos ou maravilhosos acontecimentos. Contudo, eu tampouco me restringia a minha identidade, e era capaz de povoar o tempo com criações muito mais interessantes para mim, então, do que minhas sensações.

Passado esse período, minha vida fez-se mais ocupada e a realidade substituiu a imaginação. Meu marido, contudo, empenhou-se desde o princípio para que eu fizesse justiça a meus pais e incluísse meu nome nas páginas da fama. Todo o tempo ele me incitou para que eu conquistasse reputação literária, pela qual eu mesma tomei gosto, não obstante esta depois tenha se tornado absolutamente indiferente para mim. Naquela época ele desejava que eu escrevesse, não tanto com a ideia de que eu produzisse qualquer coisa digna de nota, mas para que ele próprio pudesse julgar a promessa de obras melhores. Eu, porém, nada produzi. As viagens e os cuidados com a família me tomavam o tempo; e o estudo a partir de leituras ou do enriquecimento de minhas ideias mediante o contato com seu pensamento muito mais cultivado era, em termos de literatura, tudo que ocupava minha atenção.

No verão de 1816 fizemos uma viagem à Suíça e tornamo-nos vizinhos de Lord Byron. Inicialmente, passamos momentos agradáveis na proximidade do lago ou caminhando em suas margens; e Lord Byron, que na ocasião produzia o terceiro canto de *Childe Harold*, era o único de nós que lançava seus pensamentos no papel. Tais pensamentos, que ele nos comunicava sucessivamente, investidos de toda a luz e harmonia da poesia, pareciam revelar a divindade das glórias do céu e da terra, cujas influências compartilhávamos com ele.

Aquele verão, no entanto, provou-se úmido e desagradável, e a chuva constante não raro nos mantinha dentro de casa por dias a fio. Alguns volumes de histórias de fantasmas, traduzidos do alemão para o francês, caíram em nossas mãos. Havia a *História do amante inconstante*, que, quando pensava estar abraçado à esposa a quem jurara seu amor, viu-se nos braços do pálido fantasma da mulher que abandonara. Havia o conto do patriarca de sua gente, pecador cujo triste destino era aplicar o beijo da morte em todos os jovens filhos de sua casa amaldiçoada tão logo atingissem a idade da promessa. Vestido como o fantasma em *Hamlet*, de armadura completa, porém com o visor erguido, suas lúgubres formas gigantes eram vistas à meia-noite ao avançar lentamente pela alameda escura, iluminada apenas pelos raios intermitentes da lua. Suas formas desapareciam nas sombras dos muros do castelo; mas logo um portão se escancarava, passos se ouviam, a porta de um aposento se abria, e ele se dirigia ao leito dos jovens em flor, entregues a saudável sono. Via-se a dor eterna cobrindo-lhe o rosto quando se curvava e beijava a testa dos meninos que, daquele momento em diante, secavam como as flores arrancadas de seus talos. Não tenho notícia dessas histórias desde então; seus episódios, todavia, são tão frescos em minha memória como se os tivesse lido ontem.

"Cada um de nós escreverá uma história de fantasma", disse Lord Byron. Éramos quatro, e todos concordamos com sua proposta. O nobre autor iniciou uma história cujo fragmento publicou no fim de seu poema sobre Mazeppa. Shelley, mais capaz de dar corpo a ideias e sentimentos no brilho radiante de imagens e na música do verso mais melodioso que adorna nossa linguagem do que na invenção dos mecanismos de uma história, deu início à produção de um conto baseado em experiências de sua infância. Pobre Polidori, este teve uma péssima ideia sobre uma senhora punida com a transformação de sua cabeça em caveira por espiar pelo buraco da fechadura – o que ela via já não me lembro – algo aterrorizante e errado, evidentemente; no entanto, quando a dita mulher foi reduzida a uma condição ainda pior do que a do conhecido Tom de Coventry, Polidori já não sabia o que fazer com ela e viu-se obrigado a mandá-la para o túmulo dos Capuletos, o único lugar que lhe parecia adequado a sua condição. Os ilustres poetas, aborrecidos ainda com as trivialidades da prosa, rapidamente desistiram da missão incompatível com seus talentos.

Eu me dediquei a *pensar uma história* – uma história que rivalizasse com aquelas que nos levaram à proposta. Uma história que falasse aos misteriosos medos de nossa natureza e despertasse enorme horror – horror tal que levasse o leitor a sentir medo de olhar ao redor, que fizesse seu sangue gelar e os batimentos do coração acelerar. Se não realizasse esses objetivos, minha história de fantasma não seria digna do nome. Pensei e refleti, em vão. Senti os lapsos da invenção, que são a maior tristeza da escrita, quando um modorrento *Nada* responde a nossas ansiosas invocações. "Pensou numa história?", era o que me perguntavam todas as manhãs, e todos os dias era forçada a responder com uma desanimada negativa.

Tudo precisa ter um começo, para falar como Sancho Pança; e esse começo precisa estar relacionado a algo que vem antes. Os hindus deram ao elefante a incumbência de suportar o mundo, mas colocaram o mesmo elefante sobre uma tartaruga. A invenção, é preciso aceitar humildemente, não consiste em criar a partir do nada, mas a partir do caos. Antes de tudo, os materiais devem estar disponíveis – ela é capaz de dar forma a substâncias obscuras e informes, não de trazer à vida a substância em si. Em tudo quanto concerne à descoberta e à invenção, mesmo o que pertence à imaginação, somos continuamente lembrados da história do ovo de Colombo. A invenção consiste na capacidade de captar as potencialidades de um assunto e no poder de moldar e organizar as ideias por ele sugeridas.

Muitas e longas foram as conversas entre Lord Byron e Shelley, das quais eu era ouvinte dedicada, porém quase muda. Durante uma delas, várias doutrinas filosóficas foram discutidas – entre elas, a da natureza do princípio da vida, e se havia alguma possibilidade de esta ser descoberta e transmitida. Conversaram sobre os experimentos do dr. Darwin (não me refiro ao que o doutor de fato fez, ou disse que fez, mas, o que me convinha mais, àquilo que então se falava que ele havia feito), que conservou um pedaço de aletria num vidro até que, de maneira extraordinária, este começou a se mover por vontade própria. Não era desse modo, evidentemente, que a vida seria conferida. Talvez um cadáver pudesse ser reanimado; o galvanismo havia oferecido pistas nesse sentido: talvez os componentes de uma criatura pudessem ser fabricados, montados e dotados de calor vital.

A conversa atravessou a noite; já era bem mais de meia-noite quando nos retiramos para dormir. Quando coloquei a cabeça no travesseiro, não consegui dormir, mas não podia dizer que pensava. Fui dominada pela imaginação, e esta me conduziu, imperiosa, dando ensejo a uma sequência de imagens que surgiam em minha mente com vivacidade muito superior à das já conhecidas fronteiras do devaneio. Eu vi (eu tinha os olhos fechados, mas a visão mental era aguda) o pálido estudante de artes profanas ajoelhado diante da coisa que havia construído. Vi a silhueta horrorosa de um homem deitado que, então, pelo trabalho de alguma máquina poderosa, demonstrou sinais de vida e agitou-se em nervosos movimentos, apenas parcialmente vivos. A cena há de ser aterrorizante – pois supremamente aterrorizante deve ser o que deriva de qualquer tentativa humana de troçar da extraordinária máquina do Criador do mundo. O bom resultado aterrorizaria o artista, que, apavorado, corre de sua obra medonha. Ele tinha a esperança de que, entregue à própria sorte, a mínima fagulha de vida por ele concedida desapareceria; que a coisa, animada com impulso tão imperfeito, acabaria por retornar ao estado de matéria morta; e então ele conseguiu descansar, com a certeza de que o silêncio de um túmulo extinguiria para sempre a existência transitória do cadáver medonho que ele julgara ser o berço da vida. Ele dorme, mas é acordado – e quando abre os olhos, ei-la, a coisa medonha, à beira da cama, abrindo as cortinas e observando-o com olhos úmidos, amarelos e curiosos.

Abri os meus aterrorizada. A ideia tomou de tal forma conta de minha mente que um calafrio percorreu-me o corpo, e desejei trocar a terrível imagem de minha fantasia pela realidade ao redor. Eu vi tudo em sua quietude: o próprio quarto; o *parquet* escuro; as venezianas fechadas e os raios do luar que, insistentes, tentavam atravessá-las; e o sentimento de que o lago vítreo e os altos Alpes cobertos de neve estendiam-se além. Não consegui, contudo, livrar-me com facilidade daquela aparição medonha; ela ainda me amedrontava. Precisava pensar em outra coisa. Apelei para a minha história de fantasma – minha aborrecida e malfadada história de fantasma. Oh! E se eu tentasse elaborar uma forma capaz de assustar meu leitor como eu própria me assustara naquela noite?

Tão rápida quanto leve e feliz foi a ideia que me acometeu. "Encontrei! O que me assusta vai assustar os demais; tudo que preciso é descrever a aparição que assombrou meu travesseiro à meia-noite." Na manhã seguinte anunciei que havia *pensado em uma história*. Comecei naquele mesmo dia com as palavras "*Foi numa lúgubre noite de novembro*", fazendo apenas uma transcrição do terror selvagem de meus devaneios.

A princípio pensei num conto curto, de poucas páginas. Shelley, no entanto, insistiu que eu desenvolvesse mais longamente a ideia. Não devo a meu marido a sugestão de qualquer episódio nem de qualquer sequência de sentimentos; contudo, sem seu incentivo, o livro jamais teria alcançado a forma com que veio ao mundo. Desta declaração devo excluir o prefácio. Tanto quanto consigo lembrar, foi inteiramente escrito por ele.

E agora novamente peço a minha criatura medonha que siga seu caminho e seja feliz. Tenho carinho por ela, pois foi fruto de dias felizes, quando a morte e a dor eram palavras que não conheciam verdadeiro eco em meu coração. As muitas páginas falam de caminhadas, passeios e conversas de um tempo em que eu não estava sozinha; e meu companheiro era alguém que, neste mundo, nunca mais encontrarei. Mas isto é coisa minha; meus leitores nada têm a ver com essas associações.

Acrescento apenas umas poucas palavras sobre as alterações que fiz. Elas são principalmente de estilo. Não modifiquei pontos da história nem introduzi novas ideias ou episódios. Corrigi a linguagem onde esta era tão carente de ornamentos que interferia no interesse da narrativa; e essas mudanças incidiram quase exclusivamente no início do primeiro volume. De forma geral, elas são restritas a passagens secundárias da história e deixam intactos seu núcleo e substância.

M.W.S.

Londres, 15 de outubro de 1831

CRONOLOGIA
VIDA E OBRA DE MARY SHELLEY

1797 | 30 ago: Nasce, em Londres, Mary Wollstonecraft Godwin (mais tarde, Mary Shelley), filha do influente filósofo, jornalista e escritor anarquista William Godwin e da filósofa e escritora feminista Mary Wollstonecraft. | **10 set:** Mary Wollstonecraft morre em decorrência de uma infecção pós-parto. Assolado com o falecimento da mulher, William fica sozinho com a filha recém-nascida e a enteada, Fanny [Imlay] Godwin, de três anos, fruto de um relacionamento anterior de Mary.

1798: William Godwin publica *Memoirs of the Author of "A Vindication of the Rights of Woman"*, biografia de sua esposa. Com muitos temas controversos para a época, entre eles as tentativas de suicídio de Mary e a filha que ela tivera antes do casamento, o livro foi recebido com certo desconforto pela maior parte do público.

1801 | 21 dez: William casa-se com sua vizinha, Mary Jane Clairmont, viúva e mãe de outras duas crianças, Charles e Jane (que anos mais tarde adotaria o nome Claire).

1803 | 28 mar: Nascimento de William Godwin Jr., primeiro filho de William Godwin e Mary Jane.

1812 | Jun: Enviada a Dundee, Escócia, pelo pai e a madrasta, com quem nunca tivera um bom relacionamento, Mary Shelley ficará sob os cuidados do abastado comerciante William Baxter e sua família, amigos de William Godwin. Com os Baxter, ela passa a conviver num ambiente familiar mais emotivo e faz sua primeira grande amiga, Isabel Baxter, filha de William. | **Nov:** Regressa à casa do pai e conhece Percy Bysshe Shelley, então com dezenove anos, jovem escritor, poeta e admirador de seu pai.

1813 | **Jun:** Mary Shelley segue para nova temporada na Escócia com os Baxter.

1814 | **Mar:** De volta à casa do pai, inicia às escondidas um namoro com Percy Shelley, então casado com Harriet Westbrook e pai de uma criança. | **28 jul:** Percy, Mary e Jane (agora Claire) fogem da Inglaterra e viajam por França, Suíça, Alemanha e Holanda. Insatisfeito e atônito com o relacionamento da filha com um homem casado, William rompe com Mary por aproximadamente dois anos. | **Set:** Após dificuldades, Percy, Mary e Claire retornam a Londres. | **30 nov:** Nascimento de Charles, segundo filho de Percy e Harriet Shelley.

1815 | **22 fev:** Nascimento prematuro da primeira filha de Mary e Percy. O bebê morrerá poucos dias após. | **Ago:** Mary e Percy mudam-se para Bishops Gate, em Windsor.

1816 | **24 jan:** Nascimento do segundo filho de Mary e Percy, William. | **Mai:** Mary, Percy, William e Claire seguem para nova temporada fora da Inglaterra, na qual passam por Genebra e se encontram com Lord Byron, já amante de Claire. | **Jun:** Mary dá início a *Frankenstein*. | **Set:** Retorno a Londres. | **9 out:** Fanny Imlay, irmã de Mary, comete suicídio. | **Dez:** Harriet Shelley também se suicida. | **30 dez:** Agora viúvo, Percy casa-se com Mary, que passa então a assinar Mary Shelley.

1817 | **Mar:** Os Shelley, acompanhados de Claire e Allegra (filha que tivera com Lord Byron), mudam-se para Marlow. | **Mai:** Mary conclui *Frankenstein*. | **2 set:** Nascimento da terceira filha dos Shelley, Clara Everina. Mary publica, em coautoria com Percy, *History of a Six Weeks' Tour*, relato baseado em suas viagens pela Europa em 1814.

1818 | **Jan:** *Frankenstein* é publicado anonimamente, em três volumes, pela Lackington, Hughes, Harding, Mavor e Jones. | **Mar:** Os Shelley, mais uma vez acompanhados de Claire e Allegra, mudam-se para a Itália. | **24 set:** Clara Everina morre em Veneza após contrair disenteria.

1819 | **Mar:** Seguem para Roma. | **7 jun:** William, o pequeno filho de Mary e Percy, morre em decorrência de malária. | **Ago:** Mary começa a escrever o romance *Mathilda*. | **Out:** Mudança para Florença. | **12 nov:** Nascimento do quarto filho de Percy e Mary, Percy Florence.

1820: Mudança para Pisa.

1821: Primeira tradução de *Frankenstein* para o francês.

1822 | Jun: Mary sofre um aborto espontâneo, que quase a leva à morte. | **8 jul:** Percy Shelley morre afogado em um naufrágio no litoral italiano, aos trinta anos.

1823 | Fev: Mary Shelley publica o romance histórico *Valperga*. | **Ago:** Sai a segunda edição de *Frankenstein*, agora em dois volumes e com o nome da autora. Primeira adaptação da obra para o teatro. Mary e o filho retornam a Londres.

1824: Começa a rascunhar o romance futurista *The Last Man*. | **Jun:** Publicação de *Posthumous Poems*, compilação póstuma de poemas de Percy organizada por Mary. Logo após o lançamento, sua comercialização é impedida pelo pai de Percy, Timothy Shelley.

1826 | Jan: Publicação de *The Last Man*.

1828: Mary é apresentada a Prosper Mérimée, autor de *Carmen*.

1830: Lança o romance histórico *The Fortunes of Perkin Warbeck*.

1831: Publicação da terceira edição de *Frankenstein*, considerada a definitiva, revista por Shelley e em um só volume.

1833-39: Contribui intensamente para os cinco volumes de *Lives of the Most Eminent Literary and Scientific Men*, parte da *Lardner's Cyclopedia*, escrevendo dezenas de ensaios sobre nomes como Petrarca, Maquiavel, Boccaccio, Lope de Vega, Cervantes, Calderón de la Barca, Camões, Gil Vicente, Montaigne, Corneille, Molière, Racine, Madame de Sévigné, Madame de Staël...

1835: Publica o livro autobiográfico *Lodore*.

1836 | 7 abr: Morte de William Godwin, aos oitenta anos.

1837: Publicação de *Falkner*, último romance de Mary Shelley.

1838: Timothy Shelley enfim autoriza Mary a republicar os poemas de Percy Bysshe Shelley compilados e lançados quatorze anos antes, contanto que não traga dados biográficos do filho.

1839: Mary começa a sofrer constantes dores de cabeça e algumas paralisias, que dificultarão sua produção literária.

1840: Mary e o filho viajam por França, Alemanha, Suíça e Itália.

1841 | 17 jun: Morte de Mary Jane Godwin.

1842 | Jun-ago: Mary e o filho saem novamente em viagem pela Europa.

1844: Lançamento de *Rambles in Germany and Italy*, mais um relato de viagem dos Shelley pela Europa.

1851 | 1º fev: Mary Shelley morre em Londres aos 53 anos, vítima de um tumor no cérebro. Seu corpo foi enterrado na igreja de St. Peter, em Bournemouth, ao lado de seus pais. Deixou, para além de seus romances e relatos de viagens, diversos contos, biografias, poemas, artigos e ensaios publicados.

1910: Primeira adaptação para o cinema de *Frankenstein*, um curta-metragem de J. Searle Dawley.

1931: Lançamento da mais famosa adaptação cinematográfica de *Frankenstein*, com Boris Karloff no papel da criatura e direção de James Whale.

1ª EDIÇÃO [2017] 6 reimpressões

ESTA OBRA FOI COMPOSTA POR MARI TABOADA EM SABON PRO
E IMPRESSA EM OFSETE PELA GEOGRÁFICA SOBRE PAPEL PÓLEN DA
SUZANO S.A. PARA A EDITORA SCHWARCZ EM ABRIL DE 2025

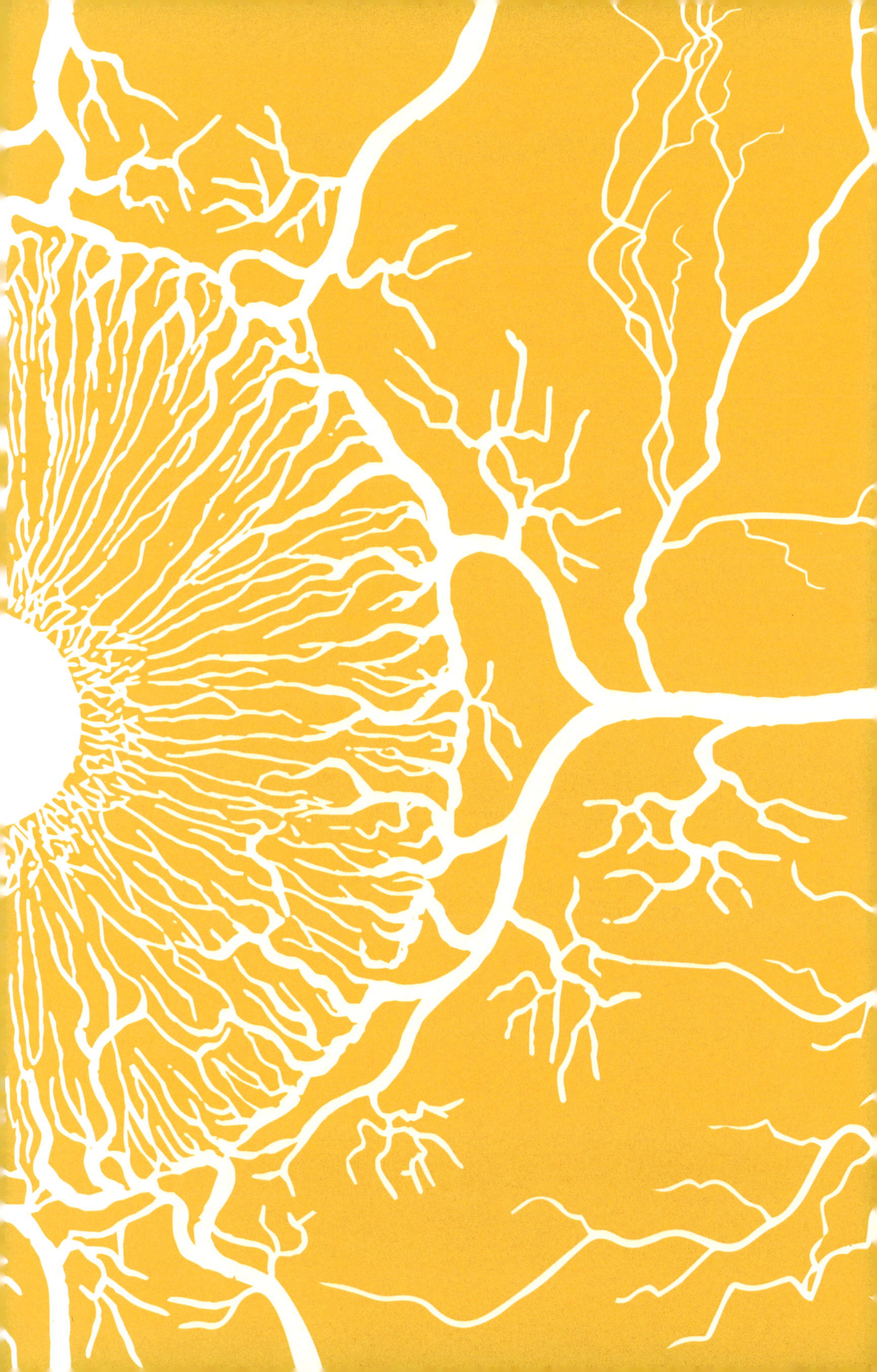

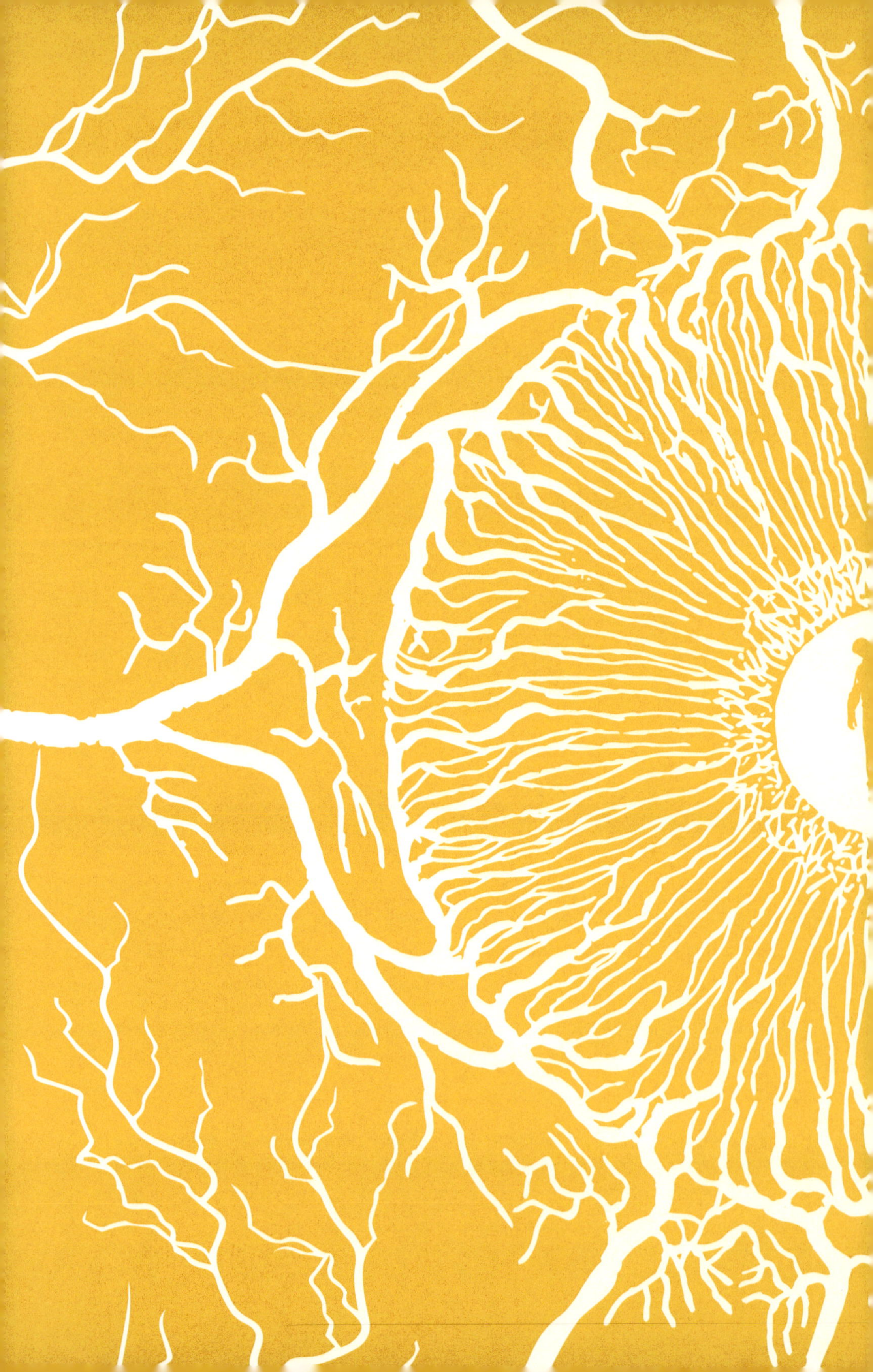